사이의

거리만큼,
그리운

아주 사적인, 긴 만남,
두번째 이야기

사이의

거리만큼,
그리운

마종기·루시드폴 지음

문학동네

차례

part 1
서울의 봄 • 006

part 2
결정되지 않은 노래 • 072

part 3
꿈의 다른 표징 • 148

part 4
아직 바람은 거칠어도 • 242

editor's note

part 1

서울의 봄

2013.04.12 — 07.25

요즘 저는 하루하루가 즐겁고 행복합니다.

노래하는 사람이 노래하면서 행복할 수 있다는 것만큼

운좋은 일도 없을 텐데, 저는 참 행운이지요.

올해엔 선생님 스케줄과 제 공연 일정이 맞아서

또 기쁩니다.

선생님께 공연을 보여드리는 것도

몇 년 만인지 모르겠네요.

정확히 기억은 나지 않지만

꽤 오래된 것만은 확실한데…

첫 번째 편지

2013-04-12(금)
11:35

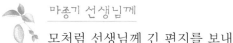

마종기 선생님께

　　모처럼 선생님께 긴 편지를 보내

려니 마음이 설렙니다. 2009년 이맘때였던가요. 인사동에서 선

생님을 처음 뵈었던 기억이 엊그제 같은데 벌써 4년이라는 시간

이 지났습니다. 그간 저는 두 장의 앨범을 냈고, 세 번의 이사를

했습니다. 한 권의 책을 썼고, 많은 공연을 했습니다. 이젠 정말

이지 한국 땅에 자리잡고 살아가는 전업 뮤지션이 되었지요. 그

사이 선생님께서 한국에 들어오실 때마다 뵙기는 했지만, 작년

에는 뵙지 못했군요. 곧 한국으로 또 오신다고 하니, 2년 만에 뵙

는 셈이 되겠네요.

먼저 지금 서울의 봄에 대해서 적어보려고 해요. 어젯밤까지만 해도 밤 기온이 5도까지 떨어질 정도로 끝물 꽃샘추위가 아직 기승을 부리고 있습니다. 이번주 월요일에는 오랜만에 양재동 꽃시장에 갔어요. 저번달 말에도 갔었는데 그때는 지금보다 더 쌀쌀했었지요. 수선화 구근 몇 개와 무스카리, 아르메리아라는 꽃들을 사왔는데, 네모난 마당 둘레에 심자니 턱없이 부족하네요. 아르메리아의 한국식 이름이 '나도부추'라는 것도 저는 그날 처음 알았습니다. 민들레처럼 생겼지만 진분홍색 꽃잎을 가진, 아주 평범한 듯한 꽃인데요. 이파리가 부추처럼 생겨서 '나도부추'라고 부른다네요. 그땐 4월 초가 되면 추위는 싹 가시고 밝고 따사로운 봄빛만 남을 거라고 생각했는데, 웬걸요. 날은 쌀쌀했지만, 장기 공연 시즌중에는 월요일이 유일하게 쉬는 날이니 안 되겠다 싶어서 꽃시장에 갔습니다.

사람들이 꽤 많았지요. 다들 묘종이며 꽃이며 관엽식물이며 둘러보고 사고 하느라 정신없으면서도 "이 꽃은 이름이 뭐예요?" "이 꽃은 어떻게 키워요?" 하면서 달뜬 표정이었습니다. 저는 로메인과 고추 묘종을 골랐습니다. 그리고 바질, 로즈메리, 프렌치 라벤더, 스위트 라벤더도 골랐지요. 꽃을 더 심어야겠다 싶어서 이리저리 둘러보다가 분홍빛 물망초가 있길래 두어 그루 고르고, 아, 그리고 금잔화! 오렌지빛이 선명한 금잔화의 자태에 반해버렸습니다. 가을 들판에 피는 주황색 코스모스가 봄에 재림한 것처럼 보이더라고요. 그리고 꽃대가 삐쭉빼쭉 올라온 튤립 구근을 사고. 아직 꽃은 피지 않았지만 반짝반짝거리는 진녹색 잎 사이로 꽃망울을 망울망울 맺은 치자나무도 두 그루를 샀더랬지요.

치자나무와 튤립은 대문 옆에 심고 저번에 심은 수선화와 감색 물망초 틈새 사이사이 튤립 구근을 묻었습니다. 금잔화와 로즈메리, 라벤더는 마당 둘레를 따라 아르메리아, 아니 나도부추와 무스카리 사이사이에 심었고요. 로메인은 나무 상자 두 개에, 고추와 바질은 옹기와 작은 텃밭에 심었습니다. 그러고 나서 보니 온 집 안이 환해 보이는 거예요. 찬 바람이 아직 휘휘 들어오는데도 노란 수선화, 주황색 금잔화, 분홍색 나도부추, 수선화, 보랏빛 무스카리꽃을 쳐다보는 기쁨에 괜스레 문을 열어두고 멍하니 있기도 합니다.

제가 월요일만 쉰다고 말씀드렸지요. 의아해하실지도 모르겠습니다. 일전에 말씀드렸다시피 지금 저는 장기 공연중입니다. 4월 2일에 시작해서 28일에 끝나는 공연이지요. 일주일에

6일을 공연장에서 지내고 있습니다. 4주 공연이니까 한 달 24회 공연인 셈입니다. 2010년과 2011년에도 장기 공연을 했었지만, 작년에는 공연을 쉬고 올해 봄에 다시 장기 공연을 하게 되었어요. 2년 전과 그대로인 것도 있고, 달라진 것도 있습니다.

먼저 공연장을 더 작고 아담한 곳으로 옮겼습니다. 그리고 공연장 위층에는 작년부터 올해 초까지 제가 찍은 사진을 몇 점 걸어두고 전시도 하고 있고요(그러고 보니 제가 만든 무언가를 남들 앞에 전시하는 것도 태어나서 처음이네요). 연습을 하는 동안 제가 만든 노래를 죽 불러보니, 사계절 중 '봄'에 대한 노래가 가장 많더라고요. 꼭 그래서만은 아니지만, 봄에 길게 공연을 하면 어떨까 생각하던 것이 올해 이루어진 셈입니다. 예전에는 여름, 가을에 장기 공연을 했었거든요. 공연을 보러 오는 분들도, 저도 기쁜 마음으로 하루하루 공연을 하고 있습니다. 또 달라진 것이 있다면, 공연 시간이 두 시간여에서 한 시간 반으로 조금 줄어들었고 공연중에 다른 말을 많이 하지 않고 노래만 죽 부르고 있다는 점입니다. 그러다보니 같은 곡 수만큼 노래를 해도 공연 시간이 많이 줄어들었습니다.

워낙 말없이 노래만 하는 공연이다보니 서운하다거나 심지어 이거 불친절한 거 아니냐는 반응도 아주 일부 있습니다. 하지만 저는 지금 이 상태가 가장 편하고 좋아요. 음악을 하는 사람이 왜 친절해야 하는지를 저는 알 수가 없습니다. 친절은 서비스업에서 일하는 사람들의 몫이지요. 음악을 하는 사람은 마음을 다해 연주하고 노래하면 그만입니다. 그런데 어떤 분들은 연주자가 공연중에 관객에게 말도 많이 하고 많이 웃겨주면 친절한 공연이라고 생각하는 모양입니다. 2년 전 공연 때만 해도 저도 공연중에 말을 많이 하는 것이 관객들에 대한 어떤 배려일지 모른다고 생각했지만, 지금은 생각이 많이 바뀌었습니다. 공연 사이사이 말을 하다보면 노래나 연주에 집중하기가 어렵다는 걸 알게 되었거든요.

특히나 기타 하나 혹은 약간의 건반과 노래로만 공연을 해야 하는 저로서는 기타 소리, 목소리가 그대로 드러나기 때문에 굉장한 집중을 하지 않으면 제대로 연주를 할 수가 없습니다. 어딘가 다른 소리에 가려지지도 않고 소위 '기댈 소리'가 없기 때문이지요. 아주 조금만 다른 생각이 머리를 스치면 리듬도, 가사도, 멜로디도, 연주도 삐끗하는 게 바로 느껴지거든요. 심지어 가사나 악보도 거의 보지 않고 외워야 합니다. 수십여 곡의 제 노래 중에서 그날그날의 곡들을 골라 세트리스트를 짜야 하니까요.

또하나 달라진 게 있다면 공연장에 제가 초대한 친구들이나 가족, 지인들도 대기실에서 만나지 않으려 합니다. 공연 전에는 아무 말도 생각도 없이 차분하게 공연 시작을 기다리면서 마음을 가다듬고, 공연이 끝나면 그날 공연의 기분이며 연주, 분위기, 몸으로 느껴지는 그날만의 기운을 혼자 천천히 음미한답니다. 그리고 저와 함께하는 넉 대의 기타를 하나하나 닦고, 챙기고, 집으로 돌아오지요. 이렇게 매일 노래하고 연주하다보면 제 속에 어떤 힘이 가득차는 것이 느껴질 때가 있습니다. 그래서 저는 주위 사람들에게 농담 반 진담 반으로, 장기 공연은 수도하는 과정이라고도 이야기하곤 하지요.

저 자신의 힘뿐만 아니라 관객의 힘까지도 같이 제 안에 차곡차곡 쌓이는 것 같아 요즘 저는 하루하루가 즐겁고 행복합니다. 노래하는 사람이 노래하면서 행복할 수 있다는 것만큼 운좋은 일도 없을 텐데, 저는 참 행운이지요. 올해엔 선생님 스케줄과 제 공연 일정이 맞아서 또 기쁩니다. 선생님께 공연을 보여드리는 것도 몇 년 만인지 모르겠네요. 2년 만인가요. 정확히 기억은 나지 않지만 꽤 오래된 것만은 확실한데……

선생님 계신 곳에는 이미 봄의 틈으로 여름의 빛이 스며들고 있지 않을까 생각해봅니다. 아, 지금 밖을 내다보니 마당이 더 환해졌네요. 오늘 낮부터는 날씨가 조금 풀린다고 했는데, 오늘 저녁 즈음엔 어제보다 더 따뜻하면 좋겠습니다. 북촌에는 아직 백목련이며 자목련은 꽃망울을 터뜨리지 않았습니다. 그래도 분홍빛 진달래와 노란 개나리, 산수유가 여기저기 눈에 띕니다.

엊그제 삼청동의 이웃 동네인 화化동 골목을 걷다가 매화나무인지 살구나무인지 초롱초롱하게 핀 연분홍 꽃을 한참 넋 놓고 보고 있었습니다. 제 여자친구는, 꽃 중에서 여자를 떠올리게 하는 꽃은 매화밖에 없다네요. 그녀와 고개를 올려 매화꽃을 한참 바라보면서 이런저런 얘기를 나누었지요. 그녀는 모든 여자는 매화 같다고 했습니다. 아주 어린 여자아이부터 나이든 할머니까지 모두요. 듣고 보니 그런 것도 같습니다. 개나리나 철쭉, 진달래나 산수유, 목련 꽃을 보고 여자의 이미지가 쉽게 떠오르지 않는 걸 보면 정말 그런 것도 같네요. 아, 이제 서울에도 벚꽃이 슬금슬금 피기 시작했습니다. 예상했던 것보다 많이 늦어지긴 했습니다. 이번 주말이 여의도 벚꽃축제 날이라는데요.

오랜만에 쓰는 긴 편지가 거의 꽃 얘기로 채워진 기분이네요. 봄이니 그러려니 이해해주시겠지요. 선생님 계신 곳에는 봄에 어떤 꽃이 피는지 궁금합니다. 플로리다는 한국처럼 매서운 겨울이 없을 테니, 전혀 다른 꽃이 피지 않을까 상상만 해볼 뿐입니다만. 이제 서울 시각은 정오에 가까워지고 있습니다. 문밖으로 전나무 가지가 흔들리는 게 보입니다. 바람이 많이 불겠네요. 벌써 금요일이에요. 일주일이 금세 지나가는 기분이 드네요. 이렇게 하루하루 지나다보면 선생님을 서울에서 뵐 날도 곧 오게 되겠지요. 오늘도 기쁘고 즐겁게 공연 잘 마치고 싶습니다.

서울에서

윤석 올림

두번째 편지

2013-04-16(화)
08:06

 윤석군에게

오랜만에 반가운 소식 잘 받았어
요. 그간도 건강하게 잘 지내고 있고 요즈음은 서울서 장기 연주
공연에 바쁘다니 모두 반가운 소식들입니다. 윤석군 말대로 우
리가 처음 만났던 2009년 봄 이후 내가 고국에 있을 때는 자주
만나왔지요. 그러다가 작년에는 내가 서울에 두 달 체류하는 동
안 정말 한 번도 만나지 못했네요. 아마도 그 큰 이유는 내 사정
때문이었을 겁니다.

내 어머니는 아버지가 일찍 돌아가신 몇 년 후 이화대학 교수

직에서 은퇴를 하시고 의지할 곳이 없어 내가 사는 미국에 오셔서 30년 이상 사셨는데 최근에는 시카고에 사는 누이동생의 도움을 받으며 지내시다가 돌아가셨지요. 그런데 주위 분들에게 별로 알리지 않았던 어머니의 장례식에 놀랍게도 서울에 계시는 어머니 제자분들이 오시고 그분들의 고마운 충고를 받아 어머니의 유분을 한국에 모시려고 결심했지요. 그리고 작년 봄에 오래전 돌아가신 아버지와 함께 합장을 해드리려고 서울에 모시고 왔지요. 그러나 합장은 생각했던 것같이 쉽지 않았고 이장 허가, 개장 허가 또 화장의 절차가 내게는 아주 복잡하고 어려웠지요. 그래도 주위의 좋은 분들이 많이 도와주셔서 무사히 아름답게 합장 절차를 마칠 수 있었지요. 귀국해서부터 계속 그 일에만 신경을 쓰다가 미처 바쁜 윤석군에게는 연락도 못하고 미국으로 돌아와버렸네요.

윤석군의 오랜만의 긴 메일은 여기까지 봄꽃의 향기가 은은하게 날 정도로 꽃 이야기로 완전히 덮여 있네요. 봄이 오는 서울과 온갖 꽃들의 모습을 눈으로 보는 듯 싱싱하고 화사한 기분을 만끽하게 해준 편지입니다. 한데 그 수많은 꽃 중에 매화만이 여자를 나타낸다고 한 친구의 말은 좀 엉뚱한 데가 있는 것 같네요. 나도 고국의 매화를 특히 좋아하기는 하지만, 특히나 눈꽃으로 빨간 얼굴을 반쯤 가린 추운 날의 매화가 아름답기 그지없지만 매화만 여자로 보인다는 말은 아마도 꽃잎의 크기가 작고 아름답다는 여성성의 특징보다 거침없이 바르고 곧게 뻗는 가지에 핀 그 꽃의 기개와 정절 같은 것 때문이 아닐까요? 어떤 유혹에도 굴하지 않는 깨끗함이 더 돋보여서 그렇게 말한 것이 아닐까요? 여기도 기웃 저기도 기웃거리는 여자라면 오늘날같이 개방된 서구화 사회에서도 결코 아름다운 여자라고 말하기는 어렵겠지요.

기왕 꽃 이야기가 나왔으니 내가 사는 이곳 상하常夏의 플로리다 꽃 이야기도 몇 마디 해볼까요. 가까운 서울 친구들이 '세상의 끝'이라고 놀리는 이곳에도 꽃이 피고 새가 울지요. 나도 남들같이 꽃 보기를 즐기기는 하지만 최근에 내가 직접 꽃을 가꾸고 비료를 주고 물을 주기 시작하고부터는 꽃 즐기기의 심도가 더 깊어졌다고 할지 꽃을 보는 내 마음이 확실히 좀 달라졌어요.

우리 집을 둘러싼 마당에는 내가 심은 것 절반, 처음부터 있던 것이 절반 정도인데 윤석군이 말하는 그런 아름답고 아기자기하고 앙증맞은 꽃들보다는 이상하게 한꺼번에 엄청 많이 피는 무더기 꽃이 더 많네요. 좀 상스러운가요? 내가 정을 주고 신경써 키우는 꽃들은 원색의 붉은빛으로 아침마다 나무를 완전히 채워버리는 부용화라고 부르는 히비스커스와 일명 종이꽃이라고 부르는 빨간 부겐빌레아입니다. 내가 특별히 꽃을 알아서 이런 꽃을 좋아하는 것이 아니라 이 꽃들은 이곳에서는 가장 흔하고 쉽게 자라는 꽃입니다. 열대성 꽃들이라 원색의 꽃잎이 밝고 자극적입니다. 그래도 멀리에서 보던 꽃들이 내가 비료를 주고 물을 주기 시작하면서부터 내게 더 가까이 다가서는 것 같고 그들의 모습에서 이상하게 특별한 정을 점점 느끼게 되었지요. 아마도 그런 것은 인간관계에서도 마찬가지겠지요. 지나쳐가는 아름다운 여자를 보는 것과 자신과 인연이 맺어진 여자를 보는 것은 보는 시각부터, 뇌가 감지하는 감성부터가 전연 다를 테니까요. 그 옛날의 흥부와 놀부의 이야기같이 요즈음 고국에서도 모르는 이가 없는 『어린 왕자』라는 동화에도 이 비슷한 이야기가 있지요. 나도 아주 젊었을 때 이 동화를 큰 감동으로 몇 번을 읽었던 기억이 있습니다.

우리 집의 넓은 부겐빌레아꽃 넝쿨을 지나면 곧 작은 호수가 있고 거기에는 악어도 살고 있습니다. 그리고 그 주위에는 흰빛의 온갖 크고 작은 물새들이 부동자세로 호수를 보면서 물고기를 낚아챌 준비를 하고 있습니다. 옆에서 보면 악어하고 물새는 아주 친한 것 같아요. 명상에 잠긴 악어는 가까이에 있는 물새들을 보고 웃는 인상을 주기도 합니다. 작은 호수의 주위로는 노랑, 보라, 흰빛의 난초 계열의 꽃이 하늘거리며 많이 피어 있습니다.

주위는 아주 잠잠하고 정지된 모습입니다. 시간이 서 있는 듯한 느낌을 줍니다. 그렇게 해가 뜨고 해가 또 집니다. 아무것도 변한 것 없이 하루가 아주 조용하게 미끄러지듯 지나갑니다. 언제 시간 있으면 우리가 어떻게 이런 조용한 곳으로 이사를 왔는지 이야기하겠습니다. 반가운 김에 사설이 많이 길어졌네요.

오늘은 이만합니다. 공연 재미있게 잘 이어나가기 바랍니다. 안녕.

플로리다에서

마종기

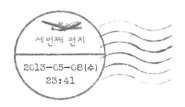

 선생님께

반가운 편지 감사히 받았습니다.

그사이 5월이 되었습니다. 저는 한 달여의 공연을 무사히 그리고 감사히 마쳤습니다. 선생님께서 한국에 도착하셨던 날 예전에 선생님께서 쓰시던 번호로 전화를 드렸었어요. 그런데 연결이 되지는 않더라고요. 함께 오셨던 시인 이병률씨께 양해를 구하기는 했지만, 공연을 마치고 뵙지 못해서 죄송하기도 했습니다. 저번 편지에 썼듯이 이번 공연엔 대기실에서 아무도 만나지 않았거든요. 심지어 가족이나 여자친구가 공연을 보러 온 날에도 혼자 있었습니다. 사람들을 만나서 이야기하고 웃고 인사하고 나면, 공연장에서 다른 생각들도 많이 떠오르고 집중이 잘 안 되더라고요. 혼자 차분히 공연 시간을 기다리다가 공연을 하고, 다시 혼자가 되어 대기실에서 곰곰이 공연을 떠올리는 그 시간이 저는 참 좋았습니다. 앞으로도 대기실에서는 혼자 있어야 할까봐요.

공연은 어떠셨는지요? 지루하진 않으셨는지 모르겠습니다. 자리가 불편하진 않으셨는지도 모르겠고요. 좌석이 편안한 콘서트홀이 아니라 불편하셨을 거예요. 저는 한 달간의 공연을 마치고 지치기는커녕 오히려 훨씬 더 충전된 기분이 되었습니다. 오롯이 혼자서 매일 노래와 연주에 집중할 수 있었던 시간이었기에 그랬을 거예요. 언젠가 집중이 주는 행복감에 대한 얘기를 들은 적이 있습니다. 명상도 그렇다는군요. 무엇 하나에 집중함으로써 안식할 수 있고 행복해질 수 있다는 거지요. 제가 명상이나 묵상을 했던 것은 아니지만 그렇게 혼자, 많은 말 없이 공연을 마무리하고 나니 커다란 힘이 마음속에 꽉 들어찬 것 같아요. 공연에 오고 제 음악을 아껴주는 많은 사람들에게서 받은 힘이지요.

그리고, 또 한편으로는 제가 그동안 써온 노래를 하나하나 꺼내보면서 새롭게 느낀 것들입니다. 작년에 공연과 음악활동을 쉬면서 노래에 대한 고민을 참 많이 했었는데요. 노래와 음악의 관계, 노래와 글의 관계, 음악이면서 이야기이기도 한 노래에 대한 고민도 많았고, 음악을 하는, 노래를 만들고 부르는 저 자신에 대해서도 많이 생각을 했습니다. 그동안 만들어온 제 노래에 대해서도 고민이 많았고요. 음악을 통해 어떤 이야기를 전하는 노래에 대한 거부감도 있었고, 그래서 음악과 글을 노래에서 분리해 최대한 저만치 떨어뜨려놓고 싶었지요. 한동안은 연주곡만 들었으니까요. 가사 없이 아주 음악적인 요소만으로도 멋지게 음악을 해나가는 동료 뮤지션들이 부럽기도 했고요.

　그래서 글을 더 많이 쓰려 했던 건지도 모르겠습니다. 그동안 노래라는 틀 안에서 했던 그 이야기들을 종이 위에 활자로 오롯이 옮기고 싶었던 거겠지요. 사실은 이번 공연을 준비하면서도 걱정이 있었습니다. 혹시라도 내가 내 노래에 대한 애정이 식었음을 확인하면 어쩌나. 그래서 노래하고 싶지 않으면 어쩌나. 한 달의 공연을 끌어가지도 못하고 지치면 어쩌나. 그런데 다행히도 공연이 끝난 지금, 저는 저의 노래가 더 좋아졌습니다. 그래서 가장 기쁩니다. 앞으로 또 노래를 만들고, 노래를 부를 힘을 찾은 것 같아서요.

　4월의 긴 공연을 마치고 저번주에는 강원도로 짧게 여행을 다녀왔습니다. 저야 밝은 날씨만을 좋아하는 편은 아니지만 그래도 마음 한편으론 맑고 쨍한 봄하늘을 보고 싶은 마음이 가득 있었던지라 컬러 필름을 잔뜩 챙겨서 갔지요. 근데 아직 강원도의 공기는 봄이라고 하기엔 차갑더라고요. 하늘도 맑았다 흐렸다 변덕스럽고 금세 구름이 몰려왔다가 다시 햇살이 비치다가 우박이 내리다가 종잡을 수가 없었답니다. 마치 계절을 잠시 뒤로 잡아당긴 듯한 기분이 들었지요. 4월 초 아니면 3월 말의 서울 날씨로요. 대관령에 있는 목장에도 갔습니다. 몇 되지 않은 사람들을 태우고 버스는 정상까지 올라갔지만, 자욱한 정상의 전망대에 내린 사람은 아무도 없었어요. 늘 사시사철 바람이 거센 곳인지 나무들은 이미 한쪽으로 휘어져 가지를 반대쪽으로 날린 채 굳어 있었고 조금 더 걸어내려오니 이리저리 양떼가 몰려다니고 얼룩덜룩한 소떼도 보였습니다. 그런데 그 가운데 노란색 제비꽃과 보랏빛 얼레지꽃이 간간이 보였습니다. 유심히 보아야 눈에 띄었지만 그런 들꽃들이 아니었다면 눈앞의 풍경은 흑백사진 같았을 거예요.

이튿날엔 월정사에 들렀습니다. 가람을 둘러싸고 있는 전나무 숲과 흐릿한 하늘을 경계 삼은 오대산의 능선도 부지런히 필름에 담았습니다. 절을 찬찬히 둘러보고 산 아래에서 산채정식을 먹었는데 생각지도 못했던 수많은 산나물이 하나하나 밥상에 올라오는 데 얼마나 놀랐는지 모릅니다. 하나하나 이름을 물어보았는데 아주머니는 귀찮은 내색도 없이 비슷비슷한 나물의 이름을 하나하나 알려주시더라고요. 도시에서만 자란 제가 그 이름들을 다시 듣고 맛을 본다고 해도 기억날 리가 없겠지만요. 곰취, 두릅, 병풍취, 나물취, 무슨 나물 무슨 나물 심지어 목장에서 보았던 얼레지도 나물이 되더라고요. 수많은 나물을 보면서, 우리나라는 이렇게 다양한 풀을 조리해서 먹을 수 있는 문화가 있는 나라구나 하는 생각이 들었습니다. 그리고 그 엇비슷해 보이는 나물들을 하나하나 맛보는 순간, 제각각 가지고 있는 다른 향과 맛에 한번 더 놀랐고요.

저는 5월에는 여행을 며칠 더 다녀올 듯합니다. 매일 저와 함께한, 공연을 도와준 스태프들과 섬을 다녀올까 하는데요. 저와 매일을 같이 움직이고 고생한 친구들에게 제가 여행선물을 해주기로 약속했거든요. 섬으로 다녀올까 해서 여기저기 배편과 민박을 알아보는데 연휴라서 그런지 예약이 쉽지 않다가 오늘에서야 여정을 확정했습니다. 공연을 하면서 예전보다 더 친해진 것도 같고, 더 고마운 마음이 짙어졌습니다. 같이 여행을 다녀오면 더 가까워지겠지요. 선생님도 곧 뵙겠군요. 선생님도 고국에서 여행 계획이 많이 잡혀 있다고 하셨지요. 아주 덥지도 춥지도 않은 계절이니 가볼 곳도 많고 담고 싶은 풍경들도 넘쳐나겠지요. 누군가는 사진으로 누군가는 글로 누군가는 노래로 말이지요.

요즘 저는 카메라로 사진을 담는 것이 좋아졌습니다. 그래서 빛에 대한 생각도 많아졌습니다. 'photography'의 어원을 보니 '빛을 기록한다' 아니면 '빛으로 기록한다'는 뜻이더군요. 빛으로 무언가를 기록하는 것이 좋아졌습니다. 다음엔 그 얘기도 더 자세히 들려드릴게요. 선생님의 편지를 다시 찬찬히 읽으니, 이곳 한국과는 다른 봄 풍경이 그려집니다. 선생님의 편지를 읽고 히비스커스를 찾아보니 하와이의 주화州花라고 설명이 되어 있네요. 강렬한 느낌의 꽃이네요. 크고, 화려하고요. 물론 향기롭겠지요? 저는 차보다 커피를 더 좋아하는 편이긴 하지만 열대 꽃이라는 히비스커스를 한국에서는 차로 많이들 마시는 모양입니다.

어머님께서 타계하셨다는 소식은 저도 들었습니다. 얼마나 상심이 크셨을까요. 그러고 보니 오늘이 어버이날입니다. 지금 저는 오랜만에 누나와 부모님과 함께 남쪽에 내려와 있어요. 마침 누나도 저도 시간이 나서 부모님과 함께 시간을 보내고 있지요. 남쪽의 햇살은 늘 그렇듯 눈부시고 남다릅니다. 내일도 날이 맑다고 하는데 부지런히 빛을 담고 싶어요. 밤이 되니 아무도 없는 여기 호텔 로비의 모기들이 저를 맞이하네요. 올해 처음으로 남쪽의 모기들에게 물린 셈입니다. 선생님도 여행 잘 마치시길.

여수에서 윤석 올림

 윤석군에게

두번째 편지 반갑게 잘 받았습니다. 고국의 5월은 아직도 화사하고 빛납니다. 어찌된 영문인지 서울의 봄꽃들은 언제부턴가 모두 함께 몰려서 5월에 피어나네요. 진달래, 철쭉과 영산홍이 화려하다 싶으면 그 옆에 매혹의 보랏빛 라일락이 향기를 뿌리고 목련의 우아함이 하늘을 배경으로 눈이 부십니다. 거기다가 싱싱하게 고개를 든 언덕의 개나리도 색다르고요. 모두 한꺼번에 합창을 하듯 화음을 탑니다.

귀국해서 아직 밤낮이 가려지지 않고 시차 적응에 허우적거리고 있는데 어느 날 윤석군의 특별한 호의로, 끝나기 며칠 전에 드디어 윤석군의 음악회에 참석을 할 수 있었네요. 물론 콘서트 시작 전이나 후에도 만나서 인사를 나누지는 못했지만 참으로 매력적인 콘서트였습니다. 70석쯤 되는 좁은 곳에서 별로 좋지 않은 의자에 앉아 듣기는 했지만 함께 갔던 집사람도 또 이병률 시인도 한 시간 반 이상 계속되는 음악회에서 몸 한번 움직이지 않고 집중해서 즐기는 모습을 지켜보면서 얼마나 사랑받는 노래 모임인지를 느낄 수 있었습니다. 나는 미리 받은 시디로 여러 번 들은 노래였지만 그보다 더 정확하고 확실한 발음과 라이브 음악으로서의 감성의 변화를 보고 느낄 수 있었던 훌륭한 공연이었습니다. 많이 즐겼습니다.

　　공연을 끝내고는 강원도 여행을 했군요. 나도 윤석군의 콘서트에 갔다 온 며칠 후에 몇 분과 마카오에 갔었습니다. 생각했던 것보다 아주 아름답고 역사적인 곳이어서 즐겁게 많이 즐겼습니다. 떠나기 전에 은행에 들러 환전을 하려고 하니 그곳의 카지노에 노름을 하러 가느냐고 은행원이 물어서 깜짝 놀랐었지요. 과연 카지노가 성업을 하는 곳이긴 하더군요. 하지만 마카오는 서양 문화가 처음으로 동양에 들어온 흔적이 많은 곳이고 그래서 유네스코 문화유산지역이 그 작은 땅에 30여 군데나 된다고 합

니다. 우리나라는 전체를 다 해도 열 곳이 안 되는 것으로 아는데
요. 거기서 내가 제일 보고 싶었던 곳은 성 바오로 성당의 유적지
였지요. 우리나라 가톨릭의 첫 신부로 순교하신 김대건 신부가
어린 나이에 신부가 되기 위해 도착했던 곳이었습니다.

그 여행에서 3박 4일 보내고 돌아온 바로 그다음 날에는 내
가 존경하는 문학평론가 김주연 선생과 전남 순천의 세계정원박
람회에 가서 2박 3일을 즐겼습니다. 물론 그때까지 준비가 엉성
한 곳도 여러 곳 보였지만 특히나 버스를 타고 갔던 순천의 연안
습지는 일품이었지요. 습지에 긴 나무다리를 놓아 밑을 보며 짱
뚱어라는 작은 생선이 진흙 속으로 드나드는 것도 신기하게 보
고, 무엇보다 바다에서부터 그 넓은 습지를 관통하면서 습지의
풀과 죽은 갈대를 흔들어대는 시원한 바람은 너무나 아름답고 여
유로운 모습이었습니다. 돌아오는 둘째 날에는 선암사와 낙안읍
성, 고려 말 지눌 스님의 흔적이 가슴을 떨리게 하는 송광사에도
들러 감동적인 시간을 보냈지요. 그렇게 이곳저곳 즐기다가 서
울에 도착해 묵고 있는 방에 들어서니 밤 열시가 되었습니다.

그 이틀 뒤에는 내가 졸업한 의과대학에서 졸업 50주년 기념
식을 해서 거기에 참석했지요. 사립대학이라 그런지 매해 재상
봉 행사가 제법 크게 열리고 있습니다. 우리 학년은 졸업생이 70

명이 되지 않습니다. 그중 40명 이상이 나같이 미국에서 수련의 시절을 보냈고 그후에는 거의 예외 없이 미국서 의대 교수나 개업의로 살아왔지요. 그리고 올해가 그 졸업 후 50년. 거의 다가 미국의 의사생활에서 은퇴를 했지요. 고국에서 개업을 하거나 교수생활을 한 동기들은 스무 명이 채 되지 않아요. 우리가 졸업할 당시에는 나라도 너무 가난했고 의료 기술도 선진국보다 훨씬 아래여서 많은 의대 졸업생들이 영어시험과 미국의 외국의사시험에 합격해 미국에 가서 돈도 더 받고 한 수 높은 의술을 배우고 싶어했지요. 그래서 그런 이상한 현상이 있었습니다.

나도 가난하시던 부모님께 더이상 짐이 되지 말자는 한마음 때문에 군의관을 마치자마자 의사 수련을 위해 고국을 떠났던 것이고요. 수련을 다 끝내고 미국의 전문의 자격을 받고 난 5, 6년 후에 일시 귀국을 해서 선배 교수님께 구직을 부탁하니 그분들 말씀이 대부분 같은 것이었어요. 정 오겠다면 자리를 마련할 수 있을 것이다. 그러나 당신이 오면 멀쩡하게 취직해 있는 동료 의사 한 사람이 자리를 잃게 된다. 그런 동창 의사들을 위해 혹 괜찮다면 당분간 수련받은 그곳에서 살아보는 게 어떻겠느냐고요. 그 실망은 당시로는 내게 청천벽력이었지요. 그리고 이렇게 수십 년이 지나고 나는 외국 의사로 은퇴를 했네요.

딴 이야기로 비약을 했습니다. 하여튼 재상봉 행사에 참석한 동기 친구들은 미국 각지에 사는 미국 동기들이 한국의 동기들보다 훨씬 더 많았습니다. 첫날의 공식적인 행사를 치르고 저녁에는 은사님들을 초빙해서 사은회를 했지요. 나도 그 자리에서 졸업 50년 기념 시 같은 걸 읽었습니다. 그리고 다음날 아침 버스 두 대를 대절해서 강원도 여행에 나섰습니다. 젊었던 날의 수학여행의 흥분을 감추지 못하고 70대 중반의 백발을 흩날리며 3박 4일을 신나게 즐겼습니다. 강원도 고성 화진포를 시작으로 속초를 거쳐 강릉, 울진, 정선, 평창, 삼척, 설악산 등 숨막히게 아름다운 강원도의 여러 곳을 구경했습니다.

여행의 마지막 날에는 말은 숨기면서도 헤어져야 할 생각을 안 할 수가 없는지 동기들의 수다가 좀 적어지기 시작했고 산채정식을 점심으로 먹고 난 후에 어느 동창의 제의로 그 자리에 앉은 채 갑작스레 동요를 목청껏 부르기 시작했습니다. 〈고향의 봄〉이라는 노래였지요. 혹시 윤석군도 이런 구닥다리 노래를 알고 있는지요? 우리는 말은 안 했어도 그때 같이 모여 즐긴 동창 중 태반 이상은 살아서 다시는 만나지 못하리란 것을 서로 알고 있었지요.

그 노래가 끝나자마자 한 동기가 또 노래를 시작했습니다. 아마 이런 노래는 윤석군은 들어보지 못했을 것입니다. 그 노래는 졸업식 노래인데 '빛나는 졸업장을 타신 언니께 꽃다발을 한 아름 선사합니다'로 시작합니다. 이런 노래가 어디 그날 우리의 그 위치에 가당키나 한 것입니까? 우리가 아주 어릴 때 초등학교 졸업식 때 불렀던 노래지요. 한데 은퇴 후 에티오피아에서 선교 의료활동을 열심히 하고 있는, 그리고 나와 함께 공군 군의관 생활을 하고 고된 훈련을 받다가 갈비뼈까지 부러져 고생을 많이 한 이 친구는 더욱 목청을 돋워 노래했습니다. '잘 있거라 아우들아 정든 교실아, 선생님 저희들은 물러갑니다. 부지런히 더 배우고 얼른 자라서 이 나라의 새 일꾼이 되겠습니다……' 한데 아주 이상한 일이 벌어졌습니다. 이 노래를 마지막으로 부른 지 모든 동기들이 예외 없이 적어도 50년은 되었을 텐데 목소리는 점점 더 커지고 입을 다물고 있는 친구도, 가사를 틀리게 부르는 친구도 없었습니다. 소리소리 지르며 엉뚱하기 그지없는 노래를 부르면서 나는 갑자기 눈시울이 뜨거워지기 시작했습니다.

그래, 우리의 생은 비록 아무의 박수를 받지 못했을지라도 정성을 다한 생애였고 보람찬 생애였다. 남의 고통을 덜어주기 위해 살아낸 삶, 남의 생명을 살려내기 위해 뜬눈으로 밤샘을 한 그 숱한 날들이 그 순간 주마등같이 내 뇌리를 스쳐지나갔습니다. 비록 다시는 만나지 못하고 낯선 곳에서 서로 외로워하며 생을 마칠지라도 우리 모두는 마지막 순간에 만족한 얼굴에 미소를 환하게 보일 것이라는 것을 확신할 수 있었습니다. 그렇습니다.

말도 안 되는 엉뚱한 노래를 눈물이 그렁그렁한 채 목청껏 부르
는 동기들을 돌아보면서 갑자기 나는 참으로 축복받은 생을 살았
다고 느낄 수 있었습니다.

　오늘은 이만합니다. 그럼……

마종기

 선생님께

이제 서울은 마치 여름처럼 무덥
습니다. 어제는 서울의 한낮 기온이 30도를 넘어갔더군요. 그사
이 선생님도 뵙고 이야기도 나누고, 술도 한잔 함께하고 식사도
했네요. 처음 선생님을 뵈러 가던 날 '아, 오늘 빛이 참 좋구나'
하고 생각했습니다. 멀리 보이는 인왕산도, 가로수도 유난히 맑
고 청명해 보였어요. 혹시라도 늦을까 정신없이 서둘러 주차하
고 올라가는데(얼마나 정신이 없었으면 제가 어디에다 주차했는지조차
기억하지 못했지요. 기어이 저와 함께 주차장까지 내려오시는 선생님께

죄송하기도 했고요. 제가 얼마나 한심해 보였을까요) 카페 안으로 들어
가시는 선생님 뒷모습이 보이더군요.

　오랜만에 뵙는 것이라 마음속으로, 혹시라도 많이 변하셨을
까 걱정 아닌 걱정도 했었습니다. 제가 선생님을 부르자 돌아보
시는 선생님 모습. 여행 때문인지 조금 그을리긴 했지만, 웬걸
요. 몇 년 전 마지막 뵈었을 때보다도 더 젊어지셨던걸요. 선생
님께 전화드렸을 때, 여전히 맑고 카랑카랑하시던 선생님 목소
리에서 알아챘었어야 했는데 말입니다. 그렇게 선생님을 몇 년
만에 뵙고 두 시간이 넘게 차 한잔 하면서 이런저런 이야기를 나
누었지요. 선생님 책을 들고 가서 사인도 받고, 또 한 권 선물도
받아오고 말입니다.

　편지 감사히 잘 받았습니다. 그간 다녀오신 여행 이야기가
담겨 있네요. 처음 쓰신 마카오 여행 이야기를 읽고 가족과 몇 년
전 다녀온 홍콩, 마카오 여행 생각이 났어요. 그래서 그때 찍은
사진을 다시 꺼내보았습니다. 선생님께도 몇 장 보내드립니다.
저희 부모님도 선생님과 같이 가톨릭 신자시지요. 그때 저희도
김대건 신부님의 발자취를 찾아가는 여정이었는데요. 저와 누나
는 부모님을 모시고 곳곳의 성지도 들르고 성당도 들렀습니다.
부모님께서도 참 좋아하셨어요.

　제가 마카오에 가기 전에 꼭 보고 싶었던 건, 우연히 인터넷

어딘가에서 봤던 동상이었습니다. 포르투갈이 442년 만에 마카오를 중국으로 반환하던 해, 그것을 기념해서 포르투갈에서 만들어 남겨두었다는 동상입니다. (분명 포르투갈인처럼 보이는) 한 남자가 (중국 복장을 한) 여인에게 꽃 한 송이를 되돌려주는 동상이지요. 실제로 보니 관광객의 이목을 끌 만큼 화려하진 않았지만, 직접 보니 참 반가웠지요. 한참을 서서 바라보았습니다.

저번 편지에 썼듯이 어버이날 즈음 저도 부모님을 모시고 순천과 보성, 여수를 다녀왔지요. 학원을 운영하는 누나가 마침 몇 년 만에 긴 시간이 나서, 서울에서 차를 몰고 내려가 부산서 출발하신 부모님을 순천역에서 만나 함께 움직였지요. 그리고 돌아오는 길에는 아버지의 고향이자 제 본적인 진주 터미널에 내려드리고 저희 남매는 서울로 올라왔습니다. 첫날은 여수에서 자고, 그다음 날부터 순천과 율포, 벌교 등 보성 일대를 다녔습니다. 아, 그 전 주에는 강원도도 다녀왔으니 비슷한 시기에 선생님과 비슷한 곳을 둘러본 셈이네요.

저번에 선생님을 뵈었을 때, 선생님이 가장 먼저 말씀하신 게 순천에서 본 '짱뚱어'였어요. 그 말씀을 듣고는, 작은 것들을 유심히 보고 담는 시인이시구나 생각했더랬지요. 선생님도 들르셨겠지만, 정원박람회는 생각했던 것보다 인위적이었고 급하게 준비한 듯 보였습니다. (튤립도 없는 네덜란드 정원이라니요!) 군데군데 쓰러져 있는 철쭉이며 노랗게 말라가는 나뭇잎이며 안타까운 마음도 들었고요. 유독 올봄이 늦게 찾아와 그런 건 아니었을까도 싶었습니다. 이 많은 꽃과 나무를 잘 관리하고 가꾸려면 많은 예산과 인력이 필요하겠구나, 오랫동안 지속가능한 공원이 되어야 할 텐데 하며 주제넘은 걱정도 했었고요. 그리고 우리는 순천만 생태습지 공원으로 향했습니다. 몇 달 만에 다시 찾아온 순천만의 갈대와 개펄은 쌀쌀하던 2월과 또다른 모습이었지요. 갈대밭은 푸릇푸릇해졌고, 첨벙첨벙대는 자그마한 짱뚱어들도 개펄 곳곳에 보였습니다. 2월만 해도 '조용히 해주세요. 짱뚱어가 동면중입니다' 이런 표지판을 본 기억이 나거든요.

　가장 좋았던 것은 와온해변이었습니다. 순천만을 둘러보고 늦은 점심을 먹으러 어디로 갈까 고민하던 중 식구들에게 와온으로 가자고 말을 꺼냈지요. 짐작하시겠지만, 곽재구 시인의 시에 나온 그 해변이기 때문이지요. 굽이굽이 시골길을 달려 와온으로 향했습니다. 몇 분을 달리니, 순천만보다는 작지만 더 가깝고 실감나게 펼쳐진 소박한 바다가 보였습니다. 개펄이며 군데군데 꽂혀 있는 대나무 막대와 양식장의 모습. 흑백처럼 어두운 채도의 갯가에 유독 환한 얼굴로 피어 있던 노란 꽃들하며, 온 식구가 탄성을 질렀지요. 갯가에서 나고 자란 어머니는 말할 것도 없고요, 아버지도 십몇 년 만에 꺼내셨다는 필름 카메라를 들고 연방 셔터를 눌러댔습니다. 의외로 식당을 찾기가 어려워 한참을 헤맸지만 한적한 그 모습은 더 좋았지요. 그렇게 만발한 노란 꽃이 무슨 꽃인지 저는 궁금해졌습니다. 갓꽃일까, 유채꽃일까, 개갓냉이꽃일까. 아직도 모르겠네요.

그러다가 우연히 발견한 어느 텅 빈 횟집에 들러 생우럭 매운탕을 먹고 식당 주인과 한참 이야기를 나누다가 다시 발길을 율포 쪽으로 돌렸습니다. 사방 연녹색으로 물든 차밭과 산등성이를 둘레둘레 지나 안개 자욱한 길을 지나니 율포해수욕장이 나왔습니다. 그곳에서 며칠을 머물렀지요. 아침이면 저는 카메라를 들고 산책을 나갔습니다. 율포에도 와온에 피어 있던 그 노란 꽃이 여기저기 있었습니다. 그리고 논두렁에 핀 하얀 망초꽃하며 진분홍 살갈퀴, 노랗고 키 큰 방가지똥, 개구리자리, 하얗고 연한 보랏빛의 무꽃 등등 수많은 길가의 꽃을 만났습니다.

'잡초라는 이름의 풀은 없다'고 누가 그랬다지요. '들꽃이란 이름의 꽃은 없다'라고도 할 수 있을지 모르겠습니다. 처음엔 매양 같아 보이던 꽃들을 매일같이 이리저리 살피고 찾아보니 모두 다른 꽃인 거예요. 모든 들꽃이 다른 이름만큼 모양도 색도 다르니까요. 그렇게 고들빼기와 씀바귀, 뽀리뱅이 꽃이 다르다는 것도 알게 되었습니다. 사진 찍는 건 이미 포기했지요. 아무리 열심히 찍어도 제 실력으론 그 작고 섬세한 꽃들을 담을 방법이 없다는 걸 알고 있으니까요.

그런데 율포를 떠나기 전날이었나요. 자동차 문을 닫다가 아버지께서 그만 손가락을 다치셨습니다. 놀란 저는 아버지를 근처 병원으로 모시고 갔습니다. 다행히 큰 외상은 없어서 소독을 하고 소염제 처방만 받아왔는데 온 식구가 많이 놀랐지요. 그런데 그때, 도대체 왜 그랬는지는 몰라도 마치 온 가족을 대신해 아버지가 손을 다친 건 아닐까, 온 가족이 다칠 것들을 당신 혼자의 몸으로 다친 건 아닐까, 이런 생각이 들었어요. 가족들을 대속한 듯 말입니다. 저의 지나친 감상이었을까요. 몇 년 전 아버지께서 큰 수술을 받으셨을 때도 그동안 쌓인 저의 수많은 죄를 아버지가 대신 거두신 것 같다는 생각에 젖어들었었지요.

다음주에 저와 점심으로 냉면을 함께하기로 약속하셨지요. 냉면집에 사람들이 많아지는 계절일 텐데 조금 일찍 서둘러 가야 하는 건 아닌가 모르겠습니다. 제가 선생님 댁 근처로 가서 모시고 가겠습니다. 날 더운데 건강하시고, 그날 뵙겠습니다.

서울에서
윤석 올림

 윤석군에게

 메일 잘 받았어요. 여행도 많이 하

고 건강하게 잘 지낸다니 반갑고 고맙습니다.

그런데 지난번 윤석군 메일의 마지막에 붙인 말이 영 내 마음

을 떠나지 않네요. 부모님과 여행하던 마지막에 아버지께서 손

가락을 다쳐 병원 응급실에 달려가고 하면서 온 가족이 다칠 것

을 혼자 몸으로 대신 다치신 것 같다고 생각을 했었다는 것, 그게

무슨 대속이 아닐까 하는 생각까지 했다고 해서 내게 묘한 울림

을 전해주었습니다. 우선은 윤석군이 아버님을 친족으로 가깝게

느끼고 평소에 존경해온 것의 한 표출이겠지요. 내가 젊었을 때 돌아가신 내 아버지에게 가끔 느꼈던 어떤 간절함이 다시 생각납니다. 그런 간절함은 한데 굉장히 오래가는 것인지 나는 아버지가 돌아가신 지 40년이 넘었는데도 별 차도가 없이 그냥 그대로 간절한 그리움으로 살아 계십니다.

단지 내가 윤석군의 메일에서 느꼈던 특별한 관계와 울림이란 것은 아버지의 사고가 윤석군과 가족의 대속으로 느껴졌다는 것이지요. 윤석군을 불자로 알고 있기에 그런 것인지, 바로 그 대속이란 개념은 대체로 예수를 믿는, 가톨릭이나 개신교 신자의 믿음이고 예수 믿는 자들이 알고 있는 하느님과 인간의 관계로 말해줄 수 있는 단어이기에 더욱 여운이 길었던 것 같네요. 나는 예수가 우리의 죄를 대신해 우리 죄의 대속을 위해 십자가에서 죽으셨다고 믿거든요. 남이야 웃건 말건 말이지요. 대속까지는 안 가더라도 육친의 정이라는 것은 사람마다 다 어느 정도 가지고 있는 것인데 그 정도는 개인에 따라 각각이고 그 강도 역시 서로 다르다고 생각해요. 그리고 그건 아마도 살아온 환경과도 관계가 있지 않을까 해요. 예를 들어 우리 아이들의 경우, 나는 세 아들이 있는데 자기의 아빠와 엄마를 사랑하는 그 원칙에는 다를 바가 없지만 그 강도는 확연할 정도로 다른 것을 자주 느끼지요. 아마도 아들의 성격에도 관계가 될 것이고 자라온 환경도 크게 영향을 미치는 것 같네요.

　우리 아이들은 셋 모두 미국에서 태어났고 내가 수련의사로 경제적으로나 정신적으로 여유가 없던 때 태어났는데 다행히 아무 탈 없이 정상적으로 자라났고 좋은 대학을 졸업했지만, 그래서 아무런 불만이 없지만 부모와 숨소리마저 함께하려는 따뜻하고 정겨운 고국의 자식들과는 다르게 좀 거리를 두는 편인 것 같아요. 물론 많은 주위의 미국 친구들에게서 배운 것도 있겠지만 도수 높은 개인주의의 부산물일 것도 같습니다. 다 그렇지는 않겠지만 독일이나 북구 쪽 사람은 나이가 차면 부모가 부자든 아니든 경제적으로 독립해 떨어져나가 사는 자식들이 많지요. 내 미국 친구 하나는 상당히 잘사는 좋은 친구이고 집이 세 채나 있는데 아들이 열여덟 살이 되니까 나가게 하고, 대학을 다니는데 학비는 물론 기숙사 비용이나 용돈까지 아들에게 빌려주더라고요. 그러면서 내 아들이라서 무이자로 돈을 빌려주는 자비심을 베풀었다고 자랑을 해서 놀라기도 했어요. 물론 다 그런 건 아니지만 대부분은 자식들에게 우리가 보기에는 야박할 정도로 대합니다.

　물론 그러니까 자식들은 어느 대학에 가든가, 어느 여학생을 만나 결혼을 하든가 부모가 별로 참견을 하지 않지요. 거기에 예외적인 부모라면 동양인과 유대인 부모가 비교적 많은 도움을 주는 편이지요. 자식들은 대부분 부모의 유산이나 금전적 도움을 받는 것을 절대 자랑스럽게 생각하지 않아요. 받는 것만큼 부모의 참견과 영향을 받아들여야 하니까요. 어쩌다 이야기가 이상한 데로 흘러갔네요.

나도 제법 바쁘게 잘 지내고 있어요. 특히나 며칠 전 산문집이 한 권 나와서 여기저기 신문, 방송, 인터넷서점의 인터뷰를 몇 군데 하느라 좀 지쳐가고 있어요. 그래도 고국에서의 하루하루는 즐겁고 흥이 납니다. 산문집은 별것 아니지만 내가 은퇴를 한 지난 10여 년간 여기저기 청탁을 받아 써왔던 것을 모은 것인데, 그래서 잡동사니 같은 인상을 주는데 출판을 맡아준 이병률 시인이 어찌나 말끔하게 잘 닦아서 출판을 했는지 그걸 읽은 몇 가까운 친구들도 엉터리라는 것을 잘 알아내지 못하네요. 그러고 보니 윤석군과 『아주 사적인, 긴 만남』을 출간한 뒤에 나도 두어 권의 책을 출간했어요. 하나는 『하늘의 맨살』이라는 시집이고 다른 하나는 『당신을 부르며 살았다』라는 산문집입니다.
시집은 매번같이 문학과지성사를 통해 출간되었고 그것은 그전에 나온 『우리는 서로 부르고 있는 것일까』라는 시집 이후에 잡지에 발표한 시를 모은 것입니다. 그리고 잡문집인 『당신을 부르며 살았다』는 마침 내 문단 등단 50주년을 맞아 한 출판사가 기념으로 책을 만들자며 그간 내가 발표한 시 중에서 50편을 골라 거기에 그 시와 관련된 짧은 산문을 붙인 것입니다. 여기서 '당신'은 내 조국이라는 것을 책머리에 밝히기도 했지만 대부분의 경우 당신이란 호칭은 내 경우에는 내 고국을 말하는 적이 너무나 당연하게도 많지요. 이번에 나온 산문집은 『우리 얼마나 함께』라는 제목입니다. 마침 나는 올해가 의과대학 졸업 50주년이 되는 해이고 그 50년을 기린다면 미국의 산지사방에 흩어져 살아온 동기 친구들과 한국에 있는 의사 동기들이 다 함께 모여 재상봉 행사도 하고 사은회도 하고 또 며칠을 강원도를 함께 여행하기도 했는데 이 책이 마침 그때 출간되어 한 권씩 전하니 어느 친구는 책 제목만 몇 번 읽다가 눈물이 나서 책 읽기를 시작하지도 못했다고 하더라고요.

아마도 그 눈물에는 우리의 나이가 좀 작용을 했겠지요. 건강하게 잘 지내기 바라면서 이만 그칩니다. 내가 미국에 돌아가기 전에 곧 한번 만나도록 합시다. 안녕.

마종기

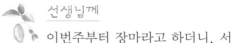

이번주부터 장마라고 하더니, 서
울은 다시 무덥습니다. 아침에 일어나니 후덥지근한 공기가 온
집 안을 가득 채우고 있더군요. 빨래도 바삭바삭 마르지 않고 그
탓인지 기분도 눅눅해지기 쉬운 계절이네요.

시간이 참 많이 지난 것 같은데 저번주의 일이었네요. 선생
님의 에세이집 행사에 저도 함께했지요. 많은 분들이 모여 선생
님 이야기도 듣고, 직접 읽어주시는 시도 들었지요. 두 시간가
량 진행된 행사 동안 가장 제 기억에 남는 건 관객들의 표정이었

습니다. 특히나 선생님과 게스트들이 선생님의 시를 읽어내려갈 때, 몇몇 분들은 목소리 하나라도 놓칠까 눈을 감고 있었습니다. 시를 책으로 읽는 것은 어렵지 않은 일이겠지만 듣는 것, 그것도 그 시를 직접 쓴 시인의 목소리로 듣는 기회란 흔한 일이 아니니까요. 그러니 선생님의 시를 아끼고 사랑하는 모든 사람에게 정말 특별한 순간이었을 겁니다. 행사를 마치고 책에 사인을 받기 위해 길게 늘어선 사람들을 보면서 한편으로 저는 기분이 좋았지만, 또 한편으론 저 많은 분들께 다 사인을 해드리려면 선생님도 참 힘드시겠다 걱정도 했습니다. 그런 모습을 뒤로한 채 인사도 못 드리고 부랴부랴 행사장을 나왔습니다.

　저번 편지에 이번 산문집 제목 이야기를 남기셨네요. 전 그전에 나온 선생님의 산문집도 물론 다 읽어보았지만, 하나같이 제목들이 좋았습니다. 『별, 아직 끝나지 않은 기쁨』도 『당신을 부르며 살았다』도요. 그런데 이번 책은 다른 느낌이었지요. 뭐랄까, 예전 산문집의 제목은 산문적이었는데, 이번 책의 제목은 아주 시적이라고 느꼈거든요. 책의 청록빛 표지와 제목을 처음 접했을 때, 마음속 무언가가 쿵 하고 떨어지는 기분이었습니다. 그런데 그게 어둡거나 슬픈 울림이 아니었어요. 일곱 자 제목이 만들어낸, 말로는 표현할 수 없는 울림이었습니다. 저 이외에 많은 분들도 그런 쿵 하는 울림에 공명했을 거라고 생각합니다.

아드님 가족분들이 한국에 온다고 하셨는데 오랜만에 함께 계시겠네요. 지금 제주에 계시는지 아니면 동해로 이동하셨는지 궁금합니다. 비 오는 6월 우리나라도 좋기는 합니다만, 여행객의 입장에서는 전 여정 동안 비만 오면 그것도 별로겠다 싶어요. 화창한 한국의 남쪽 햇살도 고루고루 듬뿍듬뿍 받고 가시면 좋겠습니다.

저번 편지에 아버지와 아들에 대한 이야기를 써주셨지요. (어쩌면 오래전 편지에도 제가 쓴 적이 있지 싶습니다만) 언젠가 한국 사람이 쓴 이런 글을 읽은 적이 있습니다. 걸프전 때였나요. 아들을 잃은 미군 병사의 장례식 장면이 글의 주제였지요. 대성통곡하지 않고 눈을 감은 채 안으로 슬픔을 삭이는 미국 엄마에 대한 이야기였지요. 뼈를 깎는 듯 아플 아들의 죽음 앞에서도 절제하는 모습으로 죽은 아들을 보내는 모정에 대한 이야기였지요. 모정이든 부정이든 가장 근원적이고 강한 사랑일 텐데 그 마음을 드러내는 방법은 나라와 문화에 따라 많이 다른가봅니다.

이번 저자와의 만남 행사 때에도 선친이신 마해송 선생님에 대한 이야기를 모두 함께 나누었지요. 신경숙 작가님이 선생님의 시 「박꽃」을 낭송하셨고, 에세이의 한 구절도 읽어주셨고요. 『아버지 마해송』이란 책도 내실 만큼 선생님은 아버지에 대한 사랑과 존경심이 강한 분이라는 걸, 아마 선생님을 아는 분들은 모두 알고 있을 겁니다. 그런데 전형적인 한국의 아버지 밑에서 자란 선생님의 아드님들은 모두 미국에서 나고 자란 분들이니 어쩌면 사이에 계신 선생님께선 혼란스러우셨겠다는 생각도 들었습니다. 편지에 쓰신 것처럼 미국의 부자관계와 한국 그것도 꽤 오래전 한국의 부자관계 사이의 간극은 참 클 텐데 말입니다.

저는 불자인데도 왜 대속이니 하는 기독교적인 생각을 하게 되었는지 저도 모르겠습니다. (제가 일전에 편지 드린 적이 있는지 모르겠습니다만) 저희 아버지는 할머니께서 돌아가신 이후 가톨릭 신자가 되셨지요. 할머니는 아버지를 직접 낳아주신 생모는 아니셨습니다. 아버지의 생모는 아버지가 아주 어릴 적에 돌아가셨지요. 아버지께선 외롭게 청소년기를 보내며 자라셨던 걸로 알고 있습니다. 제가 크고 나서까지도 할머니와 저희 집이 아주 가깝게 지내지는 않았어요. 그런데 그렇게 데면데면하던 할머니의 부음 후 아버지께서 갑자기 성당을 찾으셨던 거지요. 전 '성당' 하면 가장 먼저 떠오르는 것이 '엄마'입니다. 어머니 성모의 이미지이지요. 하긴 관세음보살도 대자대비한 어머니의 모습으로 받아들인 걸 보면 그것도 한국적인 정서인지는 모르겠습니다. 아무튼 저는 아버지께서 성당을 찾으신 이유는 단 하나가 아니었을까 생각합니다. 당신의 생에서 결핍된 모성을 찾아가려는 몸부림이었을 거란 생각이지요. 연세가 들수록 누군가에게 모든 걸 내려놓고 울고 기대기가 쉬운 일은 아니셨겠지요. 혈육이 아닌 계모를 보낸 환갑 즈음의 아버지에겐, 기억조차 가물가물한 어머니의 품이 마냥 그리우셨던 게 아닐까 생각하게 되더군요. 그런 아버지의 신앙 때문에 자연스레 '대속'의 이미지가 떠올랐는지도 모르겠습니다.

저번주 주말에는 제 친구 한 녀석의 출판기념회가 있었습니다. 지금은 세상에 없는 친구예요. 그리고 그 녀석의 생일이기도 했습니다. 사고가 난 게 2006년이었으니 7년 만이지요. 정말 많은 우여곡절과 고마운 분들의 도움으로 녀석의 유고를 모은 시집이 나온 자리였습니다. 그리고 온라인상으로 친구가 남긴 노래들을 처음 공개하는 자리이기도 했습니다. 친구의 부모님도 오시고 덕분에 녀석의 동생들, 친척들, 생전에 친하게 지냈던 친구들도 다들 모였습니다. 원래 생일잔치를 요란하게 하는 걸 좋아하던 철없던 녀석이었어요. 우린 다들 소리 높여 생일 축하 노래를 불렀지요. 그리고 누구는 녀석의 시를 읽고 누구는 노래를 하고 다들 고인의 작품을 축복한 자리였습니다.

그런데 친구의 아버지께서는 웬일인지 선글라스를 쓰고 나오셨더라고요. 한낮도 아닌데 말이지요. 얼마 후 마이크를 잡은 아버지께서 말씀을 하시다가 목이 메는 걸 보고서야 그 이유를 알았습니다. 혹시라도 사람들 앞에서 슬프거나 눈물 흘리는 모습을 보이게 되면 어쩌나 싶으셨던 거지요. 그런 아버지를 바라보던 친구들도, 저도 모두 눈앞이 뿌예졌습니다. 지금은 없는 녀석의 책이 나온 친구의 생일. 아버지는 기쁘면서도 슬프고, 자랑스러우면서도 허전하셨을 테지요. 수많은 감정이 물밀듯이 아버지에게 밀려오지 않았을까 싶습니다. 저는요, 마냥 보고 싶더라고요. 제가 원래 누군가를 잘 그리워하는 편이 아닌데, 얼굴이 보고 싶고, 목소리가 듣고 싶고, 한번 안아도 보고, 그러고 싶었습니다. 아주 많이요. 제가 그랬는데 아버지 어머니는 오죽하셨을까 싶어요.

아, 어쩌다보니 이번 편지도 아버지와 아들에 대한 이야기를 많이 쓰게 되었네요. 아무쪼록 아드님과 손주들과 즐거운 시간 보내시면 좋겠습니다. 저도 바다가 참 보고 싶지만 이제 새 앨범 작업에 들어간지라 여력이 없네요. 참, 그사이 몇 가지 일들이 있었지요. 역시나 오래된 숙제 같았던 번역 작업도 마무리되었지요. 이 일 역시 참 오래 끌었네요. 책은 올가을에 나오게 될 것 같습니다. 능력 밖의 일을 저질러놓고 그래도 잘 마무리했으니 다행입니다. 그런데 한 달 장기 공연을 마치고 이 일을 마무리하느라 너무 오래 한 자세로 있었는지 목과 어깨 통증이 더 심해졌지요. 그래서 정밀검사를 받았는데, 결과가 좋지는 않아 목과 허리 디스크라는 진단을 받았습니다. 곡 작업을 하려면 또 하루종일 바닥에 앉아서 기타를 끌어안고 씨름해야 할 텐데 걱정입니다. 수술을 할 정도는 아니라고 하니 불행 중 다행이기도 하고요. 사실은 스위스 실험실에서 시작된 병이지요. 좀더 일찍 검사를 받았어야 하는 게 아닌가 후회 반, 그래도 이제라도 정확하게 알았으니 다행이라는 기분 반이에요.

덕분에 올가을까지는 다른 것들 다 제쳐두고 재활하고, 곡 쓰는 데에만 집중할 수 있으니 오히려 다행이다 싶기도 합니다. 저는 행복의 제일 조건은 집중이라고 생각하거든요. 그러니 음악에만 집중하고, 또 행복해지고 싶습니다. 여행 잘 마무리하시고 다음 편지 기다리겠습니다.

윤석 올림

여덟번째 편지

2013-06-27(목)

15:04

윤석군에게

그게 벌써 2주일이나 지났네요.

윤석군이 내 책을 출간한 출판사에서 주선해준 북 콘서트에 나와 내가 좋아하는 노래를 세 곡이나 불러주었지요. 노래할 때 조용히 만족하며 즐겨 듣고 있던 참석자들이 놀랍더니 끝나고 여러 사람에게서 들은 그날의 전체적인 감상이 너무 좋아 바쁜 일정 중에도 일부러 참석해주고 노래 불러준 고마움을 무어라 감사해야 할지 모르겠네요.

그 고마운 모임 이후에 내 둘째 아들네 부부와 두 손자가 서울에 왔어요. 그리고 미리 예약해놓은 대로 한 여행사의 패키지 플랜에 들어 8일간 제주도 2박을 비롯해 부산, 경주, 강릉, 설악산, 속초와 서울 등지로 관광여행을 했지요. 좀 피곤하기는 했지만 특히나 손자들이 가는 곳마다 많이 즐기는 것을 보면서 나도 기뻤습니다. 둘째 아들은 고등학교 때나 대학교 때 몇 번 귀국해서 고국 구경을 했지만 그래도 이번이 거의 20년 만이었고, 며느리는 태어나 처음의 고국 방문이고 물론 손자들도 첫 고국 나들이였지요.

미국에서도 큰 도시가 아닌 미시간 주의 대학촌에서 살기 때문에 여행을 잘 견딜까 걱정을 좀 했는데 갖가지 한국 토속 음식도 두루 잘 먹고 흥미롭게 즐기는 것을 보고 얼마나 마음이 놓였는지요. 거기다가 제주도에 온다는 장맛비가 이틀을 기다려주어 비를 맞지 않았고 부산에 오니 며칠 내리던 비가 우리를 피해 제주도로 내려가는 바람에 비 고생은 전혀 하지 않았네요. 신기할 정도로 좋은 날씨가 계속되었습니다. 그렇게 여행을 마치고 경복궁, 민속촌, 롯데월드 등 며칠 서울 구경을 한 뒤에 오늘 미시간에 잘 도착했다는 소식을 받았습니다. 내년에는 다른 아들네를 불러볼까 벌써부터 생각중입니다.

몇 해 전에 죽은 친구의 시집을 윤석군이 결국 출간해주었군요. 정말 축하합니다. 그 시들을 읽어보지는 않았지만 따뜻한 시일 것이라 짐작해봅니다. 한번 읽게 해주기 바랍니다. 나는 그 시의 행간에서 두 사람의 우정을 만나겠지요. 그 우정은 시보다 더 아름다울 것입니다. 사람의 삶에서 한 인간이 다른 한 인간을 사랑하고 아껴주는 것보다 더 아름다운 것은 없다고 생각하며 살아왔습니다. 아마도 나는 훌륭한 예술가가 못 되는 모양이지요? 그 어떤 좋은 시보다 나는 그런 인간의 훈훈한 관계에서 감동을 더 받습니다.

나는 몇 시간 후에 내 오랜 선배 부부와 함께 몽골에 7박 8일의 여행을 갑니다. 도착하는 오늘 밤만 수도인 울란바토르에서 묵고 내일 새벽 몽골 비행기를 타고 고비사막과 흡수골 등지로 떠납니다. 사막에서 별을 보며 잔다는 말에는 흥분되지만 현지식 음식과 게르라는 그들의 텐트식 집에서 먹고 자고, 사막을 계속 헤맨다는 말에는 좀 걱정이 앞서기도 합니다. 하여튼 이제 이 정도에서 컴퓨터를 끄고 공항으로 떠납니다. 몽골의 7박 8일 생활은 귀국해서 다시 알리도록 할게요. 그럼……

마종기

2013-07-01(월)
20:05

 선생님께

지금은 몽골 초원 어느 게르에 계시겠군요. 별이 얼마나 많이 보일까, 얼마나 쏟아질 듯 보일까 궁금하고 부럽습니다.

은하수는 이제 서울에서 아니 대부분의 한국에서 멸종된 것 같습니다. 호랑이나 여우 그리고 반딧불이처럼 말이지요. 한 번도 은하수를 보지 못했던 저는 그저 상상하는 수밖에요. 언젠가 저도, 그곳이 초원이든 사막이든 바다 한가운데든 하늘을 가득 메운 별을 보고 싶습니다. 어제 저는 미야자와 겐지의 『은하철도의 밤』을 읽었답니다.

　건강히 돌아오시고 연락 주세요.

　　　　　　　　　　　　　　　　　　윤석 올림

 윤석군에게

　벌써 서울을 떠나 플로리다의 집
으로 돌아온 지도 9일이 되었네요. 나이든 탓인지 13시간 차이
가 나는 서울과 여기의 시차에 적응하느라 아직도 비실거리고 있
는 형편이지요. 서울의 낮은 여기의 한밤이라 느닷없이 한밤에
잠이 깨어 멍청하게 천장을 올려보기도 하고 낮에는 자주 졸면서
지내고요. 그래도 천천히 적응이 되어가고는 있어요.

　몽골 여행은 잘 다녀왔어요. 그러니까 6월 말의 어느 날 밤,
계획했던 대로 내 의과대학 선배 부부와 넷이서 국적기를 타고

몽골의 수도 울란바토르로 향했지요. 이 선배님은 내가 평생 형님같이 모시고 존경하는 김병길 박사인데 여러 큰 병원의 병원장을 지내신 소아신장학의 권위자세요. 선배님은 전부터 몽골을 헤매보아야 여행을 했다고 말할 수 있다면서, 그리고 사막 속에서 별밭을 보며 밤을 지새보아야 좋은 시를 쓸 수 있다며 나를 꼬드겼어요. 거기다가 내가 언제고 간다면 길 안내를 겸해서 동행을 해주신다고 해서 그 말에 솔깃해 작년에 여행을 결심했고 그래서 이번에 형님은 나를 위해 몽골에 두번째로 가시게 된 것이지요.

밤 열한시경, 세 시간 반 정도의 비행 후 세계 수도 중에서 제일 춥다는 울란바토르의 칭기즈칸 공항에 도착한 우리는 마중 나온 분의 자동차로 거의 한 시간을 털털거리며 수도를 가로질러 호텔에 당도했지요(수도 한복판인데 길이 얼마나 나쁜지 평평한 도로가 거의 없었어요). 그리고 그 시간부터 약 세 시간 후인 아침 네시에 우리를 다시 태우고 공항에 가야 한다는 말에 첫날부터 큰일 났구나 싶었고요. 샤워를 하고 두어 시간 눈을 붙이고 난 후 호텔 로비로 다시 내려온 우리는 신새벽의 공항으로 다시 달렸지요. 속으로는 무슨 여행 일정이 이 모양인가 투덜대면서요.

지방 도시의 공항만한 칭기즈칸 국제공항에 다시 나와 이번에는 몽골의 작은 프로펠러 비행기를 타고 한 시간 넘게 사막을 가로지르면서 남진해 굴반 사이칸(이곳 사람들은 고르완 사흔이라고 부르더군요)인가 하는 작은 공항에 도착했지요. 이 공항이 고비사막으로 가는 유일한 공항이라네요. 우리의 생고생은 바로 여기서부터 시작이 되었어요. 우리는 그 공항에서 며칠간 우리를 인도해줄 몽골인 여자 가이드와 운전자를 만났고 그들이 준비해온 차를 타고 장장 다섯 시간 동안 망망한 초원을 헤치고 달려 허허벌판의 한쪽에 모여 있는 몽골 유목민들의 둥그런 천막집, 게르에 도착했지요.

어마어마하다는 단어 말고는 다른 표현을 찾을 수 없는, 제대로 된 길도 없는 광활한 초원지대steppe에서 몽골 운전사는 내비게이션도 없는 차로 어떻게 방향을 잡아 가는 것인지 전속력으로 무작정 달려나갔습니다. 차가 퉁퉁 아래위로 튀다가 양옆으로 쏠리고 하면서 끝없이 달리니 아마도 이런 차는 1년도 못 가서 폐차를 해야겠구나 하는 생각이 들었습니다. 속이 메슥거리고 몸이 아파올 정도로 계속 차의 구석구석을 부딪쳤지만 차창 밖으로 고개를 잠시 돌리면 산도 강도 아무것도 없는 초원의 전체가 너무나 단순하고 삭막한 지평선만 사방으로 보였습니다. 시선의 360도가 모두 지평선만으로, 시야의 전체가 줄 하나로 시작하고 끝이 나고 있었습니다. 한 시간을 달려도 두 시간을 달려도 하나도 변하지 않는 풍경, 아무것도 없는 풍경. 짐승 한 마리, 나무 한 그루, 집 한 채, 달리는 자동차나 사람 하나도 보이지 않는 초원은 그것을 그냥 아름답다고 해야 할지 내게는 오히려 처연한 모습으로만 보였습니다. 너무나 아무것도 없었습니다.

같은 풍경만 계속되니 답답한 마음이 들고 혹 무언가 다른 게 없을까 하고 차창 밖을 유심히 보기 시작하니 글쎄 엄청 다른 게 있더라고요. 그것은 끝없는 초원의 색깔 변화였어요. 처음에는 확실히 풀밭만의 초록색이었는데 어느새 갈색으로 변하고 한참 가다보니 완전히 흰색으로 변하더라고요. 정말 화려하고 아름답고 언뜻 구름 속을 달리는 것인가 의심이 들 정도가 되어 운전자에게 좀 내려서 쉬어 가자고 졸랐지요. 그래서 우리는 다시 360도가 완전히 지평선만 보이는 곳에 섰지요. 차에서 내리자마자 초원을 자세히 보니 그 흰색은 한 20센티미터 정도의 키로 초원을 완전히 덮고 있는 난쟁이 갈대들 때문이었습니다. 정확한 학명은 물론 모르지만 틀림없이 바람에 날리는 갈대밭이었습니다. 흰 갈대가 온 지상을 덮고 있었습니다.

그렇게 달리다보니 이번에는 초원이 노란색이 되어서 이건 또 무엇일까 궁금해 차에서 내려보니 이번에는 3센티미터 정도의 키에 지름 1센티미터 정도의 앙증맞은 노란 얼굴의 꽃들이 초원을 덮고 있었습니다. 안타깝게 안내원도 이 꽃 이름을 모르더군요. 작고 아름답고 연약해 보이는 이 꽃들, 평생을 바람만 만나며 살고 있는 이 꽃이 공연히 외로워 보였습니다.

게르라는 것은 윤석군도 사진으로 보았겠지만 아코디언같이 늘였다 줄였다 하는 나무 격자를 둥글게 묶어서 벽으로 하고 천장 가운데에 축을 세워 거기에 방사선으로 나무 막대기들을 가운데로 모으고 짐승의 가죽이나 두꺼운 천을 지붕으로 적당히 덮어서 집을 완성하지요. 건축가가 아니어서 집에 대한 내 설명이 엉터리네요. 정 알고 싶으면 언제 우리가 만났을 때 그림을 그려가며 다시 설명을 할게요. 많은 몽골 유목민들은 이런 게르를 1년에 서너 번 헐고 다시 짓고 하면서 장소를 옮겨가며 살고 있지요. 빠르면 두세 시간 안에 이런 집을 만든다고 하네요. 하여튼 여기서 며칠을 자면서 주인집에서 해주는 좀 이상한, 그렇지만 먹을 만한 고기 종류의 반찬과 빵을 먹으면서 지냈어요. 몽골 사람들은 소고기나 염소고기와 함께 말고기도 자주 먹는다고 해서 가이드를 통해 나는 마씨 성의 사람이니 말고기는 사양이라고 했더니, 가이드는 말고기는 주로 겨울에만 먹고 무척 비싼 고기라서 당신 같은 여행객은 특별히 청하지 않는 한 절대 주지 않는다고 해서 안심을 했지요.

다음날 아침식사 후에는 다시 차를 타고 달려 고비사막으로 가는데 정말 말로만 듣던 신기루를 자주 보았네요. 달리는 차창으로 앞을 보니 장대한 사막이 시야를 가로질러 펼쳐져 보이는데 그 시작 근처에 아름다워 보이는 푸른 호수가 보이고 나무도 있는 것 같더라고요. 나는 너무 놀라서 저 앞에 보이는 게 바로 오아시스냐고 큰 소리로 가이드에게 물었지요. 했더니 가이드가 그러더라고요. 저게 바로 미라지mirage(신기루)라고요. 아무리 다시 눈을 닦고 보아도 환영 같지 않고 영화 같은 데서 본 오아시스였는데요. 이 고비사막은 세계에서 세번째로 큰 사막이라지만 한 끝에서 다른 끝이 모두 사막인 그 앞에 서니 너무나 엄청나서 머리가 텅 비어버리는 느낌이 들었어요.

우리는 그 고비사막의 둔덕을 조금 걷기도 했는데 우리가 전에 다른 곳에서 밟아본 모래 둔덕과는 다르게 걸을 때마다 다리 전체가 모래 속으로 다 빠져버려서 아마 그 두 시간 동안 걸은 게 200미터나 되었는지 모르겠어요. 바람만 조금 불면 사람이 곧 묻혀버리겠다 하는 느낌이 들었습니다. 정말 엄청난 광경이었지요. 다시 게르로 돌아와 잠시 쉬었는데요, 한바탕 샤워라도 했으면 좋겠는데 물은 아침나절에만 조금씩 나오고 공동으로 쓰는 화장실 역시 다른 건물에 있어 함부로 드나들 수 없었던 게 이번 여행중에 제일 불편했던 것이지만, 그런 불편까지 가끔은 잊을 수 있게 우리는 늘 피곤했고 신기했고 또 졸리기도 한 요상한 나날이었어요.

이 나라의 수도인 울란바토르는 공식 표기가 'Ulaanbaatar'

인데 왜 'a'자가 두 번씩 연거푸 들어가느냐고 물으니 소련의 지배하에 있었던 1990년대 초까지 몽고가 자신들의 글자가 없이 소련 글자만 쓴 탓이어서 그렇다고 하네요. 맙소사, 내가 또 몽고라고 했네요. 몽골 사람들은 몽고라고 불리는 것을 아주 싫어합니다. 몽고는 중국인들이 바보라는 뜻으로 일부러 그렇게 쓴 것이랍니다. 자기 나라를 몽골 혹은 몽골리아라고 불러달라고 그리고 자기들을 몽골 사람이라고 불러달라고 몇 번씩 다짐을 하더라고요. 그러니까 1920년대까지는 오랫동안 중국의 지배, 그후에는 70여 년 소련의 지배로 공산주의의 힘없는 위성국가여서 바이칼 호수 등 북쪽 땅은 소련에 빼앗기고 내몽골 땅은 오래전 중국에 빼앗겼다고 하네요. 아직도 상점이나 회사의 간판은 모두 소련 글자를 쓰고 있지요.

그날 밤, 선배가 일부러 서울서 마련해가지고 오신 소주팩을 대여섯 개 놓고 저녁식사 후 바깥 벌판에 있는 나무의자에 앉아 별 구경을 준비했지요. 한데 사방팔방 막힘이 없는 지평선 때문인지 해는 쉽게 지지 않았어요. 밤 열시가 되니 사위가 차차 어두워지기 시작했고 열시 반이 지나서야 겨우 별이 한 개 희미하게 보였고 밤 열한시가 훨씬 지나고 나서야 넓은 하늘을 꽉 채운 별들이 자세히 보였습니다. 정말 엄청나게 넓은 하늘에 엄청 많은 별들이 꽉 차 보였습니다. 먼 지평선으로는 밝은 별들이 한 줄로 불을 켜고 줄지어 서 있는 신기한 광경도 구경했고요. 내가 로키 산맥의 한 정상에서 본 것같이 엄청 크고 가깝게 보이는 별은 아니었지만 별들의 숫자로는 어디서도 보지 못한 엄청난 장관이었어요. 10여 년 전 이집트의 사막에서 주위의 불빛 때문에 별 보기를 즐기지 못한 한을 씻어준 밤이었지요. 정말 광대무변이란 말은 이런 때 쓰는 것이구나 하는 생각이 들었습니다. 별 보기를 끝내고 게르에 들어온 나는 누군가 전에 말해준 대로 몽골의 침상에 누워서도 그 별들을 볼 수 있었네요. 혹 아는지 몰라도 모든 게르의 한가운데 천장은 지름 1미터 반 정도로 구멍이 뚫려 있지요. 눈이나 비가 오지 않는 한 환기를 위해서인지 꼭 그 구멍을 열어놓고 자는데 나는 침상에 누워서 그 큼지막한 구멍을 통해 별들을 한참 동안 보았어요. 그러다가 어느 틈에 잠이 들어버렸습니다. 별을 보다가 신기하게도 그 별들을 눈에 안고 잠이 들었습니다.

다음날 아침에는 샤워도 못하고 면도도 못하고 고양이 세수만 겨우 하고 우리말로는 수염수리 계곡, 몽골 사람들은 욜린암이라고 부르는 골짜기에 갔어요. 거기는 7월 초 여름 날씨에도 불구하고 얼음이 두껍게 꽝꽝 얼어 있는 길이 계속되었습니다. 몽골의 날씨는 추운 것 말고는 일교차가 엄청나게 심하다는 말로

줄일 수 있을 것입니다. 낮에는 서울의 여름 날씨인데 밤에는 서울의 겨울 날씨이지요. 여름밤인데도 너무 추워서 게르에서 이불을 눌러 덮고도 난로를 밤새 지펴놓아야 잘 수가 있습니다. 혹시라도 난로의 장작불이 꺼지면 추워서 잠이 깰까봐 밤새 불이 안 꺼지게 장작을 더해 넣느라고 어차피 잠을 자주 깨게 됩니다. 우리가 다음번에 간 곳에서는 주인집의 특별 서비스로 주인집 일꾼이 새벽에 장작을 넣어주었는데 한밤에 게르의 작은 문을 열고 들어오는 낯선 주인집 사람의 검은 그림자에 놀라서 단잠이 달아나긴 마찬가지였어요.

고비사막에서의 그 며칠 동안 우리의 가이드는 서른 살쯤 되는 몽골 여자였는데 이름은 오기, 살이 좀 찐 편인데 무엇보다 다른 것은 이마가 아주 넓었어요. 그후에 그곳 여자들을 유심히 보니 이마 넓은 여자들이 많더라고요. 우리가 특히 오기에게 놀랐던 것은 칭기즈칸을 어떻게 생각하느냐는 우리의 질문에 자신은 칭기즈칸을 직접 보지 못해 실제 인물이었는지도 모르겠다며 12세기, 13세기의 몽골제국이나 칭기즈칸에 대해 도대체 말을 나누려 하지 않더라고요. 하도 이상해서 나중에 다른 분에게 물으니 적은 수이긴 하지만 일부 몽골인들은 칭기즈칸을 정말 싫어하고 그것은 아마도 소련 공산주의의 지배 영향일 것이라고 하데요. 소련이 몽골을 다스리기 시작한 1920, 1930년대에는 칭기즈 칸을 말하는 몽골인을 독립운동의 의도가 있다고 학살하거나 감옥에도 넣었답니다. 그리고 독립심을 없애기 위한 한 방편으로 칭기즈칸에 대한 이야기 자체를 금지했었대요. 그래서 수도 울란바토르의 국제공항에 칭기즈칸이란 이름이 붙은 것도 소련으로부터 독립한 최근, 겨우 10년 전이었답니다.

몽골 여행 편지가 어쩌다 너무 길어졌네요. 고비사막 생활 며칠 후에는 비행기로 수도에 다시 돌아왔다가 이번에는 북쪽으로 한 시간 반 비행해서 흡수골이라는 커다란 호숫가로 갔습니다. 소련에 속한 바이칼 호수와 형제같이 연결되어 있는 호수로 이제는 몽골에서 제일 큰 호수인데 그 크기는 경상남도 사이즈, 제주도의 두 배 정도라네요. 물이 얼마나 맑고 푸른지 그 호숫가의 게르에서 지낸 며칠도 꿈결 같았습니다. 낮에는 거의 초여름 날씨였고 밤에는 한겨울의 추위여서 매일 밤 난로에 장작을 태우며 지내기는 마찬가지였지만 스웨터 두어 개와 또 몇 겹으로 옷을 껴입고 샤워도 생략한 채 지내면서 밤에는 별을 보고 낮에는 끝없이 펼쳐진 초원에서 말을 타며 지냈지요. 참, 이번 여행에서는 낙타를 타지 않았지만 지난번 이집트나 중동 지방 여행중에는 낙타를 좀 탔지요. 낙타는 대개 말보다 더 크고 냄새가 좀더 나는 것 같지만 낙타가 일어서고 앉고 할 적의 갑작스런 움직임만 조심하면 말타기보다 더 편한 것 같아요. 다만 이집트나 중동 지역의 낙타는 등에 튀어나온 봉이 한 개인 데 비해 몽골의 낙타는 쌍봉, 등에 튀어나온 봉이 모두 두 개씩이더군요. 사람은 그 두 개의 봉 사이에 앉게 됩니다.

그렇게 남북으로 비행기를 타고 다니며 매일 밤 게르에서 지내고 나머지 며칠은 수도인 울란바토르에서 국립박물관이니 많은 관광지를 구경했지만 그런 이야기를 일일이 하자면 너무 길어지니 다음에 하기로 하지요. 단지 한 가지 내가 몽골 여행중 계속 가슴에 멍울이 진 듯 답답하고 슬픈 기분이 들었던 것은 700년, 800년 전 고려 말, 원나라였던 몽골에 지배당했던 힘없는 고국의 여인들이 자꾸 생각나서였습니다. 무지막지한 몽골 군인들에게 공녀라는 이름으로 물설고 낯선 땅에 끌려와 이 삭막한 사막이나 초원에 버려지듯 흩어져 고국과 부모 형제를 몽매에 그리며 몽골 땅에 뼈를 묻은 한국 여자들의 원혼을 보는 듯해서였습니다. 그런 과거가 자꾸 더 연상되었던 것은 내가 외국에 나와 살기 때문이었을까요? 고급스럽고 화려하게 펼쳐지던 그들의 민속 공연장에 갔다가 그들의 춤이나 애절한 노래를 들으면서도 문득 몽골의 광활한 초원에서 무섭도록 세찬 바람에 휩쓸려 생을 마친 한국 여인의 울음소리가 메아리도 만들지 못하고 스러지는 모습을 듣는 듯했습니다.

이제 정말 그만하겠습니다. 두서없는 내 긴 몽골 여행기를
읽어주어 고맙습니다. 안녕.

플로리다에서

마종기

part 2

결정되지 않은
노래

2013.08.08-11.07

이번 편지를 보니 눈에 확 뜨이는 곳이 있네요.

'시를 쓰기보다 시를 노래 부르고 싶다'는 말.

내가 알기로도 사실 시란 것이 그렇게 시작된 것이지요.

시의 모태는 노래고 운문이어서

곡이 아직 결정되지 않은 노래라고 할 수 있겠지요.

그러니까 윤석군의 이야기는

우리나라에 새로운 르네상스를 시작하는 모양새로 보입니다.

 선생님께

벌써 8월이 되었습니다. 답장이
늦어 죄송합니다. 몽골의 사막과 별과 이야기가 가득한 선생님
의 긴 편지 잘 읽어보았습니다. 고생스러우셨겠지만, 또 오래오
래 기억될 여행이었겠네요.

일전에 서촌에서 선생님 뵈었을 때 별에 대한 이야기를 했었
지요. 그때, 선생님보다 훨씬 연배가 어린 저와 출판사 분들과
함께 점심식사를 하는 자리였지요. 선생님께 저희 셋은 은하수
를 본 적이 없다는 말씀을 드렸는데 선생님은 반신반의하는 표정

이셨지요. 설마 은하수를 본 적이 없으리라고는 생각지 못하셨다는 듯이 말입니다. 그런데 정말 그래요. 서울에서 이제 은하수는 고사하고 별을 많이 보고 싶다는 마음조차 사치스러운 마음이 되었습니다.

저번달에 잠시 제주도에 다녀온 적이 있었습니다. 2박 3일의 짧은 여행이었는데, 밤이 되고 어딘가로 가면 별을 볼 수 있지 않을까 하는 심정으로 차를 몰아 한 30분 달렸지요. 그렇게 달리다 가로등도 없고 오가는 차도 없는 컴컴한 길가에 차를 대고 헤드라이트며 내비게이션을 모두 껐는데, 글쎄 생각보다 별이 그리 많지는 않더라고요. 별빛을 가리는 건 인간의 빛이라면서요. 서울에 비한다면 사람도 적게 살고 한적한 제주도지만 그야말로 쏟아질 듯한 별을 보는 건 여간 어려운 일이 아닌가봅니다. 그러고 보면, 어릴 때 외갓집에 가서 하늘을 보면 은하수까진 아니더라도 별이 참 많았던 것 같아요. 별이 많이 보일수록 더 가까이 보였던 것도 같고요.

그사이 저는 새 앨범 작업을 시작했습니다. 곡 작업을 먼저 시작했어요. 6월 말부터 다른 약속들을 줄이고 집에서 기타를 붙들고 곡 작업을 시작했는데, 의외로 곡이 잘 나와 이미 열 곡 정도 썼습니다. 그러느라 선생님께 안부도 전하지 못했습니다. 이

대로라면 한두 곡 정도를 더 쓸 수 있을 것도 같아요.

이번 작업이 예전 앨범 작업과 다른 점이 있다면, 여러 기타를 쓰고 있다는 점이 아닐까 싶어요. 음역과 튜닝이 다른 기타를 여러 대 번갈아가면서 치다보면 각 기타가 가지고 있는 고유한 색깔과 음색에 매번 감탄합니다. 그중 한 대는 후배에게 빌려 쓰고 있는 기타인데, 바리톤기타라고 합니다. 일반 기타보다 음역이 4, 5도가량 낮지요. 그러니까 기타와 베이스 사이의 음역대라고 보시면 됩니다. 처음 바리톤기타에 관심을 갖게 된 데엔 아주 슬픈(!) 사연이 있지요. 늘상 곡을 써놓고 나면 제 음역보다 높았어요. 그래서 아예 음역대가 낮은 기타를 써보면 어떨까 하는 생각을 하게 된 거지요. 그런데, 바리톤기타로 곡을 써도 또 제 음역보다 높은 곡들이 나와서 아주 당황스럽습니다. 네, 당최 알 수가 없네요.

또 한 대는 유럽의 집시재즈 기타리스트들이 쓰는, (처음 만든 사람의 이름을 따서) 소위 매카페리MacCaferri 기타라고 불리는 기타입니다. 사운드홀이 D자로 큼지막하게 생겼고, 브리지 부분이 마치 콧수염처럼 생겨서 'mustache bridge'라고 불리기도 하지요. 어떻게 보면 기타가 꼭 웃고 있는 것같이 보이기도 하고, 헤벌레한 표정으로 쳐다보는 마음씨 좋은 아저씨 얼굴 같기도 합니다. 이게 우리나라에선 구하기가 어려운 기타라 일본에서 어렵사리 구해왔어요. 그 와중에 일본의 집시기타 전문점 사장과 친해져서 이메일을 주고받는데, 그분이 한국에는 매카페리 타입 기타를 살 수 있는 곳이 없냐고 묻길래, 아쉽게도 없다고 했었지요.

일본의 음악신scene을 보면 가장 부럽기도 하고 대단하다 싶은 것이, 다양한 음악 장르를 연구하고 좋아하는 뮤지션, 팬, 악기관계자 들이 공존하고 있는 점이에요. 어떤 장르의 음악이 되었든 마니아가 존재하고 그 음악을 수준급으로 연주하는 뮤지션이 있고, 또 그에 맞는 악기와 음반 등을 깊이 있게 전문적으로 취급하는 가게들이 꼭 있습니다. 그게 참 부럽더라고요. 저는 한 나라의 문화적 수준은 '다양성'에 있지 않나 하는 생각을 합니다. 이번 제 음반은 일본에서도 동시에 발매될 예정이고요, 그전에 9월 말경엔 그간 제 앨범에서 추린 곡들을 모아서 베스트 앨범도 나올 예정입니다. 일본에서 앨범이 나오고 공연도 할 수 있게 되면 참 좋겠네요.

기타를 처음 잡은 지 어림잡아보니 벌써 20년이 넘었습니다. 그렇게 보면 참 부끄러운 실력이지요. 그런데 요즘 저는 예전보다 그 기타라는 악기가 훨씬 더 좋아졌어요. 나무로 만든 기타를 보면 예전보다 더 많은 생각을 하게 되거든요. 지금 주문을 맡겨놓고 제작에 들어간 나일론 줄 기타는 앞면은 스프루스spruce라는 나무로, 옆면과 뒷면은 마다가스카르에서 자란 로즈우드rosewood

로 만들고 있습니다. 그 수많은 나무 중에서 기타의 앞판을 만드는 데 쓰이는 나무는 스프루스와 시더^{cedar} 두 가지 계열이 대부분이랍니다. 스프루스는 가문비나무, 시더는 삼나무 계열인데 스프루스는 좀더 밝은 음색이, 시더는 따뜻하고 부드러운 음색이 난다고 하지요. 그런데 스프루스는 기타를 치면 칠수록 소리가 더 익어서, 제대로 소리를 내려면 1년은 쳐야 한다고 하네요. 시더는 그렇지는 않고요.

어떤 기타는 칠 때 향긋한 나무 냄새가 사운드홀에서 은은하게 풍기기도 하는데, 그럴 때면 나무의 향에도 취하고 음색에도 취하지요. 실제로 악기의 측후면 재료로 많이 쓰이는 로즈우드는 장미향이 나는 나무라고 해서 그렇게 불린다고 하네요. 한옥집도 그렇지만 몇십 년 걸쳐 잘 건조된 나무로 만든 기타는 보기도 아름답고 소리도 참 좋습니다. 죽은 나무가 다시 살아나는 것이지요.

실제로 어떤 분은 기타를 1년에 두 대 정도만 만들지만, 소리를 찾아나가는 과정에서 마치 신을 만나는 것 같은 경건함을 느끼시기도 한다고 합니다. 나무를 다루는 목수이면서 소리를 다루는 숨은 음악가들이 바로 기타 장인들이지요. 이번에 제가 기타를 주문한 분은 충청도에서 공방을 하고 계신데, 조수도 없이 전 과정을 혼자 직접 손으로 다 만들고 계시더군요. 처음 기타를 의뢰했을 때, 직접 서울까지 올라오셔서 저와 세 시간이 넘게 점심도 거르고 기타 이야기를 나누었습니다. 이제 곧 그 기타가 완성될 텐데, 어서 쳐보고 싶네요.

아, 그러고 보니 한옥으로 이사를 오고 난 뒤 처음으로 작업하는 앨범이에요. 나무로 만든 집에서 나무로 만든 악기를 하루종일 안고, 줄을 튕기고, 곡을 쓰고, 가사를 쓰고 그렇게 하루하루를 바쁘면서도 행복하게 보내고 있습니다. 나무에 둘러싸여서 살고 있는 기분이 참 좋아요. 8월까지 곡 작업을 마무리하고 9월에 녹음, 10월에 발매를 예정했는데, 예상보다 조금 더 일정이 당겨질 수도 있겠습니다.

올해 서울은 장마도 유난히 길었고, 입추가 지난 지금 다시 불볕더위가 시작입니다. 플로리다도 만만치 않게 더운 날씨일 테지요. 에어컨은 고사하고 선풍기도 틀지 않고 지냈었는데 어제 오늘은 도무지 견딜 수 없이 더워져서 선풍기를 돌리고 있답니다. 곡 작업을 하느라 운동을 꾸준히 하지 못해서 조금 걱정이 되기도 하는데, 제 성격상 무엇 하나를 하면 다른 걸 둘러보는 여유가 없는 탓에, 체육관으로 발길이 잘 옮겨지지가 않네요. 일부러라도 운동을 좀 해야 하는데 말입니다. 한 두어 곡 정도만 더 마무리되면 억지로라도 다시 운동을 해야겠어요.

선생님도 건강관리, 특히 이렇데 더운 여름엔 잘하시길 바랄
게요. 다음 편지 드릴 때엔 또 어떤 곡들이 더 세상에 나와 있을
지 저도 궁금하기도 하고 기대도 됩니다.

서울에서
윤석 올림

 윤석군에게

서울의 이번 여름 더위가 유난하
다는 소식을 들으며 공연히 나까지 더위를 더 느끼는 것인지 땀
을 많이 흘리며 지냅니다(하기야 여기는 거의 열대성 기후이고 지금은
또 여름이니 더 그렇겠지만요). 거기다 고국에서는 전력난이 상당히
심해 내 친구도 일주일 내내 에어컨을 켜지 않고 더위를 이겨내
고 있다고 해서 격려의 메일을 보냈습니다. 모쪼록 윤석군도 모
진 날씨 잘 이겨내기 바랍니다. 입추도 지나고 엊그제 말복이 지
났다니 찌는 더위가 얼마나 더 가겠어요? 그래도 그 무더위 속에

서도 가사를 쓰고 곡을 붙이며 좋은 노래들을 만들고 있다니 멀리서나마 힘찬 응원을 보냅니다. 자기가 좋아하는 것을 힘들여 이루고 있다는 그 느낌은 인간이 세상에서 가질 수 있는 가장 큰 기쁨이라고 나는 믿고 있습니다. 설사 그 성취가 돈으로 따져 얼마 되지 않더라도 예술가의 가슴은 환희로 가득찹니다.

　그때 서울에서 윤석군과 함께 여러 분을 만난 자리에서 은하수를 본 분이 아무도 없는 것을 알고 나는 정말 깜짝 놀랐었지요. 그리고 그 이유가 서울의 하늘이 맑지가 않고 밤에도 주위가 너무 밝아서 도심에서는 별조차 보기가 힘들다는 말에 수긍이 가기도 했어요. 세상이 많이 발전하고 살기가 편해지면 한쪽에서는 무언가 잃는 것도 있구나 하는 느낌도 받았지요. 나는 물론 은하수를 셀 수 없이 여러 번 보았어요. 물론 서울의 우리 집 동네에서 자주 보았지만 그게 대부분 내가 어릴 때였네요. 은하수는 알다시피 한여름에만 주로 보이고 우선 날이 맑고 구름이 많지 않아야 하지요. 왜냐면 은하수는 얇고 띠같이 길고 넓은 구름같이 보이는 적이 대부분이니까요. 구름이 많은 날이면 진짜 구름과 은하수를 분간하기가 조금 어려울 때도 있어요. 은하수는 결국 '성운'이라고 지상에서 더 멀리 떨어진 아주 작은 별들이 모인 집단이라서 그 많은 별 때문인지 은하수가 중심에 있는 여름의 하늘은 한밤에도 아주 밝아서 대낮 같은 느낌을 받아요. 그런 구름 같은 것의 여기저기에서 아주 작게 잠시 반짝이는 것, 먼 별들의 빛을 가끔 보게 됩니다. 내게는 그 작은 반짝임이 은하수 중에서 제일 아름다운 부분입니다.

은하수는 고유어로 제주도에서는 미리내라고 부른다지요. 혹시 아시나 몰라. 돌아가신 윤극영 선생님의 유명한 동요 〈반달〉은 이렇게 시작하지요. '푸른 하늘 은하수 하얀 쪽배엔 계수나무 한 나무 토끼 한 마리……' 이 가사도 윤선생님이 쓰신 것인데 한밤중의 풍경을 말하는 이 가사가 어딘가 꼭 대낮같이 밝은 느낌이 들지요? 이게 바로 은하수의 밝음 때문일 거예요. 내가 은하수를 본 기억은 언제나 환하고 하늘이 푸른 밤이었습니다. 요즈음에는 아이폰이니 스마트폰에 종일 매달려서 하늘을 볼 여유도 시간도 없는 사람들이 대부분이지만 내가 은하수를 여름내 즐겨본 적은 초등학교나 중고등학교 학생 때인 것 같아요. 물론 최근에는 미국의 서부 산간에 놀러갔을 때 보기도 했지요. 윤석군도 한여름 인적 많지 않은 산촌에 가면 맑고 푸른 밤하늘에서 은하수를 아마 볼 수 있을 것입니다. 틀림없이 어딘가에서 찾는 이를 기다리며 살고 있을 것입니다.

작곡가 윤극영 선생님의 이름을 혹 들어보았는지요? 이분이 윤석군 같은 싱어송라이터의 효시가 되지 않을까 하는 생각이 갑자기 드네요. 이분은 일제강점기에 음대에서 성악을 전공하시고 〈반달〉을 비롯해 많은 노래를 직접 작사, 작곡하시고 독창회에서 노래도 하셨다고 해요. 나는 1950년대 후반에 이분이 우리 집에 여러 번 방문하셨을 때 만나뵙고 인사도 드렸는데 내 선친과는 일제강점기에 어린이 운동을 함께한 색동회의 회원이셨지요. 끼니가 어려울 정도로 생활하기가 힘드셔서 가난한 우리 집에까지 무슨 도움을 청하러 오셨다는 말을 들었어요. 그러고 보니 색동회를 만드신 소파 방정환 선생님의 큰아드님인 방운용 선생님도 후줄근히 가난에 찌든 모습으로 아기를 안고 우리 집에 오셔서 원고료로 겨우 살고 있던 내 아버지께 도움을 청하시기도 하셔서 인사드린 생각이 납니다. 같은 색동회 회원이셨던 진장섭 선생님도 가난에 찌들기는 마찬가지셨고요. 색동회 회원 중에서는 고등학교 교장선생님이셨던 조재호 선생님과 대학교수직에 계시던 두어 분만 겨우겨우 사셨던 것으로 기억합니다.

한데 어느 유명하다는 아동문학비평가라는 사람이 연전에 거창한 논문을 쓰면서 내 선친을 비롯한 색동회 회원들은 생전에 색동회 회원이라고 정부로부터 돈을 받고 잘살았을 것이다, 그 경위를 샅샅이 알아보고 밝혀야 한다 썼더라고요. 실상을 알 리가 없는 젊은 아동문학가들은 멋도 모르고 그 말을 따르겠지만 그렇게 '아니면 말고' 식의 악의적 논문이 아직도 활개를 치는 고국의 아동문학계가 너무 한심하다는 생각을 떨칠 수가 없네요.
이야기가 좀 옆으로 갔습니다.

　이번에 받은 편지에서 기타라는 악기에 대해 이야기한 것이
흥미롭네요. 기타가 몇 가지 종류로 나뉜다는 말은 전에 누구에
게선가 들은 적이 있고 그게 대부분 기타줄의 종류나 기타의 크
기나 모양 때문인 것으로 알고 있었는데 기타 앞판 나무의 종류
에 따라 소리가 다르게 난다는 말이 아주 흥미롭네요. 거기다가
가문비나무로 앞판을 만들면 밝은 음색이 나고 삼나무 계열의 시
더로 만든 것은 따뜻하고 부드러운 음색이 난다는 말도요. 내가
엄청 많은 가문비나무를 보고 처음으로 감동했던 곳은 알래스카
의 내륙 지역이었어요. 석회질의 바위와 얼음이 녹은 탓에 은색
이 도는 연한 연둣빛 큰 호수의 주위를 감싸면서 창창하게 몸을
흔들던 밝은 가문비나무의 큰 무리가 아직도 생생하게 기억납니
다. 그래서 몇 해 전에 「알래스카 시편」이란 제목으로 가문비나
무도 언급하면서 한꺼번에 네 편의 시를 써서 발표한 적이 있어
요. 내가 느꼈던 그 한없이 밝고 청아했던 모습이 기타의 앞판을
통해 같은 음색으로 느껴진다는 게 무척 신기하네요.
　또 내가 미국 서북부에서 몇 해 전에 본 삼나무, 시더가 그 당
시의 내 입장 때문인지 따뜻하고 부드러운 느낌을 준다고 확실히

느꼈는데 그 나무로 만든 기타가 바로 그런 따뜻하고 부드러운 음색을 낸다니! 나는 정확히 부드러운 소리라는 게 어떤 소리인지 잘 모르니 밝은 음색까지 합해서 언젠가 윤석군의 기타로 그런 소리를 하나하나 듣게 해주면 고맙겠네요. 이게 바로 따뜻한 소리랍니다라고 알려주면 내 몸이 곧 편안하고 따뜻하게 되겠지요.

오늘은 이만합니다. 빨리빨리 더위가 가시고 시원한 가을을 맞이하기 바랍니다. 안녕.

플로리다에서
마종기

선생님께

편지 감사히 잘 받았습니다. 입추도 말복도 지났지만 그간 장마가 너무 길었던 탓인지 오히려 저는 이제야 진짜 여름이 오려나 하는 생각마저 듭니다. 그런데 벌써 제가 사는 동네에는 밤만 되면 귀뚜라미 소리가 들린답니다. 원래 귀뚜라미들이 늦여름부터 울기 시작하던가요. 매미의 울음소리를 올여름엔 오래 듣지 못했어요. 그러고 보면, 밤에 창문을 열어놓고 가만히 눈을 감고 있으면 어디선가 가을의 자락이 잡힐 듯 잡힐 듯합니다. 기온도 습도도 아닌, 뭐라고 이야기할 수 없

는 그 가을의 기미인데요. 아주 멀리서 가을이 오는 소리가 분명
들리고 있는데, 그게 귀뚜라미 때문도 아니고, 뭐라 딱히 말하기
힘든 그 가을 냄새. 네, 서울엔 지금 아주 천천히 가을이 오고 있
답니다.

그사이 저는 새 앨범에 들어갈 곡을 다 만들고 어제부터 악
보를 그리고 있습니다. 요즈음엔 다들 컴퓨터로 악보를 그리는
데 저는 음악을 학교에서 제대로 배운 사람이 아니라 악보 그리
는 솜씨가 아주 엉망이에요. 시간이 오래 걸리기도 하고요. 그래
서 저번 앨범 작업까지는 다른 분들께 사보를 부탁하곤 했는데,
이번 앨범에는 제가 직접 하고 있습니다. 공들여 만든 노래를 직
접 손으로 하나하나 정리하고 싶어서지요. 혹여라도 제가 어느
날 이 세상에서 휙 하고 갑자기 사라지더라도, 꼼꼼하게 제가 악
보만 잘 그려놓는다면 그래도 100퍼센트까지는 아니지만 노래는
이 세상에 살아남게 되지 않을까요. 그래서 템포와 노래 구성^{song}
^{form}, 기타의 튜닝법, 연음처리^{articulation}, 가사 등등 최대한 꼼꼼하
게 그리려 하고 있답니다. 집으로 친다면 도면 같은 것이니까요.
선생님의 편지를 보니, 말씀하신 그 「알래스카 시편」이라는
시들이 생각납니다. 그렇네요. 그 시에 가문비나무가 있었네요.
'장단에 맞추어 몸을 흔들던' 바로 그 가문비나무 말이지요. 아주

오래전부터 바이올린이며 첼로 같은 클래식 악기들의 앞판으로도 사용된 나무라고 하니, 정말 바람의 노랫소리에 맞춰 이리저리 몸을 흔들며 춤을 출 만도 하겠지요. 클래식 악기들이 유럽 태생이다보니 원래 가장 좋은 가문비나무는 체코나 알프스 등 유럽의 고산지대에서 자라는 유러피언 스프루스European Spruce라고 한답니다. 그다음으로 주로 로키산맥 쪽에서 자생하는 엥겔만 스프루스Engelmann Spruce라는 북미산 가문비나무가 각광받는데, 사실 요즘은 좋은 유럽산 가문비나무 목재들이 많이 고갈된 탓에 질 좋은 엥겔만 스프루스들이 더 좋은 악기를 만드는 데 사용되기도 한다는군요. 시트카 스프루스Sitka Spruce라고 하는, 기타 제작에 가장 많이 쓰이는 가문비나무도 북미산이지요.

조금 다른 이야기지만 전 가끔 우리가 언어로 소리를 표현할 수 있을까, 하는 생각을 하곤 합니다. 음색 말인데요. 제가 저번 편지에서 '밝은' 소리가 나는 가문비나무와 '따뜻한' 소리가 나는 삼나무 이야기를 했었지요. 사람들은 보통 소리를 표현하기 위해 다른 표현을 빌려옵니다. '따뜻한' 소리, '차가운' 소리, 혹은 '가냘픈' 소리, '뚱뚱한' 소리, '멍청한' 소리, '밝은' 소리, '어두운' 소리 등등 말이지요. 음악하는 사람들 사이에선 이런 표현을 아무렇지 않게 쓰는데, 어쩌면 이것도 눈 가리고 아옹 하는 것이지요. 나에게 따뜻한 것이 누군가에겐 차가운 것일 수도 있고 나에게 밝은 소리가 누군가에겐 어둡게 들릴 수도 있겠지요. 각자에게 존재하는 정의도 다르니까요. 아무튼 어쩔 수 없이 의사소통을 위해서 사람들은 그렇게 소리를 언어로 표현하려고 하는데 곰곰이 생각해보면 그거 참 재미있는 일이더라고요.

그리고 어떤 악기의 미덕에 해당하는 소리가 다른 악기에선 악덕이 되기도 하지요. 예를 들면, 장고 라인하르트Django Reinhardt 라는 프랑스의 기타리스트 덕에 아직도 많이 쓰이는 집시재즈 기타를 보면, 이 악기는 솔로 악기로 쓰인다면 뚫고 나갈 듯한 큰 음량의 소리를 가지는 것이 미덕 중 하나입니다. 그 대신 중저음의 울림과 배음이 풍부하면 '안 되는' 것이지요. 어차피 세 명으로 구성된 트리오에서, 리듬 기타가 중음대의 역할을 하고 콘트라베이스가 저음을 받쳐주니, 그런 중저음과 배음이 쓸데없는 잡음이 되기 때문이지요. 대신에 그 악기들에 없는 고음역대 소리가, 큰 출력으로 나줘야 소리의 존재감도 생기고 전체 밸런스도 맞는다나요. 하지만 일반적인 어쿠스틱 기타라면 그런 소리를 내는 악기는 기형적인 저질의 악기로 치부되지요. 전 음역대가 고르고 울림이 충분한 기타를 좋은 악기로 보니까요. 그렇듯, 악기도 혹은 사람도 제각각 개성대로 특징대로 쓸모가 있고 가장 빛나는 곳이 있나봅니다. 그리고 있어야 할 곳에 있어야 하는 거겠지요.

윤극영 선생님 이야기도 잘 읽었습니다. 정말 그러네요. 가사와 곡을 다 직접 쓰셨으니, 그리고 피아노가 되었든 풍금이 되었든 아마도 직접 악기를 연주하면서 노래도 하셨을 테니 싱어송라이터의 효시라고 할 수도 있겠네요. 윤극영 선생님은 일제 치하의 어린이들에게 아름다운 한국어 가사와 노래를 직접 불러주곤 하셨겠지요. 어제가 광복절이었지요. 일본이라는 나라는 아직 잘 알지는 못하지만 참 여러 가지로 흥미 있는 나라입니다. 배울 것이 참 많은 나라이면서도, 지도자들의 역사 인식 수준을 보면 도무지 이해가 가지 않지요. 한 나라의 다른 분야의 성숙도와 전혀 균형이 맞지 않는, 그런 아이러니가 공존하는 이웃의 나라니까요.

〈반달〉이란 노래는 동요이면서도 어딘가 구슬픈 3박자 곡이에요. 〈섬집 아기〉도 그러네요. 그런데 우리나라 노래엔 유독 3박자 계열의 곡이 많지요. 그 이유를 어디에서 찾아야 할지 모르지만, 우리 민족은 대대로 그 '3'이란 숫자를 좋아했던 건 아닐까 하는 생각도 해본답니다(그래서 '삼세번'이란 말도 있지 않나 모르겠습니다). 음악에서도 3의 의미란 참 크지요. 더하면 과해지고 덜하면 부족해지는 그 경계의 숫자거든요. 악기 편성을 보더라도 둘은 뭔가 부족하고, 넷은 조금 과해지지요. 재즈에서도, 록 음악에서도요. 그렇게, 셋이란 각자의 영역을 하나씩 맡아서 가장 단출하면서 빠짐없는 구성을 만들 수 있는 최소이면서 그래서 충분한 숫자란 느낌이 저에겐 강하답니다.

오늘은 날씨가 꽤 흐립니다. 밤에는 소나기가 내리는 바람에 급하게 창문을 닫고 잠이 들었지요. 한 계절이 가면서 또다른 계절이 오고 있습니다. 마음 한편으로는 빨리 가을을 맞이했으면 좋겠다 싶으면서도 또다른 한편으로는 가는 여름이 아쉽습니다. 여름에 태어난 사람이 더위를 덜 탄다고들 하던데, 여름에 태어난 제 노래들은 사람들에게 어떤 온도의 심상을 만들어줄까, 어젠 곰곰이 생각해보았답니다. 그리고 가을에 내가 다시 이 노래들을 부르게 된다면 또 어떤 느낌이 들까도 참 궁금합니다. 플로리다의 여름은 예상하건대 아마도 조금은 더 길게 이어지겠지요. 또 편지 기다리겠습니다.

서울에서
윤석 올림

 윤석군에게

일전에는 한 젊은 분에게 메일을
보내는데 마침 날짜를 보니 8월 15일 광복절이라 '대한 독립 만
세!'라는 제목으로 편지를 보냈지요. 그랬더니 답신으로 보내온
글이 나를 놀라게 했네요. 너무 갑작스런 말이라 한동안 어리벙
벙했고 오랜만에 읽어본 단어들이라 현실감도, 정확한 의미도
전해오지 않았다고 해서요. 만세를 불러본 적이 언제였는지 기
억도 안 난다고 하네요. 아마도 세대가 달라서 그런 모양이라고
하면서요.

그 답신을 읽으면서 문득 이분이 요즈음 일본의 아베 총리가 하는 일련의 말이나 행동에 대해 생각해본 적이 있을까, 일제강점기에 강제로 전쟁터에 끌려나가 일본 군인들의 성의 노예로 쓰레기처럼 산 한국의 전시 위안부들에 대해서는 어떨까, 일본의 전쟁범죄자들의 위패를 모아놓았다는 야스쿠니 신사 참배에 대해서 생각해본 적이 있을까 궁금했었지요. 윤석군은 중고등학교에서 몇 해나 한국사를 배웠는지요? 한국사가 대학의 수능 과목 중 하나였는지요? 세계 역사도 배웠나요? 역사를 좀 배웠다 해도 설마라도 60여 년 전의 한국전쟁이 남한의 북침이라고 알고 있지는 않겠지요? 언젠가 한 젊은 사람과 이야기하다가 그 비슷한 이야기를 해서 놀란 적이 있었지요. 지나간 부끄러운 역사 이야기는 아무 소용이 없는 것이라는 생각을 가지고 있는 것은 아니겠지요? 요즈음 학교의 기초 교육에 역사 과목이 각광을 받고 있는 것은 나라의 미래를 위해 좋은 일이라고 나는 생각합니다.

최근 일본의 도가 넘는 우경화와 어처구니없는 아베 총리의 망언, 또 사리에 맞지 않는 독도 영유권의 주장이나 위안부에 대한 일본의 방자한 태도는 나를 분노케 합니다. 일본이 전쟁에 지고도 천황이라는 신을 아직도 받들어 모시기 때문에 아시아를 벗어나 유럽 속으로 들어가려던 메이지유신 이후 일본의 구호와 희망은 사라졌지요. 유럽을 겉모습으로는 혹 모방했을지 모르지만 유럽 정신문화의 진수는 이해조차 못했다고 느낍니다.

제2차세계대전이 끝나고 난 후 그 전쟁을 일으켰던 일본과 독일의 차이를 보세요. 슬픈 마음을 금할 수 없다는 애매모호한 수사로 통렬한 죄의식도 사죄도 없는 일왕의 태도와 독일 총리였던 빌리 브란트의 용기 있는 행동이 일목요연하게 그들의 차이를 말해줍니다. 전쟁을 일으킨 범죄집단의 참회의 태도가 극명하게 다릅니다. 1970년대에 독일 총리였던 빌리 브란트는 폴란드에 세워진 유대인 저항 기념비에 일부러 찾아가서 비 내리는 기념비 앞에서 두 무릎을 꿇고 앉아 오래 머리 숙여 침묵의 기도로 유대인들에게 속죄의 제스처를 보였습니다. 겸손한 모습으로, 독일군에게 죽임을 당한 유대인들에게 잘못을 빌고 신에게 용서를 비는 그의 모습은 브란트 개인의 교양도 있었겠지만 유럽을 지배해온 오랜 기독교 문화의 영향이 더 컸을 것이라고 나는 믿습니다.

일본의 천황이나 그 어느 총리가 언제 우리나라에 찾아와 조국의 독립을 외치다 저들의 총칼에 숨진 우리 순국열사들의 묘역 앞에서 사죄하고 무릎 꿇고 참회하는 모습을 보인 적이 있습니까? 그러고도 독도가 자기 땅이라고 주장하는 적반하장의 몰염치라니요. 이것이 바로 문화의 차이이고 양심의 차이이고 인간성의 차이이지요. 한마디로 저질입니다. 며칠 전에는 독일의 메르켈 총리도 옛 유대인 수용소를 찾아가 슬픔과 부끄러움에 몸둘 바를 모르겠다며 유족들을 위로했다지요?

그런데 사실 우리에게도 문제가 없는 것은 아닌 것 같아요. 이렇게 산재한 심각한 역사적 문제 앞에서 나라의 정치가들은 자기만 잘났다고 싸움으로 날을 보내고 자기주장만 옳다고 국회의사당은 욕설로 밤을 지새웁니다. 외국에 나와 오래 살다보니 나라의 실상이 다른 방향과 시각으로 안에 사는 분과 다르게 보일 때가 있습니다. 한국인을 개인 개인으로 따져볼 때는 그 어느 민족보다 뛰어납니다. 어디서든 대부분의 경우 칭찬 듣고 존경받습니다. 예술가로서의 재능이나 사업가로서의 끈질김이나, 학자로서의 천재적 두뇌나 의사나 과학자로서의 기술이나, 직장인으로서의 성실성 등등.

그러나 한국인이 여럿이 모이기 시작하면 틀림없이 패가 갈리고 서로 미워하고 헐뜯고 싸움질을 시작합니다. 많은 사람이 이것을 한국인의 특성 중 하나라고 지적할 때면 힘주어 부정하기도 힘들고 나부터도 혹시나 하는 의심과 함께 부끄러움이 목에까지 차오릅니다. 경영심리학을 전공한 서울의 어느 대학 교수님의 최근 발표 논문에 의하면 중국, 일본과 우리나라 3개국의 비교 연구 중 시기와 질투심이 특별나게 강한 나라는 단연코 우리나라이고 그로부터 자초한 스트레스와 불평, 불만 때문에 자살률도 세 나라 중 으뜸이랍니다. 소위 남남 갈등이라는 괴상한 한국병의 근간도 결국은 여기서 기인한 것이 아닐까요?

나는 통일이 후진국 현상이라면 통합은 선진국 현상이고 통일이 전근대적 사회의 염원이라면 통합은 현대사회의 비전이라는 말을 신뢰하는 편입니다. 하나가 되자, 우리 민족끼리라는 구호보다는 여러 개가 되자, 세계화로 가자는 통합지향적 사고를 따르고 싶습니다. 통일이 단일화와 획일화라면 통합은 다원화이고 다양화여서 발전적이고 미래지향적이라고 믿는 편입니다. 통일이 모든 명제를 뛰어넘어 존재할 수 없다고 믿는 편입니다. 이제 한국인 또는 한국 민족은 한반도에만 살고 있지 않고 전 세계에 널리 퍼져 있다는 사실을 나라 안에 살고 있는 분들도 인정해야 할 때라고 믿습니다. 어느 사회학자의 연구에 의하면 세계에서 같은 민족으로 자신의 나라가 아닌 외국에 나가 사는 사람의 수가 제일 많은 나라는 인구 비례로 따져 이스라엘이고 그다음은 중국이 아니고 바로 한국이랍니다. 이제 나라 안팎으로 혼혈 백인, 혼혈 흑인이 자신의 조국이 한국이라고 하는 사람이 늘어나고 있습니다.

앞서 편지에서도 잠시 말했지만 지난 6월 우리가 고국에 있을 때 내 둘째 아이가 며느리와 두 손자와 함께 고국을 방문했습니다. 그리고 우리 모두는 무리지어서 8박 9일 함께 여행을 했고

가는 곳, 보는 곳 모두 참으로 아름답고 자랑스러운 곳을 나라의 역사와 곁들여 자식들과 손자들에게 보여줄 수 있어 얼마나 흐뭇한 나날이었는지 모릅니다.

이번 여행에서 개인적으로 내가 제일 즐긴 곳은 내게는 네번째 방문이 되었던 서울 한복판의 경복궁이었습니다. 아들 며느리와 손자들에게는 영어 통역 리시버를 하나씩 돈 내고 빌려주었지요. 몇 해 전 경복궁을 일반인에게 공개했을 때 처음으로 심심풀이로 들어갔던 경복궁은 내게 이상한 자긍심을 불어넣어준 곳이었습니다. 10년도 더 전 중국의 자금성을 돌아다니며 느꼈던 위압감과 그로 인한 낭패감을 말끔히 씻어준 곳이었지요. 그래서 나는 그후 매해 귀국하면 그곳에 가보곤 합니다. 중국 자금성보다 훨씬 아름답고 친근하고 우아하고 아기자기한 경복궁은 언제나 누구에게나 자랑삼을 수 있는 곳이 되었습니다.

한데 얼마 전 경복궁에 온 한 중국 단체관광객의 인솔 가이드가, 대대로 중국의 속국이었던 한국의 이 경복궁은 중국의 자금성을 베낀 것이고 조그만 나라라서 건물도 작고 창의성이 없어 볼품이 떨어진다고 하더랍니다. 그 말을 곁에서 들은 한 분이 자금성을 모방한 것을 처음 알았다며 큰 발견이나 한 듯 자기의 기자 친구에게 말했더랍니다. 그러나 사실은 이씨 조선 초기에 지어진 우리 경복궁이 중국의 자금성보다 수십 년이나 먼저 지어졌지요. 이 글을 쓴 기자는 이렇게 자기 나라의 역사를 몰라서 어떻게 하겠느냐는 탄식으로 글을 맺고 있었습니다.

가끔이긴 하지만 나 역시 아무 생각 없이 자신의 조국을 공연히 비하해 말하는 사람을 만납니다. 대부분의 경우는 내가 전연 동의할 수 없는 이유들로요. 문득 그런 비하의 이유는 역사의식이 없거나 수십 년 영어와 수학만으로 치장된 무식이 그 이유가 아닐까 하는 생각이 들었습니다. 아마도 아는 것만큼 느끼는 인간의 한계라고도 말할 수 있겠다 싶어요. 물론 나라 사랑이 지나쳐 과대망상적 사고를 휘둘러대는 것도 바보스럽기는 마찬가지겠지만요.

어쩌다 이번 편지는 무거운 이야기로 시종한 느낌이네요. 미안합니다. 그러나 언젠가는 윤석군과 한번 의견을 나누고 싶었던 것이기도 합니다. 좋은 곡 많이 쓰고 건강하게 가을을 맞으시기 바랍니다. 안녕.

플로리다에서
마종기

 선생님께

8월 말에 보내주신 편지 감사히 잘 받았습니다. 벌써 9월이 되었네요. 시간차가 2주일도 채 되지 않는데, 편지를 받았을 땐 꽤 무더운 여름이었는데 답장을 쓰는 지금은 가을이 되었군요. 여름과 가을의 경계는 무엇일까요. 햇살일까, 바람일까, 꽃일까, 이도저도 아니면 모기일까. 경계란 늘 있는 듯하면서도 없는 것이네요. 저번 편지에 잠시 썼지만, 어디 멀리서 가을이 오는 느낌이 나더니 어느새 서울은 이렇게 훌쩍 여름이 떠났습니다. 선생님 계시는 플로리다는 아직도 여

름일 거라고 생각해요. 여름이 1년 사계절 중 가장 긴 계절일 거라는 막연한 상상만 할 뿐이지요. 지금 편지를 쓰고 있는 시각은 오전 10시입니다. 한 달 전만 하더라도 마당에 쨍하게 햇살이 밀려들었는데 지금은 햇빛도 많이 게을러졌지요. 아직도 집 안 곳곳이 잠들어 있는 듯합니다.

마지막 보내주신 편지를 받았을 무렵이었습니다. 조간신문 헤드라인에 실린 커다란 사진 한 장을 보았는데요. 바로 독일의 메르켈 총리가 뮌헨 근처의 나치 수용소를 방문해서 참배하는 사진이었습니다. '1933~1945'라는 글자가 적혀 있는 벽 앞에는 독일 국기의 황색, 적색, 흑색 리본이 매여 있는 꽃다발이 놓여 있고 메르켈 총리가 그 앞에 서서 고개를 숙이고 있는 장면이었어요. 요즘 점점 더 우경화되고 있는 일본 정치인들의 행보며 그들의 과거사에 대한 알쏭달쏭한 수사들과 대조적인 모습이었습니다. 일본 제2의 도시인 오사카 시장은 극우계열의 일본 유신회 총수지요. 저는 정치든 무엇이든 '극'을 싫어합니다. 극좌도 극우도 말이지요. 아무리 명분이 설득력이 있다고 해도 극단이 세상에 가져다주는 미덕은 없다고 믿으니까요. 그 대조적인 행보를 보고 있자니 마음이 착잡했습니다.

하지만 더 착잡한 것은 일본이 아닌 우리나라지요. 일본에게서 해방이 되고 난 뒤, 우리는 우리 내부의 역사를 바로잡지 못했으니까요. 전후 프랑스의 과거 청산에 대한 책을 보면, 거의 10만 명 가까운 사람이 대독협력 혐의로 실형을 받았고 정규재판으로 사형을 선고받은 사람만 해도 1500여 명에 이른다고 하지요. 우리나라는 어땠을까요. 청산은커녕 사회 곳곳에 있던 소위 오피니언 리더들이 그 자리를 그대로 차지하고 있었다더군요. 저는 과연 우리가 일본을 탓할 자격이 있는지조차 의심스럽습니다. 광복절에 가장 부끄러워해야 할 사람들은 바로 우리 자신일지도 모르니까요. 그 친일파의 후예들은 아직도 우리나라의 요직 그것도 아주 핵심 요직 곳곳에 그대로 자리하고 권력의 카르텔을 차지하고 있고요.

모럴 해저드moral hazard란 말이 한창 유행하던 시절이 있었답니다. '도덕적 해이'니 하는 말로 풀이되곤 했는데, 어떤 경제학자는 '기강 해이'라는 번역이 더 알맞다고 하더군요. 해방과 건국으로 이어진 우리나라의 현대사를 보면 처음부터 그 기강이 제대로 서지 못했으니, 시간이 반복되면서 같은 역사가 반복되는 것인지도 모르겠습니다. 같은 뜻은 아닌지도 모르겠지만요.

슬프지만 사람들은 지난 과거에 겪었던 일들에는 점점 더 무뎌져갑니다. 문득 고등학생 시절이 생각납니다. 저는 다시 부활된 고등학교 교복 1세대에 속하는데요. 이미 6월항쟁 이후 군사

독재가 종말을 고하고 난 뒤였지요. 그런데 그 당시 조례 장면도 참 기가 막힐 노릇이었어요. 다들 3센티미터로 짧게 자른 머리에 학교에서 정해준 색깔의 운동화를 신어야 했고 줄 맞춰 도열한 맨 앞 단상 위에는 몽둥이를 하나씩 손에 든 선생님들이 열중쉬어를 하고 있었고요. 바로 군대 연병장의 모습을 그대로 재현해 놓은 것 같은 조례를 월요일 아침마다 했답니다. 지금 상식으로는 이해가 가지 않지요. 그런데 그땐 그랬답니다.

'통일'에 대한 선생님의 글을 읽고 저는 엉뚱하게도 식당에서 음식을 시키는 모습이 떠올랐습니다. 요즘은 또 그렇지 않지만, 한때는 여러 명이 식당에 가면 꼭 메뉴를 '통일'하곤 했거든요. 이유는 '빨리 나오니까' 혹은 '귀찮아서'였지요. 저는 그럴 때마다 참 이상하다는 생각을 했어요. 내가 먹고 싶은 음식을 왜 남이 먹고 싶은 음식과 통일해야 하나 하고 말이지요. 각자 다른 음식을 선택하고 즐기는 것이 더 즐겁지 않나요. 조금 더 상상을 해보자면 선생님이 말씀하신 '통합'이란 이런 것 같네요. 여러 명이 각자 다른 음식을 시켜서 한 자리에 두고 나누어 먹는 것. 근사하지요. '하나로, 통일!'보다 더 근사하지요.

중국의 자금성 이야기에도 많이 공감했습니다. 유럽의 여러 유적지나 오래된 건축물들을 보면 저도 참 기가 죽을 때가 있었어요. 우선은 그 거대한 스케일에 말입니다. 그에 비하면 우리나라의 고궁이나 사찰은 참 그만그만하게 보이지요. 저야 건축이나 우리나라의 사상사에 대해 잘은 모르지만, 요즘은 과연 크고 화려한 것만이 좋은 것일까, 의미 있는 것일까를 많이 생각합니다. 건물이 우람하면 우선은 사람들의 눈을 사로잡지요. 사람을 압도하는 힘이 있으니까요. 그런데, 한 나라의 왕궁이 한 종교의 사원이 꼭 그렇게 압도적이고 숨이 막힐 것 같아야 하는 것일까요.

건축은 사람이 기거하는 곳만은 아니지요. 건축은 사람 이전에 땅 위에 있는 것이고 그 땅이란 평지도 산도 물도 하늘도 모두 포함하는 것일 텐데요. 아마 전 세계의 수많은 군주들은 우뚝 솟은 산보다 더 거대하고 높은 건물을 지어올림으로써 자신의 권위를 하늘 끝까지 올리려고 했을 겁니다. 사원도 마찬가지겠지요. 우리의 신, 우리의 믿음이 가장 위대하다! 그런데 결국 그런 오만함이 세계사에 수많은 오점을 남긴 건 아닐까요. 왕이 사는 곳은, 왕이 기거하고 집무하는 공간이면 되는 게 아닐까요. 그리고 주변의 산과 강, 내와 무엇보다 민초들의 집과 같이 조화롭게 어울리면서 살아가는 그런 공간 말이지요.

작년 여름에 도산서원에 가본 적이 있는데 참 많이 놀랐지요. 비가 추적추적 많이도 오는 날이었습니다. 도산서원 앞을 유유히 흐르는 강줄기며 그 건너편 아스라이 보이는 평원의 평화로운 모습도 감동적이었지만 더 놀라웠던 건 서원의 규모였습니다. 위대한 유학자인 퇴계 선생을 기리고 수많은 유생들이 기거하며 공부하던 곳치곤 너무나 작고 소박했거든요. 하늘을 찌를 듯한 스케일의 건물이 아니었지만 산, 물, 하늘과 어우러진 그 소박한 서원의 모습은 훨씬 더 경건했지요. 그리고 그 아무 장식도 없이 하얗게 둘러쳐진 벽 안에서 용맹정진했을 유생들의 모습이 눈에 선했습니다. 뭐랄까, 지나침도 모자람도 없이 서원다운 모습. 그냥 그것이었지요. 서원의 창은 일부러 홑창으로 만들었다는 설명도 눈에 띄었습니다. 지나치게 안락해지는 것을 경계했다는 것인데요. 그냥 슥 지나치며 보면 다 그만그만해 보이겠지만 우리나라의 서원뿐 아니라 고궁도 사찰도, 자세히 보면 허투루 지은 구석은 별로 없다지요. 인문학적인 건물들이지요. 다만 참 안타깝게도 그런 의미는 잘 전해지지 않지요. 그리고 제대로 관리하지도 못하고 있고요. 지난겨울에 창덕궁을 둘러볼 일이 있었는데 문풍지에 구멍이 난 곳도 보이고 잡목이 정리가 안 된 허한 뒤뜰하며, 전통 바닥이 아닌 현대식 모노륨 장판이 깔린 궁궐 내부하며…… 참으로 부끄럽고 마음 아팠습니다. 유네스코 세계문화유산이라면서 말이지요.

그사이 녹음 작업도 많이 진전되어서 이제 이번주 안이면 제가 녹음할 기타 트랙은 어느 정도 마무리가 되겠네요. 이번 앨범은 아마도 저의 저번 앨범 그리고 그전 앨범에 비하면 훨씬 작고 소박한 규모가 될 듯합니다. 화려한 편곡이나 악기 구성도 없고, 기타 하나에 노래 하나인 곡들도 꽤 되지요. 그런데 그런 곡을 녹음하는 것이, 그리고 만드는 것이 화려한 곡을 만드는 것보다 훨씬 더 어렵답니다. 스스로가 발가벗는 기분이 들지요. 음식으로 치자면 양념의 힘을 빌릴 수가 없는 그런 음식이라고 할까요. 그래서 오히려 시간이 더 걸리더라도 정성껏 작업하고 있습니다. 마이크 하나를 쓰더라도 의미를 두고 찾아나가고 있고, 가사도 멜로디도 기타 선율도 계속 조금씩 조금씩 수정해서 마음에 안 들면 다시 치고 또다시 하고…… 그러고 있지요. 그리고 같은 기타 반주라도 악기도 계속 바꿔보고, 마음에 드는 소리를 찾을 때까지 다른 종류의 줄도 갈아 끼워서 녹음해보곤 합니다.

이번 앨범에선 가사를 전부 종이에 펜으로 써서 만들었습니다. 컴퓨터로 가사를 쓰다보면 이상하게 말을 계속 바꿔치기해 보게 되는데요. 그러니까 세 음절의 가사를 붙여야 할 때, 이 단어도 썼다가 또 'delete', 다른 단어를 써보았다가 또 'delete'…… 이런 식으로 말이지요(가끔은 'undo'도 하고요). 그런데 손으로 쓰게 되면, 그런 'delete' 'undo' 'redo'가 없지요. 다시 쓰게 되면 그냥 다음 종이에 처음부터 다시 가사를 죽 써보게 된답니다. 그러다보면 전체적인 맥락에서 가사를 쓰게 되더라고요. 저번 앨범과 가장 큰 차이가 아닐까 하는 생각입니다.

　요즘 우리나라의 하늘은 참 맑고도 높답니다. 시계가 멀리까지 확보될 만큼 하늘이 맑지요. 노을도 더 아름답습니다. 가을 하늘을 보면 마음이 한없이 평화로운데 서늘한 가을바람에는 또 여지없이 마음이 흔들리네요. 제가 가을을 좀 많이 타는 편이거든요. 가을이란 계절이 저만 그런지는 모르겠지만, 사람의 마음을 한결 더 무너뜨리는 계절인가봅니다. 무엇 하나 쉽게 쉽게 설렁설렁 지나쳐지지를 않네요. 얼마 전에는 집 근처 찻길에서 비둘기 한 마리를 보았습니다. 많은 사람들과 차의 틈바구니에서 여기저기 먹을 것을 찾아다니느라 정신없는 모습이었지요. 차들이 쌩쌩 지나가는 차도 근처까지 가서 위험을 무릅쓰면서 부지런히 먹이를 찾아다니는 그 모습이 왜 그리 마음을 아리게 하는지 아직도 모르겠습니다. 아, 그리고 공원에는 연보라색 쑥부쟁이꽃이 만발했지요. 차가운 색도 아니고 따뜻한 색도 아닌 그 중간의 색을 띠고 이리저리 긴 목을 빼고 흔들리는 꽃잎이 참 아름답습니다. 그런 고국의 가을 소식을 전하며 이만 줄입니다. 다음 편지까지 건강하세요.

서울에서

윤석 올림

열여섯번째 편지
2013-09-26(목)
23:41

 윤석군에게

 답신이 늦어졌네요. 그간 여행을
좀 하느라 그렇게 되었습니다.

윤석군은 지금쯤 여름내 준비하고 있던 노래를 모두 완성하고 혹 녹음과정에 들어갔는지요? 가을의 콘서트를 준비중인지요? 가사와 곡을 만드는 과정에 대한 이야기를 여름내 들으면서 노래 만들기는 시 쓰기보다 더 힘들 수도 있겠구나 생각했습니다. 그러나 힘이 들면 들수록 만들어진 작품 앞에서 느끼는 창작의 황홀감은 더 크고 높은 법이지요. 노래를 부르며 그 기쁨을 즐기기 바랍니다.

그간 나는 뉴욕에 갔었고 거기에 이어서 뉴잉글랜드 지방과 캐나다 동북부를 2주일간 여행하고 며칠 전에 돌아왔습니다. 뉴욕은 거의 매해 한 번쯤 버릇처럼 놀러간 곳이기도 하지요. 자동차로 고속도로를 열몇 시간 이상 달려야 하는 오하이오 주에 살면서 뉴욕을 찾은 게 1968년부터였어요. 처음에는 2년에 한 번 정도, 그러다가 한동안은 매해 호텔을 예약하고 찾아가기도 했지요. 그곳에 사는 선배의 도움으로 오페라나 음악회 표를 반년 전에는 예매로 사놓고 주말이나 일주일 휴가를 거기서 보내면서 가지요. 나머지 날에는 연극 공연, 무용 공연, 브로드웨이 쇼에도 가고 낮에는 주로 여러 미술관에 가지만 영화관도 자주 갔지요. 그래서 내가 아는 뉴욕은 거의 맨해튼에 국한되어 있어요.

그러다가 지난 십몇 년 이상, 은퇴한 뒤부터는 전부터 잘 알고 지낸 김정기 시인의 초청이 주를 이루고 있습니다. 이분은 내 또래로, 1970년대에 『당신의 군복』이라는 제목의 시집으로 장안의 화제를 모았던 분인데 오랫동안 뉴욕과 뉴저지에서 교포 문인들과 어울려 문학교실을 지도해오셨지요. 아마도 교포 시인 중제일 공부를 많이 하는 실력파 시인이세요. 혹 읽어보셨는지 모르겠는데 몇 달 전 『문학동네』 계간지 봄호에 게재되어 큰 주목을받고 인기가 넘쳐 문예지로는 처음 재판을 찍게 만들었던 신경숙 작가의 중편소설 「봉인된 시간」의 실제 주인공이기도 하시지요. 나는 이분의 문학교실에 속한 실력 있는 여러 시인, 작가 들과도 개인적으로 잘 알고 지내고 있습니다.

그런 분 중 한 분인 뉴욕의 김종란 시인이 오래전에 특별히 입장권을 예매해놓았다고 해서 우리는 재수 좋게 맨해튼 75가에 있는 휘트니 미술관Whitney Museum of American Art에서 20세기 초반의 미국 화가 에드워드 호퍼Edward Hopper의 특별전시회에 들어갈 수 있었습니다. 이 화가를 잘 아시는지요? 내가 좋아하는 이 세상의 화가를 다섯만 들라면 꼭 들어가야 하는 화가 중 하나입니다. 이 화가의 전시회는 혹 못 갔을지 몰라도 윤석군도 이 화가의 그림은 어디선가 보았을 것입니다. 골목에 환하게 불을 켠 커피숍, 큰 유리벽 안에는 흰 유니폼 입은 일꾼과 정장을 한 세 명의 손님이 카운터를 둘러앉아 있는 〈밤새우는 사람들Nighthawks〉 또는 〈일요일 이른 아침Early Sunday Morning〉 〈바닷가의 방Rooms by the Sea〉 〈도시의 햇살City Sunlight〉 그리고 무수한 뉴욕의 오피스 빌딩 실내에서 일을 하거나 누드로 창밖을 응시하는 중년의 여성들…… 언제나 촌스럽게 명암이 확실한 그림들……

호퍼는 젊은 날 화가의 꿈을 안고 프랑스에 갔다가 실망하고 돌아온 뒤 시간만 나면 자기가 사는 뉴욕의 작은 아틀리에에서 뉴욕의 길거리와 건물, 건물 실내의 인간을 그렸고 휴가철이면 뉴잉글랜드 지방에서 한적한 산골을 그렸지요. 한데 이 사실적이고 촌티가 물씬거리는 그의 그림들이 사람을 울립니다. 가만 보세요. 많은 사람들이 그를 보고 고독을 이야기하는 화가라고 하지만 그보다 한술 더 떠서 사실적인 소재로 환상적인 이야기를 펼치고 있는 게 보입니다. 그림의 인간들은 하나같이 모두 무표정입니다. 그런 도시인의 심리적 긴장감과 불안 심리를 주위의 명암과 정적을 이용해 문명과 화해시키려 한다는 말에 과연 수긍이 갑니다. 단절과 소외감과 침묵이 그림의 중심축을 이루는 그의 그림들은 다른 예술이 관심을 두지 않는 새로운 감정 영역을 표현하려는 자신의 목표를 정확히 보여주고 있습니다.

1882년에서 1967년까지 살았던 그는 거의 평생을 미국의 촌놈으로 괄시받아왔던 프랑스에서 올해 드디어 큰 승리를 한 것 같습니다. 지난가을에 시작해 올 2월까지 프랑스의 유명한 그랑 팔레 미술관에서 호퍼 회고전이 열렸는데 그곳 미술평론가들의 예상을 완전히 깨고 프랑스 전국에 센세이션을 불러일으켰답니다. 그 회고 전시회에 들어가기 위해 사람들은 매일 몇 시간씩 줄을 서야 했고 나중에는 연장 전시도 모자라 한동안은 24시간 하루종일 미술관 문을 열었다고 합니다. 그렇게 그의 그림에 완전히 매혹된 이들의 입장 인원은 거의 80만 명에 이르렀고 그 수는

50년 미술관 역사상 입장 인원수에서 2위였고 그전의 피카소나 반 고흐 전시회보다 입장객이 훨씬 많았다고 합니다. 그 그림들의 대부분이 이번에는 원래부터 호퍼의 작품 소장이 제일 많다고 알려진 휘트니에서 전시된 것이지요. 아직도 한 달가량 전시 기간이 남았는데 지금은 예매도 할 수 없다고 뉴욕에 사는 어느 분이 말해주더군요. 윤석군도 언제 한번 그의 그림들을 볼 기회가 있길 바랍니다.

뉴욕서 그렇게 며칠을 지내고 우리는 보스턴에 갔다가 메인주의 바하버Bar Harber라는 항구도시에 갔습니다. 미국 동북부의 끝에 있는 이 작은 도시는 정말 아기자기하게 아름다웠습니다. 거기에서 북쪽으로 국경을 지나 캐나다 동부 끝으로 갔지요. 핼리팩스Halifax라고 혹 윤석군도 가보았는지요? 이 마을 역시 자그마한데 여러 사정으로 집에까지 갈 수 없었던 100여 구가 넘는 타이태닉 호화 여객선의 침몰 희생자들이 집단으로 묻혀 있는 묘지도 있지요. 도시에서 한참 가면 '페기의 포구Peggy's Cove'라는 어촌이 있는데 그 물가에 세워진 작은 등대는 앙증맞게 예쁘지만 세상에서 사진이 제일 많이 찍힌 등대로 유명하답니다.

캐나다의 인구는 대부분 미국의 북쪽 국경을 따라 살고 있는데 서부 쪽으로는 밴쿠버, 좀더 동진하면 에드먼턴, 캘거리 등의 도시가 있고 중부로 오면서 캐나다 최대 도시인 토론토와 수도인 오타와 시가 있지요. 그리고 그보다 더 동쪽에 몬트리올이나 퀘벡시티가 있는 불란서어가 공용인 퀘백 주가 있고요. 그보다 더 동부로 가면 아주 작은 세 개의 주가 동부의 끝을 맡고 있는데 그곳이 내가 이번에 갔던 곳입니다. 그 주들은 노바스코샤 주, 캐나다 최소의 주인 프린스에드워드 섬, 그리고 뉴브런즈윅 주이지요. 모두가 오밀조밀하게 아주 작고 목가적인 풍경을 가진 아름다운 마을들의 연속이었어요. 벙어리였던 어머니를 돕겠다고 연구를 하다가 전화를 발명해 부자가 된 알렉산더 그레이엄 벨, 그 벨이 역시 벙어리였던 여자와 결혼해서 평생을 의좋게 살았던 전설 같은 배드덱이라는 마을, 그림 같은 호수로 싸인 아름다운 그 마을의 가로수는 모두 빨갛게 탐스러운 사과를 주렁주렁 달고 있던데 사람도 별로 살지 않는 그 마을에서 누가 그것을 온전히 따먹기나 할지 공연히 궁금해지더군요.

참, 윤석군은 『앤 오브 그린 게이블스』라는 소설, 한국서는 일명 『빨강머리 앤』이라고 부르던 청소년 소설을 읽은 적이 있나요? 우리 나이 또래들은 6·25의 전화로 폐허가 된 나라에서 그 책을 많이 읽으면서 어림도 없는 아름다운 꿈을 꾸기도 했지요. 그 작가가 우리가 다음으로 갔던 샬럿타운이란 도시에서 태어났는데 요즈음도 조문객이 오는지 그의 산소에는 싱싱한 꽃이 화려

할 정도로 장식되어 있고 그의 생가에도 많은 사람이 찾아오고 있네요. 구경을 마치고 버스로 그 작은 마을을 지나는데 글쎄 너무 놀랍게도 한국어로 쓴 식당 간판이 언뜻 보이더라고요. 단층짜리 누추한 식당의 이름은 '제주식당'이었습니다. 갑자기 목이 메어왔습니다. 하기야 이런 광경을 보면 나는 언제나 어디서나 목이 멥니다. 아마도 나 역시 고국을 떠나 살고 있는 신세여서 더 그렇겠지요. 한데 이렇게 작은 마을에서 누가 한국 음식을 먹겠다고 찾아올까 하는 새 걱정이 내게 생겼습니다.

몬트리올 시에는 몇 번 가보았지만 같은 프랑스어 사용 지역인 퀘벡 시에는 이번이 처음이었지요. 서울의 이병률 시인이 얼마 전 이 도시에 여행 왔다가 너무 예뻐서 한동안 머물며 지냈다는 말을 듣기도 했지만 프랑스의 어느 고급스런 중소도시를 거니는 듯 꼬불꼬불한 길과 가게들이 얼마나 아름다웠는지요. 퀘벡 시에 가보았다면 잘 알겠지만 그 도시에 속한 작은 섬이 하나 있는데 그 이름은 올리언스 섬Island of Orleans이에요. 퀘벡 시의 농산물을 모두 책임지고 재배하는 곳이지요. 거기서 지천으로 널려 있는 수많은 사과 과수원에서 사과도 따먹고 단풍나무 5000여 그루로 메이플 시럽Maple syrup이나 꿀이나 크림을 만들어 파는 농장에서는 그들이 만든 메이플 꿀을 맛있게 맛보기도 했지요.

열흘간의 이번 캐나다 동북부 여행은 문명과 한참 떨어진 깨

끗하고 아기자기하게 이름다운 자연을 즐긴 흥미로운 여행이었
어요. 9월도 중순밖에 안 되었는데 여기저기 산언덕에 펼쳐져 있
던 단풍나무들은 빨갛고 노란 색깔로 단풍잎을 정신없이 곱게 물
들이고 있었습니다. 문득 나도 이런 곳에서 몇 달만이라도 조용
히 묻혀 살고 싶은 생각이 간절했습니다.

마종기

선생님께

선생님, 그동안 잘 계셨는지요?

오늘이 벌써 10월의 셋째 날입니다. 가을이 깊어지고 있는 것을 문득문득 하늘을 보면서 느낀답니다. 가을하늘은 참으로 맑고도 높습니다. 괜히 사람들이 가을하늘을 이야기한 게 아니겠지요. 저희 집에서 보이는 인왕산과 북악산도 여름보다 더 푸르고 푸릅니다. 며칠 전에는 새벽 일찍 잠이 깨서 마당에 나갔는데, 하늘에 뜬 별과 반달이 너무나 밝은 거예요. 그렇게 밝게 빛나는 별과 달을 서울에서 본 적은 처음 있는 일인 것 같았지요.

그리고 반달 옆에 떠 있는 오리온자리를 보는 순간 별똥별 하나가 하늘을 가르며 지나가는 것이었습니다. 저는 유성우가 쏟아진다는 날이면 언제나 목이 아플 정도로 하늘을 보곤 했었지요. 스위스에 있을 때엔 담요를 가지고 나가서 호숫가 잔디밭에 누워서 별똥별을 보기도 했었거든요. 그런 날에는 운이 좋으면 하룻밤에 네다섯 개의 별똥별을 볼 수 있었지요. 마음속에 빌고 싶은 소원 하나를 딱 간직한 채 말입니다. 아무튼 참 오랜만에 우연히 본 별똥별이었습니다. 그리고 침대에 다시 들어가 잠을 청하려는데 괜스레 기분이 좋아져서 잠이 오지 않더라고요. 점점 바깥이 환해지면서 아침이 될 때까지 말입니다.

사실 요즘 몇 주간은 꿈도 공연 꿈 아니면 녹음하는 꿈만 꿉니다. 한편으로는 이거 점점 내가 이상해지고 있는 건 아닐까 걱정이 들지만요, 또 한편으로는 알 수 없는 뿌듯함도 생기더군요.

그동안 미국 동부와 캐나다 여행을 하셨군요. 저는 캐나다는 고사하고 미국 여행도 제대로 한 적이 없지요. 저는 지금까지 세 번인가 미국을 갔었는데, 모두 학회 참석차 간 터라 맘놓고 여행을 해본 적이 없었답니다. 저번에 뵈었을 때 신경숙 선생님의 소설과 그 뉴욕에 계신다는 실제 주인공에 대한 이야기를 해주신

적이 있었어요. 그 시인을 만나신 거로군요. 제 주변에 있는 많은 사람들이 뉴욕에 대한 이야기를 하곤 하는데 전 아직 뉴욕에 한 번도 가본 적이 없어요. 사실 올봄, 뉴욕에서 한 달가량을 머물다 오겠다던 친구 녀석을 따라 저도 뉴욕에 한번 가보려고 했는데, 공연도 있고 여차저차한 사정으로 힘들게 되었지요. 시간이 나면 내년에는 한번 가볼 수 있으려나요.

　그간 저도 거의 매일을 녹음실에서 살다시피 하면서 녹음 작업을 하고 있었습니다. 지금 녹음은 어느 정도 마무리가 되었고, 소리들을 다시 듣기 좋게 배열하는 이른바 믹싱 작업을 하고 있지요. 글로 치자면 교정교열 단계라고 보시면 되겠네요. 아주 작은 차이도 결과물에는 큰 차이를 만드는 만큼, 조금이라도 더 좋은 소리를 담기 위해서 노력하고 있답니다. 이제 믹싱이 끝나면 마스터링 단계만 남는데요. 이번에는 브라질에서 마스터링을 하게 되었습니다. 또 글로 비유를 하자면, 교정교열이 끝나고 책의 형태로 담아내는 그런 공정이라고 보시면 되지요. 그러고 보니 2007년 3집 앨범 작업 때, 처음 선생님과 편지를 주고받기 시작했던 기억이 납니다. 그때는 미국에서 마스터링을 했고, 선생님께 마스터 시디를 한 장 보내드렸지요. 유독 선생님과 편지를 주고받는 시기에 만드는 앨범의 마스터링은 외국에서 하게 되는 것 같네요.

뉴욕에서 보신 전시회 이야기도 잘 읽었습니다. 사실 저는 미술에 문외한이라 에드워드 호퍼의 이름만 몇 번 들어보았을 뿐, 작품을 직접 보거나 잘 알지는 못합니다. 선생님 편지를 읽고 인터넷으로 작품을 찾아보았지요. 그런데 같은 화가가 도시를 그린 그림과 전원과 자연을 그린 그림이 이렇게 다를 수도 있구나 하는 생각에 놀랐습니다. 그리고 무표정에 가까운 도시인들의 모습과 무채색으로 표현된 도시 속 공간을 보면서, 도시란 2000년대인 지금이나, 그보다 한참 전이었던 그의 시대나, 왜 늘 비정한 모습일까(『말테의 수기』에서 릴케가 그린 그 예전 파리의 모습도 그랬지요), 그리고 저를 포함해서 대부분의 도시 사람들이 자연과 전원을 끊임없이 동경하면서도 왜 그 비정한 도시를 떠나지 못하는 걸까도 생각했어요. 이번 앨범에 제 노래 중 〈서울의 새〉라는 노래가 있는데, 마침 어제 그 노래의 트랙 녹음이 마지막 녹음이었기 때문만은 아니었을 테지요. 노래에서 제가 그린 서울이란 곳에 사는 새들의 모습이 서울 사람들의 모습과 다르지 않다는 생각을 하니까요. 저번 편지에 적었던 그 차도 옆을 다니던 비둘기의 모습처럼 다들 아슬아슬하게 살고 있으니까요.

에드워드 호퍼의 그림을 컴퓨터로 물끄러미 보고 있는데, 조금 엉뚱한 생각을 해보았습니다. 그림도 그렇습니다만 음악을 음반으로 듣는 것과 실제 공연에서 연주를 듣는 것은 아주 큰 차이가 있지요. 그렇다면 문학은 어떨까. 활자로 인쇄된 책이 마치 음악의 음반과도 같다면, 실제 공연장의 라이브 콘서트 같은 것은 문학에서 무엇일까. 어떤 문학이라면 낭독이겠지요. 이란에서 온 친구들이 밤에 다 같이 모여서 시를 읽는 모임을 가지는 것을 본 적이 있습니다. 얼마 전 번역을 마친『부다페스트』란 소설에 나오는 '순수문학클럽'이란 곳도 작자가 본인의 문학작품을 낭독하는 리사이틀을 하는 곳이지요.

그런데, 그런 문화가 우리나라 문학계에는 거의 없으니, 저는 어쩌면 '문학의 공연'이란 작가의 육필 원고는 아닐까 하는 생각을 하게 되었어요. 활자가 아닌, 원고지에 적힌 육필 원고 말입니다. 올해 초, 화천에 있는 이외수 선생님의 문학관에 잠시 들른 적이 있습니다. 그때, 전시되어 있던 이외수 선생님의 육필 원고를 보았는데요. 뭐랄까, 책의 반듯한 글자에서 결코 느낄 수 없는 어떤 힘이 글자 하나하나에서 느껴졌습니다. 작년에 일본 교토에서 보았던 '가네코 미스즈' 전에서 본 육필 원고도 생각이 나고요. 일본어를 제가 잘 이해하진 못하지만, 비슷한 느낌이 아니었나 싶습니다. 그러니, 프린트된 편지와 손으로 꾹꾹 눌러 쓴 손편지의 느낌이 다른 것도 당연하겠구나 싶었습니다. 에드워드 호퍼에서 시작된 이야기가 조금 엉뚱하게 샜지요?

선생님의 여행기를 읽으니, 처음 미국에 갔을 때 생각이 났습니다. 그때는 시기가 10월이었는지 11월 초였는지 지금 같은 가을 즈음으로 기억합니다. 누나 내외가 미국의 버펄로란 곳에서 유학을 하고 있었고, 저는 보스턴으로 학회차 갔었지요. 그때 옷을 제대로 챙기지 못해서 덜덜 떨다가, 미국의 교외 쇼핑몰 어딘가에서 부랴부랴 가을옷 몇 벌을 사입었지요. 그때 누나 내외도 몇 시간 동안 차를 몰고 와서 동부 여기저기를 하루 동안 다녔었어요. 지금은 세상을 떠난 제 친구 정찬이도 피츠버그에서 저를 보러 왔고요. 그렇게 다들 같이 여기저기를 돌아다녔는데, 저는 시차 적응을 잘 못해서인지 한참 차 안에서 잠에 곯아떨어졌다가 눈을 떠보니 메인 주 어딘가에 도착해 있었어요. '메인'이란 이름을 그때 그렇게 처음 들어봤던 것 같아요. 곳곳마다 낙엽이 물들어가던 그 가을풍경을 보면서 '아, 미국의 가을은 이렇구나. 미국의 산과 나무들은 이렇게 가을을 맞는구나' 하며 마냥 신기해하던 기억이 납니다. 벌써 13년 전의 일이에요.

아무튼 이렇게 선생님의 여행 이야기를 읽으니, 참 부럽습니다. 사실 저는 다른 사람을 그리 '부러워'하지 않는(혹은 부러워하지 않으려 애쓰는) 편인 성격인데, 거의 석 달가량을 곡 작업과 녹음에만 신경을 쓰며 살다보니 정말이지 어디론가 훌쩍 가고 싶네요. 녹음이 끝나도, 앨범이 나오면 공연도 해야 하고 아마도 연말까지 쉽지는 않을 테지만 말입니다. 다음에는 '선생님, 녹음이 무사히 다 잘 끝났습니다!'라는 편지를 쓸 수 있겠지요? 지금까지는 무사히 그리고 자연스럽게 잘 진행되고 있어서, 감사한 마음입니다. 그리고 앨범이 나오자마자 당장 선생님께 보내드리겠습니다. 또 인사드리겠습니다.

윤석 올림

 윤석군에게

이제는 풍성한 가을의 한중간에
들어섰지요? 사방의 단풍이 화려 찬란하고, 좀 있으면 그 단풍
이 낙엽으로 속절없이 날리고, 그래서 가을이 천천히 떠나는 날
이 다가오면 여기저기서 낙엽 태우는 냄새가 황홀하게 퍼지겠지
요. 나는 그 낙엽 태우는 냄새가 무척이나 좋습니다. 참, 그 무렵
이면 잎을 다 날린 감나무에 주렁주렁 달린 감들은 또 얼마나 밝
고 아름다운지요. 이곳으로 이사 오기 전 오하이오 주에 살 때는
매해 가을이 저물 녘이면 뒤뜰의 낙엽을 태우면서 그 냄새에 취

해서 지냈지요. 그런 가을이 그립습니다. 서울의 가을을 마음껏 즐기세요. 한국의 가을보다 아름다운 가을은 세상에서 찾아보기 힘들 것입니다. 윤석군도 외국서 오래 살았으니까 내 말에 동의하겠지요.

〈서울의 새〉라는 제목의 노래가 새로 만들어졌군요. 듣고 싶네요. 우선 그 제목부터가 시를 읊고 있는 듯합니다. 복잡하고 시끄럽고 혼탁한 문명의 톱니바퀴 같은 대도시에서도 새가 날고 모이를 쪼고 사랑하면서 지내는 풍경일까요? 윤석군의 말처럼 외롭게 그리고 아슬아슬하게요. 〈서울의 새〉의 가사가 어떻게 열릴까 생각하다가 문득 내 시 한 편을 연상해보았습니다. 그러니까 벌써 20년도 더 지난 1991년에 출간된 내 시집『그 나라 하늘빛』이란 시집에 「서울 가로수」라는 시가 있지요. 이것도 제목의 시작이 서울입니다. 그 시를 만들던 때가 어렴풋이 기억이 납니다. 그 가을 무슨 이유에서인지 서울 강북 지역의 가로수인 플라타너스의 대대적인 분지 작업이 있었는데 언뜻 보아도 가지들을 너무 많이 잘라서 바보 멍텅구리같이 헐벗은 둥치만 서 있었지요. 그것을 보면서 끈질김으로 고통을 이겨내고 다시 일어서는 당시의 내 서울 친구들의 모습을 형상화하려고 했던 생각이 납니다. 시 속에는 이런 말도 나오네요. '매연과 최루탄에 이미

중독이 되어/ 눈 감고 입 다물고 서 있는 서울 가로수……' 좀 긴 시였는데 이렇게 끝이 납니다. '뼈가 부러져도 죽지 않는 서울 나무여/ 눈물어리게 웃는 것이 보인다/ 후회할 것 없는 튼튼한 모습으로/ 푸르다가, 흔들리다가, 늙다가 하면서/ 오히려 나를 마음 시리게 하는 나무/ 정신없이 살아온 날들이 낙엽으로 진다/ 깊은 가을날의 보살이 되어/ 우리들의 한 일생을 품에 안는다'

윤석군이 음반과 실제 공연의 차이를, 문학에서는 책 읽는 것과 육필 원고 혹은 작품 낭독으로 비교될 수 있을까 했는데 내 생각으로는 그것은 잘 맞지가 않는 것 같네요. 그림이나 음악이나 무용의 전달 방법과 문학과는 아주 큰 차이가 있습니다. 그것은 한마디로 언어라는 장벽이지요. 문학의 전달 수단은 오직 단 한 가지, 언어인데 그 언어가 나라마다 다르니 전달 체계에서 다른 예술인 음악이나 무용이나 그림같이 직접적이지 못하고 번역이라는 큰 다리를 건너야 하지요. 그런데 그 번역이란 게 또 쉬운 게 아니잖아요. 번역은 '또다른 창작행위'라는 말이 백 번 수긍될 정도로 너무나 큰 벽이고 그래서 많은 문학인이 자기 작품의 세계화에 절망하기도 하지요. 물론 소설보다는 시의 경우가 더 그렇기는 하지만요.

한데 이제는 천천히 그 벽에 있는 문이 보이기 시작하는 것을 느낍니다. 신경숙 작가의 『엄마를 부탁해』라는 소설이 이곳 미국의 크고 작은 도시에서 베스트셀러로 엄청 팔리고 난리가 났던 게 얼마 전이었지요. 이런 엄청난 한국 문학의 일대 사건에 나는 완전히 흥분을 하는데 정작 고국 문단에서는 이 사태가 크게 화제가 되지 않는 게 정말 이상합니다. 어쨌든 문학에서는 다른 예술 장르와는 다르게 언어라는 장벽 때문에 간단히 비교될 수가 없을 것 같다는 게 내 의견입니다.

브라질에서 이번 마스터링을 진행하게 된다고요? 2007년 늦가을인가에 내게 준 '국경의 밤' 마스터 시디는 내가 아직도 잘 간직하고 있습니다. 언제고 필요하면 내가 다시 전해줄 수 있어요. 그때 그 '국경의 밤' 시디를 윤석군보다 내가 먼저 가지게 된 이야기를 했던가요? 경주에 산다는 윤석군의 팬 한 분이 바로 출시된 따끈한 시디를 하나 보낸다며 초코파이 한 통도 함께 넣고 항공으로 보내주었지요. 동봉한 편지에는 자기가 내 시도 좋아하니까 언젠가 자기가 좋아하는 윤석군과 나를 만나게 해주겠다는 말을 했더군요. 그때 우리는 벌써 대서양을 건너다니는 이메일을 하고 있을 때였지요.

얼마 전에는 윤석군도 알다시피 서울에서 작가 최인호가 침샘암으로 오래 투병하다가 선종하였지요. 나는 최인호 작가를 개인적으로도 좋아했고 또 문학인으로도 좋아했습니다. 그가 쓴 역사소설은 웅장하고 잘 짜여 있고 특히나 우리같이 외국에 나와 사는 사람에게는 언제나 한국인의 기개를 펼쳐 보인 당당하고 흥미로운 소설들이었지요. 혹자는 순수문학을 떠나 통속 소설가가 되었다고 하지만 나는 그렇게 생각하지 않았습니다. 아마도 그것은 내 개인적인 호감도 작용을 했겠지요.

최인호 베드로 작가는 내 고등학교 후배고 또 같은 천주교인이었어요. 그의 첫 장편인 『별들의 고향』에는 소설의 첫 부분에 내 시가 한 편 통째로 들어가 있습니다. 그 당시 무명의 신인 소설가가 난데없이 별 알려지지도 않았던 생존 시인의 시를 소설에 통째로 넣은 용기는 대단하다고 느꼈습니다. 그후 나는 내 첫 산문집에 뒷글을 부탁하기도 했고 귀국중에는 함께 서초동 성당에도 나가고 미사 후에는 함께 점심식사도 했지요. 그 친구가 평안도 출신이어서인지 어찌나 냉면을 좋아하던지요. 그의 선종이 나를 며칠이나 침울하게 했는데 어제 전해온 소식은 가깝게 지내는 다른 글쟁이 친구가 또 많이 아프다네요. 하기야 내 나이 정도가 되면 주위에 아픈 이가 많은 것은 너무나 자연적인 일인데도 며칠째 멍하니 하늘만 쳐다보고 있습니다.

사실 요 며칠 나는 책상을 정돈하고 시 쓸 준비를 하고 있습니다. 청탁받은 시들도 마감이 다가오고 있어서요. 우선 지난 초여름의 고생스럽고 신기했던 고비사막 여행을 꼬투리 삼아 「고비사막」이라는 시를 몇 편 써보려고 준비중입니다. 시 안에는 아마도 '신기루'라는 아주 오래전에 들었던 단어도 들어갈 것입니다. 사실은 내가 별로 안 좋아했던 단어이지요. 그래도 시 속에 들어가면 좋은 의미로 변해주겠지 하는 희망을 가지고 있습니다. 참, 지난번에 한참 망설이다가 내게 보여주었던 윤석군의 초고 시들이 문득 생각날 때가 있습니다. 초고이기 때문에 큰 이야기는 안 했지만 생각을 다듬고 갈면 좋은 시가 될 것 같은 느낌을 받아서도 또, 반가웠지요. 언제 한번 함께 윤석군의 시에 대한 이야기 해보도록 합시다.

이 좋은 가을에 이왕이면 하루 일정이라도 잡아 여행이라도 하면서 고국의 자연을 마음껏 즐기기 바랍니다. 안녕.

마종기

　10월 초에 받은 편지에 이제야 답
장을 드리게 되었습니다. 어느 정도는 짐작하셨겠지만 저의 새
앨범이 드디어 나왔답니다. 그 전후로 이런저런 일들이 많았네
요. 앨범의 막바지 작업을 하던 시기에는 믹싱 때문에 신경이 곤
두서서 아무것도 손에 잡히지가 않더군요. 그전에는 믹싱은 대
체적으로 엔지니어에게 맡기고 저는 나중에 엔지니어가 작업한
것들을 같이 수정 보완하는 정도의 역할만 했었는데 이번 앨범은
아예 제가 팔을 걷어붙이고 적극적으로 참여하게 되었지요. 사

실 에너지 소모로 보나 다른 이유로 보나 제가 원했던 바는 아니었지만, 결과적으론 그렇게 하지 않으면 안 될 상황이었습니다.

믹싱이라고 하면 조금 생소하실 테지요. 저번에 제가 레코딩을 원녹음, 믹싱, 마스터링으로 나누어서 말씀드렸던 기억이 납니다. 그러면서 각각의 과정을 책으로 비유하자면 저자의 집필, 편집, 조판으로 비유했었지요. 이번 앨범에는 제가 그 '편집'에 깊게 관여를 할 수밖에 없었던 상황이었다고나 할까요. 그 이유는 간단했습니다. 원래의 음원을 죽 들어보고 나서 엔지니어가 믹스한 음원을 들어보니 아무리 다시 들어보고 또 들어봐도 원본이 느낌이 좋은 거예요. 그러니까 믹스된 음원의 경우 말끔하고 단정하게 편집은 되었지만 원래, 날것의 좋은 기분, 느낌이 없어졌다고 해야 할까요. 아마 글로 대치해서 생각하셔도 제가 드리는 말씀이 금세 이해가 되실 테지요. 그래서 원점에서 전부 다시 작업을 하기로 했던 거지요. 믹스 과정에서 정말 필요한 아주 약간의 편집을 제외하고는 거의 날것 형태로 남겨두었습니다.

브라질에서 처음 한 마스터링도 마찬가지였지요. 그들 입장에선 유선상으로 전달받은, 그것도 생소한 한국 클라이언트의 음악을 좀더 잘해보려 했을 터이고(실제로 참 고마운 분들입니다) 그러다보니 너무 많이 무언가를 잘해보려 의욕이 앞섰던 거지요. 이건 옆에 앉아서 함께 참견하면서 진행하지 않으면 안 될 일이란 판단이 들었고 결과적으로 그들에게 미안하지만 사용할 수 없을 것 같다는 이야기를 전하고 한국에서 다시 마스터링을 진행했습니다. 그런데 고맙게도 그런 저희 상황을 이해해주더군요. 심지어 마스터링 비용도 받지 않았습니다.

그런 우여곡절 끝에 이렇게 앨범이 나왔습니다. 앨범 작업이 마무리된 직후, 앨범 출시 일주일 전부터는 각종 매체들과의 인터뷰가 있었지요. 세어보니 대략 40군데 안팎이었는데 대략 일주일간 아침부터 저녁까지 거의 매시간 인터뷰를 했습니다. 매체 홍보를 담당하는 분은, 체력적으로나 시간적으로 힘들 테니 여러 기자들과 함께하는 라운드 인터뷰로 진행을 하자고 했지만, 제가 일대일 인터뷰를 하고 싶다고 요청을 했지요. 그래야 인터뷰어나 인터뷰이 모두 충분히 만족할 만한 인터뷰를 할 수 있을 거라고 생각했으니까요. 몸은 좀 고단했는지 몰라도, 그 많은 인터뷰에서 제가 했던 이야기들이 신기하게도 조금씩 다 다른 방향으로 전개되더군요. 사람과 사람이 하는 일이니까요. 그러고 나니 앨범이 나오게 되었답니다. 10월 23일이었습니다.

이제는 곧 있을 공연 준비가 가장 큰일이고, 그사이 틈틈이 방송과 촬영 등의 스케줄이 잡혀 있답니다. 한국은 이제 정말 스산합니다. 공원에는 낙엽이 어느새 떨어지고 있고요, 경복궁 옆 길가 줄지어 선 은행나무 잎도 노랗게 물들고 있답니다. 꽃도,

낙엽도, 단풍도, 바쁘게 지내다 어느 순간 문득 돌아보면 변해 있지요. 올가을은 이렇게 지내다보면 어느새 은행나무 잎들도 지고 없는 건 아닐까 모르겠어요.

어제는 포천에 가서 촬영을 했는데 서울보다 더 북쪽이라 그런지 몰라도, 은행나무 잎들이 거의 모두 노랗게 물들었더라고요. 동네 공원에도 이젠 꽃들이 하나둘 지고 있지요. 미국쑥부쟁이는 이미 시들하게 졌고 그 자리를 하얀 코스모스가 대신하더니 또 서서히 시들고 있답니다. 그리고 공원에 아주 작은 계곡이 하나 있는데 최근 들어서 알게 된 고마리라는 꽃이 군락을 이루고 있지요. 봄에 그렇게도 많이 보이던 애기똥풀이 아직까지도 보이고요, 실밥 같은 하얀 서양등골나물꽃도 많이 피어 있습니다. 11월이 되고 낙엽이 더 지면 이마저도 잠시 안녕이겠네요. 내년 초 처음 공원에서 보게 될 꽃은 어떤 꽃일까요.

글에 대한 선생님의 이야기를 읽다보니 아무래도 제가 엉터리 같은 표현을 쓴 게 맞군요. 언어로 빚어진 문학이란 장르의 예술이란 다른 예술들과 정말 그렇게 다른 것이지요. 우연이지만, 이번에 제가 번역한 책의 뒷장에 역자의 글을 짧게 써달라는 부탁을 받았는데 그때 제가 썼던 이야기도 그런 것이었지요(소설도 그런 언어와 문학에 대한 이야기입니다). 선생님께선 다른 언어로 쓰인 문학에 다가가기 위해서는 '번역'이라는 '다리'를 건너야 한다고 쓰셨지요. 그런데 책의 역자후기를 다시 뒤적여보니 저도 이렇게 글을 썼네요. "문학이란 말과 글의 벽을 건너고 오를 수 있는 능력을 지닌 사람에게만 허락된 고가교 같기도 하다. 모어가 아닌 다른 언어를 받아들여야 하는 이방인들에게 특히 그렇다."

작년에 선생님께 제가 끄적였던 습작시를 보내드린 기억이 납니다. 그때 부지런히 쓰고 정리했던 시들이 (형편없는 것들이 대부분이지만) 60여 편이 되더군요. 이번 앨범 작업을 하면서 두 곡 정도는 작년에 그렇게 남겨두었던 시작 메모에서 가사를 만들기도 했지요. 작년이야말로 음악활동을 잠시 쉬고 다시 제 음악을 돌아보려 했던 시기였던지라 유독 글을 쓰는 일에 열중했지요. 그런데 이번 앨범 작업, 아니 조금 더 거슬러올라가자면 올봄 공연 때부터 무언가 조금씩 생각이 바뀌었어요. 조금 간간이 말하자면, 시를 '쓰기'보다 '부르고' 싶어졌다고 할까요. 아니, 시가 아니어도 상관없지요. 시일 수도, 시가 아닐 수도 있겠고, 그냥 나의 모어로 노래를 하고 싶다는 생각이 짙어졌지요.

저는 시가 무엇인지는 잘 모릅니다. 모르긴 몰라도, 그건 인간의 언어가 할 수 있는 아주 커다란 그 무언가일 수도 있지만 혹은 정말 아무것도 아닌 또 무언가일 수도 있겠다 싶어요. 마치 거대한 대자연 앞에서 받는 경이로움에 비한다면 동네 골목에 피어 있는 작은 꽃 하나가 주는 감동도 클 수 있듯이, 시도 그런 건 아닐까 짐작만 어렴풋이 할 뿐일 테지요. 어쩌면 음악도 그런 게 아닐까요. 노래란, 언어와 음악이 결합된 것이니까 언어를 이해할 수 없는 사람일지라도 음악적 공감대의 영역에서 정서와 감성을 연대하고 나눌 수 있는 것, 다른 문화와 시대의 작품과도 연대할 수 있는 것이 아닐까 하는 각성도 하게 되었습니다.

조금 다른 이야기가 되는지 모르겠습니다만, 얼마 전에 어떤 번역가의 인터뷰를 아주 인상 깊게 보았답니다. 두 가지 대목이 기억나는데, 하나는 "번역이 어렵지 않으세요?"라는 인터뷰어의 질문에, 그가 이렇게 대답했지요. "아니요, 어렵지 않습니다. 다른 재능을 가진 사람이 해내는 일을 보면, 예를 들어 빵을 만드는 사람, 악기를 연주하는 사람을 보면 신기하고 대단하다 싶지요. 하지만 각자 그저 자기가 할 수 있는 작은 일을 해내는 것뿐입니다. 나는 내가 할 수 있는 이 번역을 그냥 할 뿐입니다."

그리고 또하나는 이런 내용이었습니다. "이 세상의 모든 것은 번역이라고 생각합니다." 그렇지요. 머릿속의 생각을 나누는 것도, 표현하는 것도, 전달하는 것도, 아니 내가 감각하는 것을 내 자아가 느끼게 되는 과정도, 우리가 흔히 접하는 모든 encoding(부호화)·decoding(해독)도, 심지어 디지털·아날로그의 converting(전환)도 모든 게 '번역'이지요. 그렇다면 예술가들도 그런 것일까요. 스스로가 가지고 있는 그 무언가(그것이 심상이든 정서든)를 각자의 방법으로 '번역'해서 내놓는 것. 어떤 방식의 번역에 능숙한가에 따라 누군가는 글을 쓰고 누군가는 곡을 지을 테고요. 그렇게도 작년에 저 스스로에게 물었던 질문이 바로 나는 어떤 '번역가'인가였던 것이지요. 지금은 나는 노래로 번역하는 사람이다, 라고 생각합니다.

어제 사실 잠을 거의 자지 못했어요. 두서없이 글이 이어진 게 아닌지 모르겠습니다. 앨범에 대한 이야기는 아무래도 선생님께서 제 음반을 먼저 들어보신 후에 같이 나누는 것이 더 좋을 것 같네요. 그러지 않아도 지인들에게 앨범을 보내면서 선생님께서 일전에 보내주신 주소를 아무리 찾아보아도 찾을 수가 없더군요. 주소를 한 번만 더 보내주시겠습니까? 어서 선생님께 들려드리고 싶습니다.

저는 당분간은 또 바쁘게 지내겠지만 그래도 동네 공원의 단풍과 낙엽과 마지막 꽃들과 함께하는 순간은 놓치지 않으려 애쓰렵니다. 아, 그리고 최인호 선생님의 부음…… 날이 스산해질 무렵이면 유독 많은 분들이 곁을 떠나는구나 싶기도 합니다. 선생님의 새로운 시들이 읽고 싶어지는 계절이기도 합니다.

서울에서 윤석 올림

스무번째 편지
2013-11-07(목)
01:33

 윤석군에게

새 앨범이 출시되었군요. 축하합
니다. 제목은 무엇인지, 어떤 곡들이 들어 있을지 모두 궁금합니
다. 윤석군이 이곳까지 새 앨범을 보내주었다니 받으면 잘 듣고
내 인상을 편지로 써보도록 하겠습니다. 물론 아마추어 팬의 엉
터리 감상기가 되겠지만요. 여름내 열심히 작업한 이번 앨범이
무척 기대가 됩니다. 그리고 곧 공연이 있는 모양이지요? 공연
준비로 바쁠 것 같다는 이야기를 들으니 공연 날짜도 벌써 잡힌
것 같고…… 하여간 한동안 무척 바쁘겠네요. 열심히 준비하고

더불어 건강도 잘 챙기기 바랍니다.

　이번 편지를 보니 눈에 확 뜨이는 곳이 있네요. '시를 쓰기보다 시를 노래 부르고 싶다'는 말. 내가 알기로도 사실 시란 것이 그렇게 시작된 것이지요. 옛날 유럽 쪽에서 부자들 앞에서 춤추고 노래하고 연극하던 광대 비슷한 연예인들이 노래를 부르다가 그 가사가 눈에 뜨이기 시작했고 그 운문 낭독이 인기가 생기니까 노래 못하는 상류 계급이 가사를 만들어 읽는, 그러니까 시를 읽게 되었다고 해요. 한국의 시도 거의 같은 식으로 이루어졌다고 믿는 학자들이 많지요. 떠들면서 춤추는 것에서부터 춤 안 추고 노래만 하는, 그러다가 가사만 만들기 시작해서 시문학이 되었다고들 하지요. 요는 시의 모태는 노래고 운문이어서 곡이 아직 결정되지 않은 노래라고 할 수 있겠지요. 그러니까 윤석군의 이야기는 우리나라에 새로운 르네상스를 시작하는 모양새로 보입니다. 하기야 윤석군의 노래 가사는 오래전부터 내용이 맑고 시적 분위기가 풍겨서 음유시인이란 별명을 듣고 있지요? 내게도 윤석군의 노래 가사는 대부분에서 감성을 자극하는 큰 힘이 있다고 느껴집니다.

　세월이 빨라져서인지 느낌보다 빠르게 어느새 11월이 되었습니다. 나는 특히 11월을 좋아합니다. 우선 가을이 깊어가고 낙엽 태우는 냄새가 나기 시작하고 높은 하늘로 철새들이 떼지어 날아가는 철이지요. 더군다나 고국의 산촌에서는 밤 따기가 한창인가 하면 잎을 털어낸 감나무에는 엄청 많은 홍시들이 무수한 등불처럼 주렁주렁 달려 황홀한 풍경을 보여주더군요. 가을은 남자의 계절이라는 말에 열 번 동감합니다. 가을이 되면 이 늦은 나이에도 아직 별것 아닌 일에 가슴이 짠해지고 눈물이 그렁거리기도 합니다. 중고등학교에 다닐 때부터 나와 내 단짝친구는 그때 어디서 주워들은 말이었는지 가을만 되면 늘 입에 달고 다닌 말이 '추자를 놓다'라는 말이었어요. 가을날에 만날 때면 언제나 '요즈음도 추자 많이 놓냐?'면서 대화를 시작하지요. 추자는 물론 가을 추 자의 한문 글자를 뜻하는데 가을이 되었으니 감상에 젖어 있느냐, 가을 기분이 괜찮으냐 하는 뜻이었지요. 그 친구와는 요즈음까지도 가을이면 '추자 많이 놓냐?'로 인사를 나눕니다.

11월이 좋은 다른 한 가지 이유는 이달을 가톨릭에서는 '위령성월'이라고 해서 죽은 이들의 영혼을 위로하기 위해 기도를 열심히 하는 달이기 때문이지요. 어느 달을 특별히 정해놓고 고인을 추념해야 하는 것은 아니지만 낙엽 지는 스산한 늦가을의 길에서 생전에 가까웠던 분의 모습을 그려보면 나도 모르게 애잔한 마음이 들어 가슴에 잔잔한 물결이 전해오지요. 그리고 그런 분을 그리워하며 그분의 명복을 위해 기도할 수 있는 것을 나는 거의 행운이라고 생각하며 살고 있어요.

좀 이상하다고 생각되세요? 의사 출신이 무슨 억하심정이냐는 생각이 드세요? 윤석군은 안 그러리라고 믿어요. 그래도 그런 생각이 혹 든다면 그 근거는 아마도 과학으로 무장된 우리의 21세기식 뇌의 구조 때문이고 혹은 거기에도 못 미치는 조건반사적 사고 때문이라고 말하고 싶습니다. 알다시피 눈에 보이고 손에 만져지는 것만이 진리라고 부르던 시절도 있었지요. 그런 시절이 지난 후, 그러니까 17, 18세기 이후, 아이작 뉴턴이 만유인력을 찾아내고 뒤이은 산업혁명 이후, 과학이라는 학문이 천천히 그러나 확실하게 세상의 진리를 독차지하기 시작했지요. 그래서 오늘날에 와서는 과학이 아니면 진리가 아닌 것으로 쉽게 결정이 되고 의학을 비롯한 모든 학문은 진리에 속하지 않으면 어쩌나 걱정이 되어 하나둘 모두 과학에 머리 숙여 종속하게 되었습니다. 그래서 우리가 초월적 존재라든가 종교나 영성적 문제를 제기하면 그것은 볼 수도 없고 과학이 아니기 때문에 진리가 될 수 없다고 쉽게 결론을 내려버립니다. 과연 우리가 알고 있는 이 3차원의 세계만이 세상일까요? 우리 눈에 보이지 않고 생각할 수 없는 더 깊고 더 넓은 진리는 절대 존재할 수 없는 것일까요? 모든 것은 과학으로 증명을 해내야만 진리에 속하게 되는 걸까요? 정말 과학만이 진리일까요? 혹 오늘의 진리가 내일의 진리가 안 될 수도 있을까요?

어쩌다 이야기가 다른 곳으로 흘렀네요. 그래도 배웠다는 우리가 우리 생애의 언젠가는 흉금을 털어놓고 고민해봐야 할 문제라고 나는 생각합니다. 이달에는 우리 자신의 죽음에 대해서도 묵상하도록 교회는 권장하고 있어서 일부러라도 조용한 시간을 갖도록 노력하게 되지요. 그래서 더 내 마음에 드는 달인지도 모르겠어요.

며칠 전인 11월의 첫 토요일에는 교회의 행사 일환으로 신부님을 모시고 신자 몇과 함께 이곳 도시의 공원묘지에 갔습니다. 조용하고 아담한 묘지 근처에서 신자들의 가슴속에 살아 계신 고인을 위해 합동위령미사를 드렸습니다. 모두 뜨거운 마음으로 그리운 이들의 명복을 빌었지요. 이쯤 나이가 되니까 내가 이름을 부르며 미사중에 명복을 빌어야 할 분들이 아주 많아졌어요. 우선 돌아가신 아버지 어머니와 죽은 내 동생부터 일가친척이나 죽은 친구와 선후배, 거기다가 기억나는 옛날의 내 환자까지, 그 수가 너무 많았던지 위령미사 시간이 빠르게 지나가는 느낌까지 들었습니다.

그렇게 미사가 끝나고 돌아가신 분들이 이제 다 내 주위에 계신다는 풍성한 가슴으로 밖에 나오니 바깥은 흐린 하늘에 가을비가 추적추적 내리고 있었습니다. 망연히 비 오는 하늘을 보다가 갑자기 눈물이 내 뺨 위로 흘러내리는 것을 느꼈습니다. 비록 빗속의 풍경이 흐릿하고 주위는 외로웠지만 확실히 어떤 뿌듯함, 기쁨 같은 것이 나를 채우고 있었습니다. 참 이상하게 기쁘면서도 외로운 느낌이 왈칵 밀려오는 그런 잠시의 시간이었습니다.

교통이 번잡하지 않아 천천히 차를 몰고 한적한 길로 나와 운전하면서 차창 밖으로는 반쯤 가을비에 젖어 흐릿하게 지워진 풍경을 내다보는데 다시 난데없이 세상을 떠난 부모님과 동생 생각이 나고 나는 밑도 끝도 없이 노래를 흥얼거렸습니다. 아니 처음에는 그냥 흥얼거리기만 하다가 정신을 차려보니 오래전의 노래를 내가 부르고 있었지요. 가사는 반쯤밖에 모르겠더군요. 그러니까 아마도 내가 초등학교나 중학교 학생 시절에 배운 노래였고 그 당시 상당히 인기가 있었던 좀 슬픈 가을 노래였지요. 미국 민요 같은 노래인데 혹시 들어본 적이라도 있는지 모르겠네요. 우리말로 노래는 이렇게 시작합니다.

깊어가는 가을밤에/ 낯설은 타향에/ 외로운 마음 끝이 없어/ 나 홀로 서러워/ 그리워라, 나 살던 곳/ 사랑하는 부모 형제/ 꿈길에도 방황하는/ 내 정든 옛 고향……

마음을 진정시킨다고 곧장 집으로 향하지 않고 내가 자주 드라이브를 하는 촌길로 들어섰어요. 그리고 그 노래를 부르고 또 부르고 했습니다. 혹시 이런 노래 들어본 적 있나요? 아마 이제는 고국에서는 부르지 않을 거예요.

저녁녘에 집에 돌아와서는 꼭 찾아보아야 할 것이 있어 오래된 편지통을 뒤적였습니다. 내가 은퇴하고 이곳 플로리다로 이사 올 때 그간 받아온 엄청 많은 편지를 다 불태워버렸지요. 가지고 있기에는 너무 많고 짐을 줄이자고 결정했기 때문에 30여 개의 편지통을 한 개로 줄여서 꼭 가지고 있어야 할 것만 가지고 왔는데 그것도 아마 10년 만에 이곳에 와서 처음으로 열게 된 것이지요.

한데 우연히 집어든 파란 봉함엽서 하나는 1971년 봄, 내 친구인 문학평론가 김병익이 다른 세 명의 친구 평론가와 의견을 모아 문학과지성사라는 출판사를 만들고 『문학과지성』이라는 잡지를 내기 시작하면서 내게 시를 청탁해준 내용이었어요. 그때 친구는 동아일보의 문화부 기자였고 나는 오하이오 주립대학병원에서 힘들게 수련의사 생활을 하던 때였지요. 아마 윤석군도 알고 있으리라 믿지만 이 친구와 함께 지금은 고인이 된 김현, 그리고 김주연, 김치수 두 교수와 함께 네 명의 젊고 실력 있고 패기에 찬 문학평론가들이 『문학과지성』이라는 계간 문학잡지를 창간했고 시작부터 이 잡지는 문단의 엄청난 각광을 받기 시작했지요.

그런 자신만만함과 당당함이 내게 원고를 청탁하는 편지의 구절구절에 가득 담겨 있었어요. 그 기고만장한 편지를 읽으니 나도 그 친구들과 함께 문학의 새롭고 힘찬 깃발이라도 흔들고 있는 착각을 느낄 정도로 신이 나고 갑자기 힘이 솟는 듯했지요. 아, 좋은 시절이었다, 무서울 것 없는 한국 문학의 젊은 사자들이었구나 하는 감탄이 저절로 나오더군요. 그러다가 문득 이 편지 내용을 오늘 밤이라도 친구에게 알려야겠구나 하는 생각이 났습니다. 왜냐하면 요즈음 이 친구는 가까운 친구 하나가 많이 아파서 몇 달째 기운이 다 빠진 듯 힘없는 한숨 소리를 내게 이메일로 자주 전해오고 있거든요. 이 내용을 알려서 힘을 좀 북돋워주어야겠네요.

윤석군이 내 시를 읽어보고 싶다고 해서 지난달에 출간된 문학 계간지에 난 시를 여기에 한 편 써봅니다. 이 시는 지난번 편지에도 썼듯이 몇 달 전 몽골에 갔던 경험을 시로 써본 것입니다. 한데 그 잡지의 편집장은 이 시가 인터넷에서 상당한 인기를 끌며 돌고 있다고 신이 나서 내게 알려주었어요. 그런데 나는 그런 것을 컴퓨터에서 어떻게 보는지 몰라서 확인할 수가 없네요. 그리 길지 않으니 한번 읽어보아주기 바랍니다.

그럼 오늘은 이만합니다.

마종기

고비사막

걷기가 무척 힘들었어
걸어도 걸어도 잘 가지지 않았어
젊었던 날에도 그런 적이 있었다
너도 그랬지?
아무도 없어서 그랬을까
가야 할 곳을 몰라서 그랬을까
한 사람이 비슷한 사람을 만난다는 게
참으로 어려운 일이란 걸
우린 늦게서야 알게 되었지

너무 오래되어 시간은 지쳐 멈추고
너무 크고 똑같아서 할말도 떠나고
더이상 볼일이 없어진 모래 지평선
완전무결한 단절이 집착의 뼈를 씹는다
마르고 말라서 모든 입술은 찢어지고
피도 흐르지 않고 응고된 먼지들의 몸

만나지 말았어야 할 고비사막

병들고 오염된 두 발이 깊이 빠져
얼굴까지 모래에 닿으면
가지 마, 가지 마 하는
모래들의 목소리가 들렸어
너도 확실히 들었지?
무작정 몸 안으로 파고들던
사막이 아파서 울면서

사막은 가난해서 가진 게 없었어
그래서 노래만 한 모양이지
너도 들었지?
바람만 있었는데 밤이 되었고
고음의 노래는 다 별에게 갔어
너무 많아서 나는 참기가 힘들었다
고맙다는 말이 가득 누워 있는 사막
그 많은 별들이 나를 감싸안아주고
막막한 미지의 길까지 밝혀주었다

part 3

꿈의 다른 표징

2013.11.29 – 02.07

나는 때때로 고아처럼 느낍니다.

예술을 하려는 사람은

때때로 고아처럼 외로워야만 한답니다.

나를 고아처럼 느끼게 하는 이 비 오는 우중충한 시간을

아파하면서도 고마워하고,

고국을 멀리 떠나 살고 있는 내 신세를

힘들어하면서도 또 다행으로 생각하고 있습니다.

이 뜨거운 눈물은 시인이 되고 싶은

내 꿈의 다른 표정이라 생각하고

온몸을 아파하며 받아들입니다.

스물한번째 편지

2013-11-29(금)
16:58

선생님께

그간 안녕하셨는지요? 저는 지금 기차를 타고 부산을 가고 있습니다. 어머님이 몸이 편찮으신데다가 10여 년 만에 집수리를 했다고 해서 겸사겸사 내려가는 중이지요. 요즈음엔 이렇게 기차 안에서 인터넷도 되고 서울에서 부산까지 가는 시간도 참 많이 단축되었습니다. 저는 미국엔 기차라는 것이 없는 줄로만 알았는데 또 그런 것만은 아닌가보더라고요. 언젠가 미국에서 기차여행을 했던 친구의 이야기를 들은 적이 있거든요. 선생님도 이미 타보셨겠지만 한국의 기차는 이런 고속열차들이 거의 대부분이 되었답니다.

기차 시간에 쫓겨서 허겁지겁 가방을 질질 끌고 16호차를 찾아가는데 문득 예전 새마을호 때의 기억이 나더군요. 그때엔 적어도 네 시간을 달려야 서울에서 부산으로 갈 수 있었지요. 그런데 그때 제가 참 좋아했던 것이 기차 안의 식당칸이었습니다. 음식값도 좀 비싸고 맛도 그리 좋지는 않았지만 기차 안의 그 또다른 공간에 앉아 있던 기분은 참 특별했었지요. 그런데 고속열차가 되고 나선 그 식당칸이 없어진 듯합니다. 침대칸도 그렇지요. 한밤에 무궁화호 침대칸에 몸을 싣고 한숨 자고 일어나면 이른 새벽 부산이 저를 맞아주던 기억이 아직도 생생한데 이젠 정말 추억이 되었어요. 지금의 기차는 빠르게 사람들을 출발지에서 목적지로 나르는 목적에 더 충실해졌지요. 하긴 지금 저도 손편지가 아니라 빠르게 소식을 전하는 전자편지를 쓰고 있는 셈이네요.

가톨릭에선 11월이 그런 의미가 있군요. 날이 스산해지고 해는 짧아지고 말 못할 우울함이 가슴에 스며들기도 하는 계절이지요. 그런 11월에 많은 크리스천들은 속세를 떠난 영혼을 기리고 명복을 비는군요. 저희 부모님도 가톨릭 신자시니 부산에서 뵈면 꼭 여쭈어보아야겠습니다. 선생님의 시 「고비사막」도 잘 받아보았습니다. 저번 선생님의 몽골 여행이 또 이렇게 시 한 편으로 사람들에게 남게 되는군요.

저는 2주 전 공연을 마치고 지금은 한숨을 돌리고 있는 중입니다. 11월 17일에 열흘간의 앨범 발매 공연이 끝났지요. 11월 6일에 시작되어 수목금토일, 이렇게 일주일에 5일간의 공연을 2주간 했지요. 그렇게 2주간의 공연을 잘 마치고 저는 제주도로 여행을 갔습니다. 돌이켜보니 저는 그간 일주일이 넘는 여행을 가본 적이 거의 없더군요. 제 피앙세와 저 이렇게 두 사람이 8일간의 일정으로 제주를 갔지요. 예전 제주 여행 때엔 늘 다니던 곳을 벗어나기가 어려웠는데 이번엔 마을 곳곳을 다닐 시간과 마음의 여유가 있었지요. 제주의 마을 곳곳에서 현지에 사시는 많은 분들을 만날 수 있었지요. 불쑥 들른 어느 마을에서나 어르신들은 차 한잔 하고 가라고 권하며 귤을 주셨지요. 나중엔 먹다 먹다 남아서 봉지에 넣어 서울로 가지고 왔답니다.

아는 선배님이 하시는 서귀포 표선의 감귤농장도 둘러보고, 가시리라는 곳에 계신 선배님 본가 뒤뜰에 가서 잘 익은 감귤 수확을 도와드리기도 했습니다. 진초록 이파리 사이사이 주황색 감귤을 보는데 얼마나 황홀했던지요. 저는 '세상에, 세상에'를 연발하면서 서투른 손놀림으로 감귤을 땄지요. 그렇게 크고 예쁘고 찬란한 색의 감귤이 말 그대로 주렁주렁 달려 있는 그 감귤나무의 모습은 정말 그야말로, 경이로웠지요. 이것이 자연이고, 자연은 기적이고, 세상이란 이런 숱한 기적이 이어지고 이어지는 시공간이로구나 하는 생각이 들었지요.

만나는 분들의 말 중간중간 들리는 제주어는 또 어찌나 신기하고 재밌고 좋던지요. 돌아오는 여정에 제주공항의 작은 서점에선 제주어로 된 농담을 엮은 책도 한 권 샀지요. 서귀포에선 때마침 감귤박람회가 열렸답니다. 박람회에서 감귤산업을 둘러싼 여러 일에 종사하는 분들과 그분들의 삶을 엿볼 수 있었지요. 친환경농업으로 감귤을 재배하는 분들의 자부심 가득한 눈빛을 만나고, 오랜 시간 동안 고집과 집념으로 알아내고 개발해온 여러 노하우를 하나하나 친절하게 설명해주는 분들도 많이 만날 수 있었습니다. 그런 생기 넘치는 표정과 쓸데없는 경계에서 해방된 듯한 눈빛은 도시에서 쉽게 볼 수 있는 것이 아니었어요. 그것만으로도 얼마나 큰 위로가 되었는지 모릅니다. 제주는 정말이지, 귤의 도시 아니 귤의 섬이었어요.

그리고 제주에서 돌아오기 며칠 전, 출판사에서 문자메시지를 한 통 받았습니다. 제가 번역한 소설 『부다페스트』가 다 만들어져서 곧 서점에 나온다는 문자메시지였어요. 저는 들뜬 마음에 책이 너무나 보고 싶으니 사진이라도 찍어 보내달라고 했지요. 저의 첫 번역서를 본 기분은, 아직도 뭐라 설명해야 할지 모를 그런 기분이었어요. 소설이나 에세이가 나왔을 때의 설렘과는 다른, 전혀 다른 설렘이었어요. 저의 책이면서도 저의 책이 아닌, 역자의 입장이 처음이라 그런 걸까, 아니면 워낙 오랜 시간 공들이고 힘썼던 책이라 더 감상적이 된 걸까 가늠하지 못했지만 말이지요.

그저께 모 일간지에서 첫 책 인터뷰를 했지요. 신문사 건물에 들어서서 기자를 기다리고 있는데 한 10분쯤 지났을까요. 엘리베이터 앞에 서 있던 기자의 손에 제 책이, 아니 제가 번역한 책이, 그 『부다페스트』가 떡하니 쥐여져 있는 거예요. 간단한 인사를 나누고 제가 기자에게 처음 한 말은 "저, 책 좀 봐도 될까요?"였지요. 지금 선반 위에 올려져 있는 여행가방에도 몇 권이 들어 있습니다. 부모님께 먼저 한 권 드리고 또 고향 친구들에게도 건네줘야지요. 앞으로 제가 번역을 할 일이 더 있을지 없을지 모르겠기에 지금 더 벅찬지도 모르겠습니다.

소설의 내용도 말과 글에 대한 것이지만 요즈음엔 언어에 대한 생각이 예전과 많이 바뀌었답니다. 그전엔 언어에 대한 욕심이나 관심이 참 많았지요. 하지만 아무리 애를 쓴다 해도 모어가 아닌 다른 언어를 (제가 원하는 수준까지) 익히는 것은 불가능하다는 생각을 하게 된 이후 그런 욕심이 많이 사그라졌지요. 사실은

근 1, 2년은 아니고 어쩌면 제 평생에 걸쳐서 번역하고 싶은 책이 한 권 있습니다. 그러려면 라틴어 공부를 해야 하는데…… 책을 사둔 지 한 1년 정도 되었어요. 올겨울부터 다시 멈췄던 라틴어 공부를 조금씩 다시 해볼까도 싶어요. 길게 천천히 말이지요. 라틴어라면 '언'의 영역은 존재하지 않는 사어이니, 그래도 열심히 그리고 오래 시간을 들인다면 '학습'을 통해서 어느 정도는 배울 수 있지 않을까 하는 생각도 있고요.

돌이켜보니 작년 이맘때부터 지금까지 참 바쁘게 지냈구나 싶습니다. 음반도 한 장이 나왔고 공연도 총 34일간 했더군요. 그리고 소설집 한 권, 번역서 한 권, 그리고 친구의 시집까지 친다면 세 권의 책을 쓰고 번역하고 엮었네요. 그사이 목과 허리가 많이 안 좋아진 걸 요즘 더 느낍니다. 올 연말까진 정말 다른 일 제쳐두고 운동하고 치료받고 하면서 지내야겠어요. 미뤄뒀던 책도 읽고요. 이즈쓰 도시히코의 책을 읽고 싶었는데 고맙게도 출판사에서 보내주신다고 하네요.

사진기를 잡은 지도 꽤 되었으니 다시 사진도 찍고 싶어요. 제가 좋아하는 사진작가 한 분이 지리산으로 출사를 가신다고 함께 가겠냐고 하시는데 따라가서 조수 노릇이라도 좀 할까 싶기도 합니다. 그리고 2014년이 오겠지요. 선생님께도 언젠가 말씀드리겠지만 내년은 제 생의 또다른 전환기가 되지 않을까 싶어요. 그리고 보니 2008년 겨울이었지요. 유학생활을 마치고 한국으로 돌아올 무렵에도 선생님과 편지를 주고받았었지요. 그때도 거의 처음으로 선생님께 제 결정을 메일로 전해드렸던 기억이 납니다. 구체화되는 대로 차근차근 말씀드릴게요. 건강하시고 사모님께도 안부 전해주세요.

고속열차 안에서
윤석 올림

스물두번째 편지

2013-12-16(월)
23:57

윤석군에게

그간도 잘 지내고 있지요? 어느덧
12월도 중순에 접어듭니다.

나이를 먹어서인지 세월이 빠르다는 것을 새삼 실감하는 요
즘입니다. 서울의 친구들은 날씨가 많이 추워졌고 오랜만에 펑
펑 쏟아지는 함박눈을 맞으면서 산책을 했다고 자랑해서 갑자기
서울이 그리워졌습니다. 여기는 윤석군이 상상할 수 있는 대로
날씨가 다른 쪽으로 좋습니다. 초여름 날씨에 청명하고 건조해
서 어슬렁거리며 나돌아다니기 좋지요. 그러나 이런 날씨 이야

기는 미국의 북쪽에 사는 내 둘째나 셋째 아이에게는 삼가지요. 공연히 기분 상하게 하기 십상일 정도로 올해의 미국의 북쪽 날씨는 상당히 춥고 매일 눈과 바람이 대단한 모양이라서요.

그간 나는 캘리포니아 주의 샌디에이고에 가서 만 열하루를 지내고 왔어요. 내 큰아들이 의과대학 교수직을 작파하고 미국에서는 기후가 제일 좋다는 그곳으로 1년 전에 이사를 갔지요. 미국에서는 아직도 요란하게 찬반이 뒤섞인 채 시끄러운 오바마 대통령의 보건정책에 불만을 품고 개업에 나선 것인데 우리와 멀기는 하지만 스크립스 인스티튜트Scripps Institute라고 의학계에서는 알 만하게 좋은 곳에서 동업을 청해와서 갔지요. 그래서 우리는 큰아들과 며느리, 손주들을 장장 12개월 만에 추수감사절을 계기로 만났습니다. 아마 고국에서는 이해하기 좀 힘들지 모르겠어요. 같은 나라에 사는 친자식을, 사이가 나쁜 것도 아닌데 만 1년 만에야 만난다는 게요.

아마도 나라가 커서 그런 게 첫째 이유겠지요. 내가 사는 곳에서 비행기 편으로 다섯 시간 이상이 걸리고 시차는 세 시간이나 됩니다. 서울서 북경이 두 시간 조금 더 걸리고 몽골의 울란바토르도 세 시간 반, 베트남 하노이보다 조금 더 먼 비행시간. 하여간 한참이나 먼 곳이지요. 거기다가 세 시간이라는 시차도 내 나이가 되니까 장난이 아니더군요. 그렇게 열하루를 시차 때문에 좀 피곤해하며 구경도 많이 하고 한국 식당을 비롯한 좋은 식당에서 잘 먹기도 하면서 지냈지요.

특히나 아들네가 나가고 있는 한인성당에서는 그간 아들네에게 잘해주던 내 고등학교 동기를 장장 만 57년 만에 만나서 얼마나 반가웠던지요. 학교 때는 얌전하고 착실하던 이창섭이란 친구는 윤석군같이 서울공대를 나오고 1960년대에 미국에 와 전자사업을 해서 성공한 친구인데 그 친구 덕분에 샌디에이고 구경도 많이 했어요. 사실 30년 전쯤, 그리고 또 20년 전쯤에 학술모임 때문에 와본 곳이기는 하지만 그렇게 일주일 정도 와서, 그것도 모임중의 틈새 시간을 내어 도시의 구석구석을 구경하기는 힘들지요. 바다를 둘러 만같이 생긴 도시 한복판에 있는 코로나도 섬에서는 크고 여유로운 코로나도 비치를 걸었고 그 섬의 다른 쪽에서 보는 아름다운 한밤의 다운타운, 도시 한쪽 끝의 높은 절벽인 포인트 로마, 아담한 식당가 등등……

하루는 샌디에이고 하면 미국 사람들에게 제일 잘 알려진 샌디에이고 동물원에 갔지요. 한 30년 전쯤 이 도시를 방문했을 때도 그곳에 가본 적이 있었지만 그때와는 엄청 많이 변해 있더군요. 미국에서는 제일 규모가 큰 이 동물원에는 여러 마리의 판다곰을 비롯해 엄청난 규모의 동물과 그들을 둘러싼 희귀한 식물도 많다는데 어쩌다 나는 그날 한 무더기로 모여 사는 기린들과 오랫동안 가까이에서 시간을 보냈네요.

하도 키가 커서 가까이 가도 나를 해칠 수가 없는 기린들. 동물 중의 신사라고 불리는 엄청 키가 큰 기린들은 내 키의 두 배나 됨직한 길고 긴 목이 특징이지만 그 긴 목도 우리 인간같이 단 일곱 개의 목뼈만 가졌다네요. 그러니 그 목뼈 하나가 얼마나 크겠어요. 아마 여러 사람이 함께 베는 긴 베개 정도는 되겠지요?

신사라는 기린도 아주 가끔은 자기들끼리 싸움을 하는데 그럴 때면 자기들의 긴 목을 좌우로 휘두르며 목과 목의 힘으로 싸운답니다. 그렇게 몇 번씩 목을 휘두르다가 너무 아픈 쪽이 도망을 간다지만 가끔은 서로 부딪치는 순간 그 베개보다 긴 목뼈들이 어긋나서 척추신경이 끊어져서 갑자기 사지가 마비되어 죽기도 한다네요. 요즈음 말로 목에 힘을 준다는 게 무엇인지 알 듯도 합니다. 기린은 또 그 긴 목 위에 있는 머리에까지 피를 보내기 위해 심장이 힘차게 펌프질을 해야 해서 육상동물 중에서는 심장이 제일 크고 정상 혈압도 인간의 두 배 이상이라고 하네요. 별로 재미없나요? 나는 한데 이런 게 어릴 때부터 아주 재미가 있었어요. 대학 예과 때 식물학이나 비교해부학은 나를 따라오는 동기가 없을 정도였지요.

잘 알다시피 샌디에이고는 전 미국에서 사시절 기후가 제일 좋다고 모두가 공인하는 곳이지요. 로스앤젤레스같이 복잡하고 엄청 크지 않고 비교적 조용한 곳이어서 살기에 가장 이상적인 곳으로 알려져 있어요. 하지만 남부 캘리포니아가 다 사막지대였듯이 해안가를 빼고는 지금도 건조기가 길고 공기가 늘 메마른 편이지요. 이 도시에는 한국인이 대략 3만 명 정도가 산다고 친구가 그러네요. 샌디에이고도 물론 그렇지만 미국서는 1960년대부터 천천히 그리고 최근에는 더 급속히 인구의 대이동이 진행되고 있지요. 물론 북쪽의 도시에서 남쪽 도시로 남진 이동하는 것이지요. 자동차도시로 한때 미국에서 네번째로 많은 인구를 자랑하던 디트로이트 시가 인구 감소와 방만한 자동차사업의 실패, 계산을 잘못한 복지정책으로 파산한 후, 요즈음에는 미국의 제2도시라는 시카고가 인구 감소와 예산 부족으로 파산설이 솔솔 새어나오고 있지요.

아들네 집은 넓은 식당방에서도 또 넓은 테라스에서도 태평양이 넓게 눈앞에 펼쳐 보여서 경관이 좋고 특히나 저녁녘에는 태평양으로 지는 붉은 석양이 아름답더군요. 내가 그곳 샌디에이고에서 제일 부러웠던 것은 무엇보다도 맛 좋은 한국 식당의 음식들이었습니다. 그런데 그런 한국 식당이 80여 개가 되고 서로 경쟁을 하는 바람에 또 음식값이 얼마나 싸던지 어떻게 손해 보지 않고 운영을 하는 것일까 걱정이 될 정도였어요.

지난번 부산 가는 고속철에서 보낸 편지에서 어머니가 아프시다더니 지금쯤은 물론 쾌차하셨겠지요? 내가 군의관이었을 때는 통일호라는 게 제일 빨랐는데 서울서 부산 간이 대강 일곱 시간 정도 걸렸지요. 물론 경우에 따라서는 여덟 시간도 걸리긴 했지만요. 나도 무척 좋아했던 식당칸은 그때도 인기가 있었어요. 한데 이상하게 최근에 여러 번 타보았던 KTX보다 연기를 뿜어대던 통일호가 훨씬 그립게 생각이 납니다. 아마도 KTX를 타고 차창 밖을 보려고 하면 계속 터널로만 들어가기 때문인 모양인지요.

그리고 제주도 여행 때는 감귤을 따면서 많이 즐겼다고요? 재미있었겠네요. 사실은 나도 이곳 플로리다로 이사 오면서 오렌지나무를 두 그루 사서 뒤뜰에 심었었지요. 오렌지 수확보다는 1년에 두 번씩 꽃피는 오렌지꽃의 향기가 너무 좋아서 심은 것인데 그후 오렌지도 따먹고 해마다 두 번씩 꽃향기도 많이 즐겼지요. 그러다가 작년에 두 그루가 다 시들시들 죽어버렸어요. 만사가 다 그렇지만 건사를 잘 안 해주고 보살펴주지 않은 탓이지요. 몇 해 가다보니 주위에 개미집도 많이 생기고 열매가 익을 때쯤이면 작은 야생동물까지 오렌지를 먹으려고 집 근처를 어슬렁대기도 해서 내가 일부러 죽여버린 격이 되었지요. 좋은 게 있으면 나쁜 것도 있기 마련인 모양이에요.

보내준 새 음반 '꽃은 말이 없다'를 얼마 전에 잘 받았어요. 그리고 새 노래를 즐기면서 여러 번 잘 들었어요. 몇 해 전 윤석군에게서 처음으로 시디를 선물 받고 노래를 들었을 때의 내 당혹감이 새삼스럽게 기억나데요. 그때 윤석군의 노래들은 내게 너무나 서먹하게 들렸었지요. 도대체 모르겠더라고요. 그때에 비하면 이제는 우선 내가 윤석군의 노래를 들으면서 긴장하지 않고 그나마 좀 익숙해진 귀로 노래 하나하나를 즐기고 있네요. 엄청난 차이지요. 참 많이 발전했구나 하며 혼자 웃었습니다.

이번 시디에서 나는 〈검은 개〉〈나비〉〈햇살은 따뜻해〉〈연두〉가 특히 좋았습니다. 좋았다는 게 무슨 굉장한 음악 감상가로서의 평이 아니고 이런 유의 음악에는 완전 초보자로서 그저 귀에 기분좋게 들렸다는 말이지요. 가사만으로는 〈늙은 금잔화에게〉〈서울의 새〉 그리고 〈강〉이 더 좋았고요. 나는 이상하게 오페라나 가요나 가곡을 들을 때 높낮이의 곡보다는 가사에 더 관심이 가지요. 그래서 가사가 안 좋으면 공연히 그 노래가 마음에 안 들더군요. 곰곰이 그 이상한 취향을 되짚어보니 아마도 50년 넘게 시를 써온 사람의 못된 버릇 때문이 아닌가 싶어요.

여러 번 이번 노래들을 들으면서 몇 가지 나이든 시인으로서의 의견이 있어 이 기회에 말해볼게요. 그냥 너무너무 좋더라고 하기보다 내가 아끼는 사람이고 오래 지켜보고 싶은 사람이라 그러는 것이니까 혹시라도 섭섭한 말이라면 내 나이 탓이고 편견의 탓이라고 넘겨버리면 됩니다. 가사를 읽으면서 모든 가사가 정말 아름답고 '시적'이었어요. 우선 그 분위기가 아름답고 섬세했습니다. 아, 그래서 남들이 '음유시인'이라고 하는구나 했지요. 그러나 음유시인은 '시적'인 것으로 만족해야 하는 것인지, 그냥 '시'가 되면 안 되는 것인지 문득 의구심이 생겼어요. 그리고 이게 아마 노래 가사와 시의 차이점일까 하는 생각도 해보았고요.

그 한 예로는 '직유'와 '은유'의 사용을 말할 수 있겠어요. 윤석군의 이번 가사에는 비유를 할 때 직유가 대부분이었어요. '……처럼'이나 '……같이' 같은, 현대시에서는 별로 고급스럽게 사용되지 않는 것이지요. 우리가 알고 있는 현대시에서는 '은유'나 환유의 사용이 중요하지요. 얼마나 아름답고 적절하고 또 효과 있는 은유를 쓰느냐로 그 시의 표현력의 우열을 가릴 정도니까요. 가사에서는 아직도 '시적'인 직유에서 끝나야 하고 은유를 쓰는 '시'가 되면 안 되는 것인지 궁금해졌습니다. 과연 윤석군의 가사와 다른 이의 좋은 가사와는 무엇이 다른 것인가, 왜 윤석군을 대중은 음유시인이라고 부를까, 앞으로는 '시적'인 것에서 '시'로 뛰어들어야 음유시인으로 남들과 차이가 나지 않을까 하는 생각이 들었습니다.

또다른 한 가지 불만은 이번 앨범의 가사에 '꿈'이라는 단어가 너무 자주 등장합니다. 물론 나는 윤석군의 〈물이 되는 꿈〉이나 지난번의 〈꿈꾸는 나무〉를 무척 좋아합니다. 거기서는 물론 꿈이 주제가 아닙니까? 꿈이란 단어가 안 좋다는 게 아니고 너무 많아서 혹 누가 식상하지나 않을까 걱정이 되어서 그러는 거지요. 이번 음반에 있는 아홉 개 노래 중 네 개의 가사에 '꿈'이란 단어가 들어 있었습니다. 꿈은 현대시에서 가장 쉽게 환상적이고 아름다움을 느끼게 해주는 단어라서 게으른 시인에게는 가장 유혹적인 단어입니다. 물론 그러니까 좋은 시인이 되고 싶어하는 이는 끝까지 피해보려고 노력하는 금기의 단어이기도 합니다. 노래 가사는 물론 꿈이란 단어를 많이 쓰고 있겠지만 좋은 시들은 꿈이란 말을 쉽게 쓰지 않습니다. 기왕이면 게으른 이들이 가는 쉬운 길을 되도록 택하지 않으려고 조심스럽게 노력하는 것이라고 할 수 있을지요.

그러나 여기서 내가 다시 조심해야 할 것은 노래의 가사가 정말 시가 되어야 하는 것인지 하는 의문입니다. 만약 그렇지 않다면 내 말은 맞는 말이 아닐 것입니다. 그래도 어쨌든 윤석군은 은유시인으로 알려져 있으니까 노래 가사에 직유와 함께 은유에도 신경을 한번 써보면 어떨까 생각했습니다.

참, 윤석군은 1990년대 중반인가 말에 나온 이탈리아 영화

〈일 포스티노〉, 우리말로 '우편배달부'라는 영화를 본 적이 있나요? 픽션이긴 하지만 윤석군도 잘 아는 칠레의 시인 파블로 네루다가 1950년대 언제 이탈리아의 어느 작은 섬에 피신 가서 사는 동안 사귄 그 고장의 내성적인 우편배달부와의 일화를 감동적으로 만든 영화지요. 이 영화는 그해 아카데미상을 받기도 했고 우편배달부 역인 20대의 마시모 트로이시라는 배우는 아카데미영화상의 남자주연상에도 올랐지만 그보다는 영화 촬영이 끝난 날 지병인 심장병이 도져 심장마비로 죽어서 더 유명해졌지요.

네루다에게 매일 수많은 우편물을 배달하다가 친해진 영화 속의 이 우편배달부는 네루다로부터 좋은 시를 쓰려면 무엇보다 메타포metaphor, 즉 은유를 쓸 줄 알아야 한다는 것을 배우지요. 그러나 애를 쓰다 지친 이 착한 우편배달부는 자신이 쓴 은유의 시 대신 급한 대로 네루다의 시를 표절해서 자기가 사랑하던 애인을 감동시켜 결혼을 하게 됩니다. 나중에 이것을 안 네루다가 핀잔을 주니 어물거리며 그가 한다는 말, '시는 시를 쓴 사람의 것이 아니라 그 시를 읽는 사람의 것이다'라는 말로 네루다를 감동시키지요. 예술을 사랑하는 사람은 이 영화를 틀림없이 좋아할 것입니다. 윤석군이 아직 안 보았다면 꼭 한번 볼 기회가 있기를 바랍니다.

오늘은 이만하지요. 건강하게 즐겁게 이 겨울을 많이 즐기기 바랍니다. 안녕.

플로리다에서

마종기

스물세번째 편지
2013-12-24(화)
13:09

선생님께

　안녕하세요, 선생님. 내일, 크리
스마스를 앞둔 서울의 날씨는 며칠 사이 조금 풀린 듯도 해요. 그
렇지만 아직도 저희 집 마당과 기와지붕에는 흰 눈이 그대로 쌓
여 있답니다. 눈이 쌓인 동네 골목을 걷다보면 담벼락으로 슬며
시 고개를 내민 은색 연통으로 뽀얀 연기가 퐁퐁 뿜어져나오지
요. 하얀 구름 같은 연기만 봐도 이제 추운 겨울이 왔구나 싶습니
다. 그사이 미국은 추수감사절 기간이었군요. 한국식으로 말하
자면 역귀향을 하신 셈이네요. 그동안 저는 운동치료, 교정치료,

침치료 등등 말 그대로 재활의 시간을 보내고 있었습니다. 그동안 뭘 그리 엉망으로 살았는지 목, 어깨며 척추, 허리 등등 성한 곳이 없네요. 상태는 그리 나쁘지도 좋지도 않습니다. 만성이기에 좋지는 않지만 그렇다고 외과적으로 큰 상해는 없기에 또 그리 나쁘지만은 않아요. 큰 걱정은 하지 않으셔도 괜찮습니다. 꾸준히 치료하려고 해요.

미국의 추수감사절도 한국의 추석처럼 많은 사람들이 이동한다고 들었습니다. 워낙 큰 나라이니 차나 기차보다 비행기로 이동하는 사람들이 더 많겠다 싶은데요. 플로리다와 샌디에이고라, 머릿속으로 어림만 해보아도 정말 먼 거리로군요(시차가 세 시간이나 난다니요). 그런데 저는 그 이야기를 읽고, 플로리다와 캘리포니아의 다른 날씨와 풍광보다도, 그 두 지역 사람들이 쓰는 말은 얼마나 다를까 하는 생각이 먼저 들더군요.

어제 저는 부산에 잠시 다녀왔습니다. 부산에 내려서 가장 먼저, 아 부산에 왔구나 하고 느끼는 순간은 바로 택시를 탔을 때지요. 택시기사님의 어서 오이소, 하는 인사말만 들어도 환기가 되니까요. 그리고 저도 모르게 사투리로 인사를 하게 되지요. 그때부턴 상점을 가든, 음식점을 가든, 친구나 가족들도 모두 부산 말을 쓰니, 아 지금 나는 서울과 멀리 떨어진 고향에 있는 게 분명하구나 하는 생각을 문득문득 하게 됩니다. 엊그제엔 뉴스를 보는데 일본에서 요즈음 부산 사투리를 배우려는 사람들이 많아지고 있다고 하네요. 요즘 우리나라에서도 인기가 많은 드라마나 영화에 나오는 주인공들의 말투가 경상도 말이기 때문이라고 하더라고요.

서울과 부산이 고속기차로 세 시간여의 거리인데 세 시간의 시차가 난다는 플로리다와 샌디에이고의 말투는 어떻게 다를까, 하는 생각이 든 것도 이상한 것은 아니겠지요? 언뜻 들었던 말로 미국에도 각지마다 다양한 사투리가 있다고 하던데…… 그게 억양이나 단순한 문법이나 어휘의 차이인가요? 아무래도 미국인들에게 영어는 원주민들이 쓰던 언어의 역사에 비한다면야 신생 언어나 다름없을 테니 우리나라의 말과는 다른 상황일 듯도 싶은데 궁금합니다. 불어만 해도 프랑스에서 쓰는 불어와 벨기에나 스위스 불어가 다르지요. 억양도 억양이지만 아예 없는 표현들도 있습니다. 예를 들면 '고맙습니다'라는 말에 답할 때, 프랑스에선 'de rien!' 즉 '아니에요!'라고 말하지만 스위스에선 'service!'라고 말하지요. 70, 80, 90을 숫자로 가리키는 단어도 다르고요. 선생님은 미국에서 중부에도 사셨고, 또 여러 곳을 여행하셨을 테니 다음 편지엔 그 미국의 사투리에 대한 이야기도 꼭 들려주세요.

스크립스 인스티튜트라면 화학 분야에서도 아주 유명한 연구소이지요. 칼 배리 샤플리스Karl Barry Sharpless와 발레리 포킨Valery Forkin, 소위 '클릭화학click chemistry'의 대가들이 그곳에 있습니다. (샤플리스는 2001년 노벨화학상을 받았지만 클릭화학으로 받진 않았어요.) 한때, 박사과정을 마치고 포스트닥터post-doc로 연구를 계속할 계획이었을 때, 클릭화학을 공부해볼까 생각했던 적도 있었지요. 제가 연구했던 생체재료, 약물전달체 같은 연구 주제가 말하자면 생물학biology과 화학chemistry의 중간에 있던 분야였는데, 박사과정을 마치고는 생물학 아니면 화학 중 하나를 더 깊게 배워보고 싶었거든요. 선생님 편지를 보니 갑자기 그때 생각이 나네요. 그렇죠. 샌디에이고였지요.

그사이 제게 일어난 가장 큰 사건(!)은 마침내 번역서가 나온 일이 아닐까 싶어요. 일전에 편지를 통해 잠깐씩 말씀드린 적도 있고, 올봄에 소진씨와 이영미님과 만난 자리에서도 번역 이야기—마르셀 프루스트Marcel Proust의 『잃어버린 시절을 찾아서』 이야기를 하면서—를 하기도 했지요. 그 책이 드디어 출판되었습니다. 제목은 『부다페스트Budapest』이고, 시쿠 부아르키Chico Buarque라는 브라질의 뮤지션이자 작가가 쓴 소설이에요. 초벌 번역은 작년 여름에 했지만 사실상 전부를 다 뒤엎고 올봄에 새로 번역을 한 셈이에요. 제 소설집이 나왔을 때보다 더 기뻤으니 저에겐 마음속에 남아 있던 정말 큰 짐이었나봅니다. 그리고 그 무거운 짐을 내려놓았으니 날아갈 만큼 기뻤던 것도 당연하겠지요.

어떤 분은 묻더군요. 소설책이 나왔을 때와 번역서가 나왔을 때 어떤 차이가 있느냐고요. 저는 그 부담감이란 비교할 수 없을 만큼 다르다고 말해주었습니다. 제가 쓴 소설책이야 제가 어떻게 쓰든 그건 제 몫이지만, 다른 이의 작품을 번역할 때엔 조금이라도 잘못 옮기면 그건 씻을 수 없는 잘못을 저지르는 것이 아니냐고 했지요. 능력에 벅찬 일이다보니 정말 힘들었지만 최선을 다했고 그런 만큼 책이 나왔을 때 얼마나 기뻤는지 모릅니다. 선생님께도 한 권 보내드리겠습니다. 축하해주세요.

선생님의 편지 중에 오렌지꽃 이야기가 눈에 선하게 들어옵니다. 오렌지꽃이라…… 도대체 어떤 향기일까, 어떻게 생겼을까 궁금합니다. 흰색일까, 오렌지 열매 같은 주황색일까, 노란색일까요? 설마 빨갛거나 보랏빛은 아니겠지요? 꽃의 색깔과 향기가 반드시 그 열매의 색과 향을 닮으리라는 법은 없는 거겠지만요. 이번 제주 여행에서 만난, 감귤농사를 하는 형님도 귤꽃 이야기를 하시더군요. 귤꽃이라…… 하긴 귤꽃도 보지 못했으니 오렌지꽃은 모양도 빛깔도 향기도 짐작조차 잘 되지 않아요. 이번 여행 때 마침 서귀포에선 세계감귤박람회가 열리고 있었어요. 정말 재미있게 구경도 하고 다양한 사람들도 만났습니다. 박람회장에서 수많은 종류의 감귤나무를 보았는데요, 어찌나 종류가 다양하고 색이며 당도, 크기도 다양한지요. '부처님 손'이란, 별명인지 이름이 붙은 어떤 감귤은 우리가 상상하지도 못한 모양이었지요. (그러면 안 되지만) 열매 끄트머리를 몰래 조금 손으로 잘라 입에 넣었는데…… 와, 천연 캔디가 달리 없더군요. 입안 가득 상쾌한 향이 번져서 얼마나 놀라고 즐거웠는지 몰라요.

아 그러고 보니, 제가 가장 사랑하는 브라질 음악가 카르톨라Cartola가 처음 리우 근처로 이사했던 동네 이름이 라란제이라laranjeira였다네요. 포르투갈어로 오렌지나무라는 뜻인데, 오렌지나무가 많이 자라던 곳이었나보지요. 몇 년 전 편지에도 제가 많이 얘기했던 뮤지션이지요. 그리고 리우의 언덕으로 이사한 뒤 카르톨라가 만든 삼바학교 이름이 '망게이라Mangueira'니까 그곳에는 망고나무도 많이 있었나보네요. 망고나무 꽃은 또 어떤 향기에 어떤 빛깔일까…… 상상조차 하기 어렵지만 아마도 아름답고 향기롭겠지요. 망고만큼이나요.

제 새 앨범도 잘 받아보셨네요. 제 가사에 대해 써주신 글도, 시인의 관점에서 말씀해주신 충고도 감사히 잘 읽었습니다. 선생님은 시인이시니 노래의 가사를 더욱더 유심히 보고 들으시는 것이 당연하겠지요. 시인들에게 단어 하나, 표현법 하나란 생명과도 같은 것일 테니까요. 마치 음악인들이 곡을 쓸 때, 어떤 멜로디와 화성을 선택하느냐, 비슷한 코드이더라도 혹은 심지어 같은 코드라도 어떻게 음들을 배열하고 확장음을 섞어서 화성을 만드느냐를 고민하듯이 말이지요. 아직도 저는 글은 고사하고 음악적으로도 갈 길이 먼 사람임을 많이 느낀답니다. 더 고민하고 노력해서 더 좋은 노래를 쓰고 싶지요. 조금씩이라도 지금보다 더 나아지고 싶습니다. 그러니 다음 앨범, 다음 노래에선 지금보다 더 나은 노래를 만들고 연주하고 부를 수 있을 거야, 하는 희망이 있는 셈이기도 합니다.

음악적으로 '나아진다'는 것이 뭔지 잘은 모르겠어요. 더 많이 알게 된다는 거나, 더 능숙해진다는 것만은 아닐 테지요. 어쩌면 그건 더 '나'다워진다는 것은 아닐까 합니다. 작가가 그 작가의 작품과 더 가까워질수록 작품에 힘이 생기는 것일 테니까요. 단순한 위안이나 감상이 아닌, 말 그대로 '힘'을 주는 작품이 있잖아요. 그 힘의 원천은 작가가 살아가는 모습에서 나오는 게 아닐까 싶습니다. 그 '나'의 모습도 괜찮은 모습이어야 노래도 괜찮게 나오겠지요. 내가 세상을 바라보는 시선이 노래의 시선이 되니까요.

며칠 전까지 어느 팬으로부터 선물 받은 고흐의 서간집을 읽었답니다. 얼마나 접고 또 접으면서 읽었는지 모르겠어요. 고흐의 글은 어느 문학가의 글보다 훨씬 더 가슴 깊은 감동을 주었지요. 그건 그의 시선과 그가 세상을 살아내는 모습이 감동적이었기 때문이지 문장이 유려해서가 아니었습니다. 책에서 반복되는 구절이 있었는데 저에겐 너무나 감동적이었습니다. '나는 더 나아지고 있다' '수채화도 유화도, 내 그림은 점점 더 나아지고 있다' '이제 스케치가 뭔지 조금 더 알 것 같다' 동생에게 쓴 편지에서 그 말들을 끊임없이 반복하지요. 10년 남짓한 그의 '공생애' 동안, 묵묵히 온몸으로 세상을 밀고 나가는 그의 삶이 한눈에 보이는 것만 같았지요. 얼마나 큰 힘이 되는지 모르겠습니다.

오늘은 크리스마스 전날입니다. 사실 내일부터 내년 초까지 여행을 다녀올 계획이에요. 체코의 프라하로 갑니다. 몇 년 전에 잠시 다녀온 적이 있었는데, 이번 여행은 저희 누나 내외가 저, 그리고 제 피앙세와 함께 다녀오자고 제안을 해서 계획하게 되었어요. 자형이 12월 27일이 생일인데 작년엔 누나도 바쁘고 해서 제대로 챙겨주지 못했다고 어제 문자메시지가 왔네요. 고마운 마음을 작게라도 전해야겠어요.
어머님 건강은 많이 좋아지셨습니다. 내년 초엔 종합검진을 받으셔야 할 것 같아요. 다행히 제가 시간이 좀 나니 자주 내려가야겠다 싶습니다.

건강하세요. 해피 크리스마스.

서울에서 성탄 전날

윤석 올림

 윤석군에게

크리스마스를 맞으면서 보내준 편지 재미있게 잘 읽었어요. 그동안 몸을 혹사해서 여러 가지 치료를 받고 있다니 위로의 인사를 먼저 전합니다. 모쪼록 치료가 잘되기를 바랍니다.

나는 그냥 듣기만 한 경우이지만 윤석군이 특히 지난 1년 반 정도 상당히 무리를 한 것은 틀림없는 것 같아요. 작년 여름 이후 한 달씩 무대 공연을 계속하더니 곧이어 단편소설집 『무국적 요리』를 출간했지요. 그게 어디 한두 달 앉아서 쓸 수 있는 게 아니지요. 구상하고 쓰고 고치고 끝내고 다시 다른 이야기 구상하고 줄거리 잡고 쓰고 고치고 등등…… 그리고 곧이어 이번 봄에 또 한 달간의 공연을 했고 그리고 그 틈새 시간에는 포르투갈어 작가의 소설 번역에 힘을 쏟고 책을 출간하고 이어서 여름내 작사, 작곡을 하고 노래하고 가을에 앨범을 냈으니 그게 어디 한 사람이 감당할 수 있는 일인가요? 지금이라도 좀 여유를 가지고 몸을 잘 추스르기 바랍니다.

미국서는 통상적으로 추수감사절에 가족이 제일 많이 모입니다. 왜 그런지는 잘 모르겠지만 고국의 추석과 거의 같은 거지요. 거기에 비하면 연말연시나 크리스마스는 가족 모임이 적은 편이지요. 우리 아이들은 모두 미국서 태어나서 그런지 추수감사절에는 매해 칠면조를 구워서 식구가 함께 먹는데, 최근에 미국에 살기 시작한 분들은 칠면조 고기가 맛이 없고 텁텁하다고 큰 닭을 구워먹기도 한다고 하데요. 한데 올해는 큰아이 집에서 큰아이가 요리를 했는데 칠면조 고기가 아니고 '터덕킨'을 굽는다고 해서 뭔가 하고 의아해했는데 그게 요즈음의 대세라며 설명하는 게 '터' 터키turkey 칠면조 고기 안에 '덕duck' 오리 고기를 넣고, 그리고 오리 뱃속에 킨, 치킨chicken 닭을 넣어 한 마리 같이 합친 것을 구워먹는 것이랍니다. 맛이 괜찮더라고요.

윤석군이 미국의 사투리와 억양 차이에 대해 궁금해하니 이곳에서 거의 50년을 살아온 내가 알고 있는 것을 간단히 말해볼까요. 사실 캘리포니아의 샌디에이고와 시차가 세 시간이나 되는 내가 사는 올랜도의 말투는 거의 같아요. 이상하지요? 그건 아마 캘리포니아가 사람이 많이 살기 시작한 때가 그리 오래되지 않았고 외국 이주민이 많으며, 플로리다 역시 1950년대 후반에 에어컨이 잘 보급되기 시작하고야 사람들이 많이 살기 시작했기 때문일 겁니다. 그러니 뭐 억양이고 지방 사투리가 생길 시간도 없었던 거지요. 그러나 내가 전에 살던 오대호 근처의 오하이오 주나 미시간 주의 말씨와 바로 그 남쪽 접경인 켄터키, 테네시 주 주민들의 말씨는 완전히 다릅니다.

윤석군이 잘 아는지 모르지만 미국 남북전쟁 전후에 메이슨 딕슨라인이라는 게 있었지요. 미국의 남북을 자르는 가로줄로 남부 미국에 속했던 주와 북부에 속했던 주의 삼팔선 같은 것인데 그 라인을 중심으로 말씨가 엄청 다르지요. 그래서 남부에 속했던 중서부의 켄터키 주 이남, 테네시, 아칸소, 앨라배마 주나, 대서양 쪽으로는 버지니아, 캐롤라이나, 조지아 주 등등의 말씨는 북부에 살던 내가 잘 알아듣기 힘들 정도의 남부 사투리와 여러 가지 다른 억양을 쓰지요. 북부라고 다 똑같은 것은 아니고 내가 살던 지역과 보스턴, 뉴잉글랜드 지역의 말씨나 뉴욕 토박이들의 발음은 오하이오와 또 상당히 다릅니다. 서부에서는 태평양 연안의 주들과 로키산맥 근처에 있는 주가 말씨가 다르지만 그건 메이슨딕슨이 이유가 아니지요. 플로리다 주는 아시다시피 남부의 끝이지만 남북전쟁시에는 사람이 얼마 안 살았고 에어컨을 상용하기 시작한 1960년대부터 북쪽에 살다가 은퇴해 날씨가 따뜻한 이곳으로 이주해온 사람들이라 북쪽으로 접경한 조지아니 다른 남부의 주와는 판이하게 말씨와 발음이 다르지요. 거의 모두가 전에 살던 북쪽 지역의 발음이나 억양입니다.

이제 편지에서 물어준 오렌지꽃에 대해 몇 마디 할게요. 사실 내가 오렌지꽃에 흠뻑 빠졌던 것은 아마 20년 정도가 되었을 겁니다. 시간 여유도 생기고 휴가도 제법 많아져서 겨울철이면 날씨가 따뜻한 플로리다에 자주 와서 북쪽의 겨울 추위를 몇 주일씩 피해왔는데 어디를 가다가 아주 진하고 단 꽃향기를 만나게 되었지요. 그런데 그때 그 향기를 만들어내는 꽃을 이상하게 주위에서 발견할 수가 없었어요. 그러니까 나는 오렌지나무나 오렌지꽃을 만나기 전에 향기를 먼저 만난 거지요. 그렇게 무심히 몇 해를 지내다가 어느 해에 또 어디서 같은 꽃향기가 너무나 강하게 몰려와서 나는 하던 일, 가던 길을 다 작파하고 향기의 근원을 찾기 시작했어요. 그렇게 힘들여서 찾아내야 할 정도로 작고 앙증맞은 오렌지꽃이 언제나 어디서나 나무 사이에 숨어서 사는 것 같아요. (아마 다른 사람도 나 같은 경우가 많을 것입니다.) 플로리다에는 그 당시 오렌지 과수원이 많았지만 또 그만큼 버려진 오렌지나무가 많았지요. 골프장 옆으로, 혹은 그냥 다른 나무와 함께 버려진 들판에 많았는데 아마 과수원을 하다가 그만둔 곳들이었겠지요. 그 향기를 조심조심 찾아가보면 평범하게 생긴 오렌지나무에 희거나 베이지색의 못생긴 아주 작은 꽃이 큰 잎 사이에 숨어서 피어 있지요. 그 꽃을 찾아냈을 때의 기쁨이라니요! 작고 못생긴 조팝 같은 꽃이 무슨 재주로 그런 환상적이고 엄청난 향기를 만들어내는지 신기하다는 생각이 들 정도였어요. 아마도 감귤나무도 비슷한 색의 작은 꽃이 아닐까 짐작해봅니다. 그 꽃향기 때문에 10여 년 전 플로리다에 이사 오면서 내가 첫번째로 한 일이 오렌지나무를 집 뜰에 심은 것이었지요.

오렌지는 캘리포니아의 일부와 플로리다의 중부 지방에 많은데 날씨가 계속 더워야 하지만 오렌지가 다 익을 때면 적어도 며칠은 영하 근처가 될 정도로 또 추워야만 한답니다. 그래야 오렌지가 달게 된다네요. 그 며칠 동안 추워지지 않으면 열매가 달지 않아서 플로리다의 남부에는 오렌지 과수원이 없답니다. 물론 영하의 온도가 서너 날 계속되면 열매가 또 다 얼어서 완전히 망해버리지요. 우리가 살고 있는 이곳도 원래는 오렌지 과수원이었는데 20여 년 전 이상 한파로 오렌지 수확을 못해 땅 주인이 과수원을 작파하고 집을 짓기 시작했다고 해요. 사실 근래에는 플로리다에 해마다 오렌지 과수원이 줄어들고 있는 형편이지요. 남미에서 수입해 들어오는 게 훨씬 싸기 때문이라고 합니다.

브라질의 뮤지션이자 작가의 소설을 번역 출간했다니 축하합니다. 많이 힘들었지요? 몇 해 전부터 윤석군이 말해온 그 책인 모양이지요? 자신의 책 출간보다 더 반가웠다니 상당히 힘을 들인 모양이네요. 나도 몇 해 전에 어느 출판사에서 간곡히 청해주어 큼지막한 동화책을 한 권 번역 출간했지요. 책 이름은『세상의 모든 크리스마스 이야기』라는 화려한 그림동화집인데 겉핥기로 한번 읽어보니 쉽기도 하고 재미도 있고 이런 책이 고국의 어린이에게 필요하겠다는 생각이 들었어요. 거기다가 돌아가신 아버지가 아동문학가셨으니 나도 어린이 동화책 한 권쯤 번역하는 게 좋겠다고 시작한 것이지요. 그런데 그냥 읽는 것하고 번역해서 책으로 출간한다는 게 많이 다르더라고요. 정확하면서 어린이가 읽기에 간편하고 전체적으로 쉬운 단어와 운문의 흐름을 주어 읽기도 흥미롭게 번역을 하려고 했는데 예상보다 시간이 많이 걸려서 그해 여름 한 달 이상을 그 책 번역에 시간을 다 빼앗긴 적이 있어요. 그후부터는 아무리 청해도 책 번역은 응낙하기 싫었습니다.

이영미 선생을 만나셨군요. 우리의 첫번째 책을 위해 수고하셨던 고마운 분. 지난 초여름 그분의 청으로 내가 좋아하는 미국의 의사 시인 윌리엄 칼로스 윌리엄스의 평전을 쓰겠다고 했는데 그게 또 생각만큼 쉽게 진척이 안 되네요. 의사로 평생을 살아서인지 또 내가 졸업한 해에 그가 영면했기 때문인지 아니면 나도 미국에서 살아온 의사였던 탓인지 언제고 꼭 이루고 싶은 오래된 욕심을 그래도 아직 떨쳐버릴 수가 없네요.

오늘은 이곳이 2013년 섣달그믐 날, 바로 12월 31일입니다. 내일이면 2014년의 새해를 맞이하게 됩니다. 참, 서울은 벌써 정월 초하루네요. 지금쯤 윤석군은 누님 식구와 함께 프라하와 그 근처를 여행하고 있겠네요. 모쪼록 즐거운 여행이 되기를 바랍니다. 나도 1990년대 말인가에 내 일가가 되는 의사 부부와 함께 그곳에 갔는데 이 사람은 대단한 식도락가라 프라하에 도착하기 전에 여행책자로 알아온 좋은 식당을 찾아 프라하의 골목골목을 누비던 기억이 납니다. 그중 한 번은 프라하에서 제일 좋은 식당이라고 알려진 몰다우 강(블타바 강) 찰스 다리 앞의 고풍한 대리석 2층 식당에서 비싼 저녁을 먹었는데, 천장이 높은 그 레스토랑에서 식사하는 분들을 위한다고 피아니스트가 그랜드피아노로 베토벤의 〈발트슈타인 소나타〉 1악장의 전부를 연주하는 것을 들었던 기억도 납니다. 한데 너무 열광적이어서인지 소리가 너무 커서인지 잘 어울리지 않는다는 느낌을 받았었지요. 그래도 골목 어귀마다 프란츠 카프카의 외투깃이 스치고 날리는 듯해서 기분좋은 기억을 많이 가지고 있습니다. 거기다 나같이 나이든 사람도 감탄할 정도로 팔등신의 늘씬하고 아름다운 젊은 여성들을 프라하의 예쁜 길거리에서 많이 보았던 기억도 있네요.

한데 프라하에 대한 내 그리움은 그 이전부터 간절했던지 1994년경, 그러니까 실제로 그곳을 여행하기 6년 전쯤에 시를 하나 써서 발표했는데 그 제목이 「우화의 강 2」였어요. 체코 나라가 구소련으로부터 독립을 쟁취한 그해에 실제로 있었던 음악회의 풍경을 TV로 보면서 감동해서 얻은 시였지요. 이렇게 시작합니다.

싸구려 유행가처럼 흥얼거려온
체코 나라 스메타나의 〈몰다우 강〉이
오늘은 강물이 되어 몸을 적신다.
외국에 오래 나와 살던 작곡가는 귀가 멀고
늙고 그리운 고향 노래가 나를 적신다.

동구라파의 수도 프라하를 가로지르는 노래.

〈몰다우 강〉, 혹은 블타바 강은 엘베로 합치고
한강은 서울을 거쳐 서해로 합치고
교향시곡 〈내 조국〉 중에서도 빠른 물결이
안개 자욱한 이 나라의 새벽을 깨우고 있다.

(중략)

작곡가는 너무 늙어서 귀가 다 먼 뒤에야
기억의 물소리들을 모아 〈몰다우 강〉을 만들고
수천 년 같이 흐르던 강물의 혼령이 되어
고국의 긴 꿈속에서 깨어나지 않는구나.

(고국을 떠나 살던 체코 지휘자 큐브릭이/ 30년 만인가 귀국해/
얼마 전 몰다우 강가 노천 연주장에서/ 눈물 흘리며 스메타나를
연주하고/오랜 감옥생활에 이력이 난 극작가 하벨은/ 새 나라의
대통령이 되어/ 군중 속에 끼여앉아/ 그 강의 연주를 조용히 듣
고 있었다. 배경으로/ 가는 비가 내리는 것이 보였다.)

정말 그 TV 프로는 내게 감동 자체였습니다. 시의 마지막 괄
호 안의 글은 TV의 풍경을 그대로 설명한 것으로 시와 함께 발표

했었지요. 공연히 내가 외국에 나와 살고 있다는 것까지 간접적으로 보이려고 했던 것 같아요. 나중에 직접 그곳에 갔을 때 그 찰스 다리에 한동안 서서 물소리에 귀를 기울였는데 강폭은 생각보다 한참 좁았지만 시원한 소리를 내며 흐르는 그 강물 소리는 정말 믿기지 않을 정도로 스메타나의 멜로디와 똑같아 엄청 놀랐던 기억이 있습니다.

그럼 오늘은 이만합니다. 2014년, 새해 복 많이 받으세요. 안녕.

2013년 마지막 날
플로리다에서 마종기

2014년에 드리는 첫 편지입니다.

새해 복 많이 받으시고 선생님도 가족 모두 건강하시길 바랍니다.

여행에서 돌아온 지 벌써 일주일이 넘어가네요. 체코 프라하에서 나흘을 머물다가, 연말에 도저히 프라하 내에 묵을 숙소를 구할 방법이 없어서 체스키크룸로프Český Krumlov라고 하는 남부 보헤미아 지방의 작은 도시에서 며칠을 더 묵고 돌아왔지요. 일전에 프라하에 갔을 때도 한겨울이라 날씨가 춥겠다 걱정을 했는데 의외로 날도 따뜻하고 맑은 날이 계속되었답니다. 마침 시기도 동지 즈음이었고 대부분의 유럽 국가가 그렇듯 우리나라보다 해가 짧은 탓에 하루가 참 짧게 느껴지기도 했었고요.

프라하에 머물 때엔 누나 내외와 함께 아파트를 빌려서 지냈습니다. 아파트는 프라하의 상징적인 광장이라고 하는 바츨라프 광장 근처에 있었어요. 아파트에 짐을 풀고 나와보니 크리스마스가 지난 시기였지만 광장엔 아직도 크리스마스 마켓이 보이더군요. 향료를 넣고 따뜻하게 데운 와인과 각종 소시지, 감자 요리, 트르들로trdlo라고 부르는 계피향 나는 빵을 파는 노점상들이 좁고 긴 광장에 가득했습니다.

선생님도 아시겠지만 바츨라프 광장은 체코의 민중과 떼어놓으려야 떼어놓을 수 없는 수많은 역사를 간직한 곳이지요. 10세기 보헤미아 왕국의 성군이자 체코의 수호성인으로 여겨지는 성 바츨라프 1세의 이름을 딴 광장이라네요. 바츨라프 광장을 내려다보고 있는 기마상이 바로 그 주인공이지요. 20세기 초, 오스트리아 제국에서 체코슬로바키아 공화국의 독립을 선포한 곳도 바츨라프 광장이었고, 나치에 저항해 대규모 봉기가 일어났던 곳도 바츨라프 광장이었다지요. 미완의 혁명이던 1968년 '프라하의 혁명' 중심에는 둡체크가 있었던가요. 그 시절, 무력을 앞세운 소련 군대 앞에서 프라하 시민들은 전차가 들어오지 않기만을 바라면서 길거리의 표지판을 떼고 '자유'라는 뜻인 'Svoboda'

로 이름을 바꿔놓기도 했다고 합니다. 저항할 수 있는 방법이 없었던 거지요. 들을 때마다 가슴 아리는 이야기예요.

아시다시피 결국 프라하는 소련을 비롯한 바르샤바조약기구군에 의해 무참히 진압당하고 둡체크는 실각당하고 결국 프라하의 봄은 오지 않았습니다. 그리고 1969년 1월, 바츨라프 광장에서 얀 팔라흐Jan Palach라고 하는 당시 21세의 프라하 대학생이 분신을 시도하고 그리고 안타깝게도 세상을 떠났다지요. 그리고 한 달 뒤, 같은 장소에서 두번째 학생 얀 자이츠Jan Zajíc가 똑같이 분신을 해서 세상을 떠났습니다. 바츨라프 기마상 바로 앞에는 바로 그 두 명의 대학생을 기린 추모비가 있었습니다.

몇십 년이 지난 아직도 수많은 촛불이 추모비를 둘러싼 채 그들을 기리고 있었지요. 바츨라프 1세의 동상 아래 정면으로는 커다란 모자이크 인물화가 하나 놓여 있었고 주변에는 수많은 꽃과 촛불이 있더라고요. 혹시나…… 했는데, 네, 극작가이자 민주투사인 하벨Václav Havel의 그림이었지요. 2011년 12월 18일에 세상을 떠난 바로 그 바츨라프 하벨을 추모하는 촛불이었습니다. 하벨은 벨벳혁명 이후 체코슬로바키아 공화국의 초대 대통령이 되었다지요. 1989년 하벨과 둡체크가 새로운 체코슬로바키아 공화국의 탄생을 감격스럽게 바라본 곳도 바츨라프 광장이었다고 합니다. 그러지 않아도 프라하로 향하기 전 선생님께서 편지에 써주셨던 시 「우화의 강 2」가 자꾸만 생각났어요. 프라하라는 곳에 가보기도 전에 읽었던 시지요. 그래서 그런지 아직까지도 그 시를 떠올리면 선생님이 감동적으로 보셨다는 그 콘서트 장면이 자꾸만 눈에 그려지는 듯합니다. 그렇게 한 명의 바츨라프가 멀리 광장을 내려다보고 있었고, 또 한 명의 바츨라프는 촛불과 꽃다발에 둘러싸여 있었습니다.

광장 하나를 두고 이야기가 너무 길어졌네요. 저번에 선생님도 보셨지만 제 피앙세의 무릎 상태가 더 안 좋아져서 여행 첫날 두 시간 정도를 걸었는데 무릎에 무리가 왔지요. 그러다보니 숙소에서 멀리는 가지 못하고 광장 주변에 오래 머물 수 있었습니다. 그래서 그랬는지는 몰라도 바츨라프 광장과 체코의 역사를 읽을수록 우리나라의 역사가 자꾸만 마음에 겹쳐졌습니다. 우리도 수많은 압제자들에 맞서 싸운 혁명의 역사가 있었고 그 주인공은 늘 평범한 민중들이었지요. 얀 팔라흐나 얀 자이츠처럼 제 몸을 불살라서 불의에 항거했던 수많은 사람들 말입니다. 선생님도 뉴스를 통해 보고 계시겠지만 아직도 대한민국은 투쟁중인지도 모르겠어요.

누군가에게 프라하는 카프카로, 누군가에겐 프라하 성으로, 누군가에겐 카를교로 기억되겠지요. 저에겐 바츨라프의 도시로 기억될 것입니다. 24년 전 하벨이 대통령으로 선출되었다는 12월 29일에 우리는 프라하를 떠났습니다. 많이 걷는 것이 무리이니, 차라리 차로 이동하는 게 낫겠다 싶어 차를 렌트해서 남쪽으로 향했지요.

　체스키크룸로프는 아주 작은 중세 도시였습니다. 그곳에 짐을 풀고 보헤미아 남부 지역 농촌과 오스트리아 북부, 독일 바이에른 지방 동쪽을 자동차로 다녔지요. 그림같이 아름다운 도시의 면면도 좋았지만, 한 치 앞이 보이지 않을 만큼 안개 낀 들판 위에 뜬 하얀 태양, 믿을 수 없을 만큼 곧고 높게 뻗은 자작나무와 가문비나무 숲, 하얀 잔설, 선선히 얼굴을 내밀며 우리의 손길을 마다하지 않던 어느 농가의 순한 양들이 더 좋았지요. 해가 진 뒤엔 어느 농로로 길을 잘못 들어섰다가, 길가에서 사슴 한 마리가 튀어나오는 바람에 놀라기도 했더랬습니다. 그래도 아무 상처도 주지 않아 얼마나 다행이었는지 몰라요. 당시엔 많이 놀랐지만 그 일을 두고두고 2014년 올해엔 행운이 찾아올 거야, 그렇게 서로 얘기를 하곤 했었지요. 아무튼 그 숲에서 저는 최고의 기타 앞판 재료라고 하는 그 '유러피언 스프루스'를 원 없이 보고 온 셈이네요. 마음 같아서는 차에서 내려서 나무둥치라도 한번 쓰다듬고 싶었지요. 그리고 새해를 그곳에서 맞은 뒤 한국으로 돌아왔습니다.

저번 선생님 편지 중에 '터덕킨' 이야기를 보고는 미국에도 그런 '퓨전' 문화가 있을 줄이야, 하면서 놀랐답니다. 칠면조 구이가 미국의 오랜 전통이었을 텐데, 하긴 사람들의 입맛도 시간이 지나면서 변하는 법이니까요. 체코에서 보낸 마지막 날이었나, 문득 유럽에서 만났던 친구들 생각이 났습니다. 그래서 실험실에서 친했던 친구 한 명과, 불어수업 시간에 친해져서 4년 넘게 거의 매주 만났던 친구 한 녀석에게 새해 인사 겸 메일을 보냈습니다.

다음날 실험실 친구한테서 답장이 왔더군요. 원래 아칸소 대학교에 있던 친구인데요, 그사이 더블린으로 갔다가 지금은 플로리다 대학교에서 일을 하고 있다네요. 선생님과 같은 주에 있다니 한번 더 선생님 생각이 났답니다. 미국이야 워낙 큰 나라이니, 플로리다 대학이라고 해도 캠퍼스가 여러 군데겠지요? 어쩌다가 저는 가끔 제가 일했던 연구소 사이트에 들어가보기도 하고, 그때 같이 일하던 친구들은 어디서 무슨 일을 하고 있을까 상상도 해보곤 합니다. 늦게까지 같이 일하고, 밥 먹고, 수다 떨고 하던 그 시간들이 참 아릿하네요. 오랜만에 유럽에 다녀와서 그런 걸까요. 부쩍 친구들의 안부가 궁금해집니다. 어디선가 다들 잘 지내고 있겠지요.

뉴스를 보니 미국은 어마어마한 한파가 몰아쳤다는데, 선생님과 제 친구가 있는 플로리다는 상관없는 이야기겠지요? 참, 선생님께서 윌리엄 칼로스 윌리엄스의 평전을 쓰신다는 이야기를 저번 이영미 편집자님과 뵌 자리에서 들었던 기억이 나네요. 서재에 가서 시집을 좀 뒤적여봐야겠지만, '패터슨 시의 몰락'이란 부제가 붙은 선생님의 시가 있지 않았던가요. 생각난 김에 다시 찾아봐야겠습니다. 번역에 대한 선생님 편지를 보니, 저도 참 무모했구나 싶은 생각이 들었습니다. 그러니 그런 만큼 책이 나왔을 때 그렇게 기뻤나봅니다. 일전에 보낸 편지들을 다시 보니 제가 몇 번을 선생님께 자랑을 했더라고요. 제가 한심하기도 해서 속으로 웃었답니다. 무모하긴 했지만, 그래도 가끔은 제가 그런 무모한 짓도 저지를 수 있는 녀석이란 게 그리 또 싫지만은 않네요. 물론 다시 번역을 한다는 건…… 생각도 못하겠지만요.

한번 더 새해 복 많이 받으시고 사모님께도 꼭 안부 전해주세요. 어제 오늘 서울은 영하 10도까지 내려갔답니다. 소한이 지나고 대한이 가까워오는데 역시 소한 추위는 매섭네요. 대한이 소한을 못 이긴다니, 어쩌면 이 소한 추위가 이번 겨울의 마지막 절정은 아닐까도 성급하게 생각해봅니다.

서울에서 윤석 올림

 윤석군에게

지난주에 미국 대부분 지역의 추위는 대단했다고 합니다.

누이동생이 사는 시카고 근교나 둘째 아들네가 사는 미시간주나 셋째네가 사는 펜실베이니아 주 등 거의 모든 주에 폭설이 내리고 무엇보다 기온이 떨어지고 바람까지 불어 체감온도가 남극이나 북극의 극지보다 더 추웠다고 하데요. 아마도 하와이와 남가주 그리고 내가 사는 중부와 남부 플로리다 근처만 빼고는 전체 미국이 그렇게 추웠던 모양입니다. 1미터가 훨씬 넘는 눈을 치우던 한 남자는 온 나라를 아우르는 TV 뉴스의 즉석 인터뷰에서 요즈음 과학자들이 '지구온난화' 운운하는데 나는 더이상 그런 이론을 믿지 않기로 했다고 해서 쓴웃음이 났습니다. 얼마나 추웠으면 그런 말을 화난 듯이 했을까. 그러나 이 사람이 혹 알래스카에 갔었다면 다른 말을 했겠다는 생각도 들었어요. 내가 얼마 전 5년 만에 다시 알래스카에 갔는데 빙하가 너무 많이 녹아서 멘델홀국립공원은 물론 곳곳의 풍경이 완전히 달라져서 어리둥절했던 경험이 있지요. 빙하가 너무 많이 녹아버렸더라고요.

프라하를 바츨라프 광장으로 기억하겠다는 윤석군의 말에서 어떤 무게와 힘을 느낍니다. 나는 아무래도 프란츠 카프카의 겨울로 자꾸 그림이 그려집니다. 아니면 요즈음 노벨상에 이름을 자주 올리는 밀란 쿤데라의 소설과 영화 『참을 수 없는 존재의 가벼움』 같은 것으로도요. 아마도 쿤데라는 살아 있는 체코 출신 작가 중에 한국에서도 제일 많이 알려진 작가일 거예요. 이 사람의 인생도 좀 기구하지요. 그 아버지는 한때 내가 좋아하는 체코 작곡가 야나체크의 제자였고 쿤데라 자신은 혈기왕성한 작가 지망생으로 공산당 당원이었는데 지난번 윤석군이 말했던 둡체크를 따라 프라하의 봄에 민주화 운동에 가담했다고 공산당에서 쫓겨나고 몇 해 후 사과문을 쓰고 당원이 다시 되었다가 너무 자유를 부르짖는 작품을 쓴다고 또 공산당에서 쫓겨나 실망하고 프랑스로 갔지요. 그리고 프랑스에서 망명자로 한동안 살다가 결국 프랑스 국민이 되었지요.

쿤데라는 물론 매해 노벨상 후보로 오르고 있고 모국인 체코의 여러 문학상도 받아왔지요. 쿤데라의 작품 중 다른 유명 작품으로 『벨벳혁명』을 꼽는데 그러니까 두 작품 다 둡체크의 프라하의 봄이 바로 그 배경입니다. 혹시 영화 〈참을 수 없는 존재의 가벼움〉을 보았나요? 나는 잘 만들어진 그 영화를 당시 뉴욕 대학에 교환교수로 와 있던 친구 황동규 시인과 뉴욕에서 같이 보았는데 황동규 시인은 그때 우리가 함께 즐겼던 며칠간의 일을 좋은 시로 써서 문단의 화제를 모았었지요. 아마도 그가 주장하는 '극서정시'의 시작이 그때가 아니었을까 해요.

윤석군의 프라하 이야기가 재미있어 내가 그것을 받아 다시 프라하 이야기를 계속하고 있네요. 지겨워질지 모르지만 꼭 한 가지만 더 이야기를 할게요. 그러니까 그게 1970년대 중반쯤이었어요. 거의 40년 전 일입니다. 한번은 뉴욕 맨해튼에 있는 뉴욕 의과대학병원에서 며칠짜리 세미나가 있어 내가 거기에 참석했을 때예요. 그 큰 병원은 맨해튼의 동남부 쪽에 있는데 하루는 오전 세미나를 마치고 밖으로 나와 혼자서 점심식사를 하려고 기웃거리며 걷다가 체코식 식당을 보았지요. 갑자기 호기심이 생겨 문앞의 음식 메뉴판을 보니 값도 비싸지 않아 엉거주춤 식당 안으로 들어갔어요.

한데 식당 안은 좀 어둑하고 허름한 편인데 늙은 노파가 음식 주문을 받더라고요. 영어 발음도 독일식 억양으로 탁하게 들렸지요. 그래서 그 노파에게 나는 체코 음식을 먹어본 적이 없다, 무슨 음식을 추천하겠느냐고 물었더니 거침없이 자기는 체코식 생선국을 추천한다고 하더라고요. 그때만 해도 미국서 생선으로 국을 끓인다고 하면 굉장히 이상한 음식에 속하는 것이었지요. 요즈음같이 스시집이 도시마다 있는 때도 아니고 수백 년 스테이크 문화에 젖어 있던 1970년대 중반의 미국이어서 생선이라고 하면 우선 냄새 때문에 상부터 찡그리던 때였으니까요. 어쨌든 나는 그 생선국을 주문했고 농담삼아 그 노파에게 당신이 추천한 음식이니 맛이 없으면 당신이 책임져야 한다고 말했어요. 그 말에 기분이 좋았던지 노파는 음식을 기다리는 동안 내게 말을 자꾸 걸어왔어요. 점심식사 시간이 좀 지나서인지 아니면 늘 그렇게 손님이 없는 탓인지 노파와 나는 음식이 나올 때까지 제법 많은 이야기를 나누었지요.

그런 틈새에 나는 어둑한 실내를 두리번거렸는데 유난히 눈에 뜨이는 게 있었어요. 그건 그 작은 식당에 어울리지 않게 식당 한쪽 구석에 서 있던 아주 큰 체코의 국기였어요. 그래서 내가 물었지요. 저건 체코의 국기가 아니냐, 왜 식당에 저렇게 큰 국기가 있느냐고요. 그랬더니 이 노파는 갑자기 반색을 하며 놀란 표정으로 어떻게 체코 국기를 아느냐고 하데요. 그래서 내가 한국서 학교 다닐 때 배웠다고 했지요. 그러면서 나는 체코에는 안 가보았지만 훌륭한 테니스 선수나 드보르자크니 야나체크니 스메타나 같은 작곡가도 좋아한다고 했지요. 그랬더니 이 노파는 갑자기 내 자리 옆에 의자를 당겨 앉더니 그 깃발 이야기를 눈물을 글썽거리면서 하더라고요.

자기 둘째 아들이 1968년 프라하의 봄, 민주화 운동 때 러시아의 붉은 군대와 탱크에 대항해 싸우면서 체코의 독립을 위해 저 깃발을 든 채 죽었노라고요. 그 당시에도 수백 명의 사망자가 있었다네요. 그래서 둘째 아들이 죽은 후 그 깃발을 들고 다른 아들과 함께 미국에 와서 여기 난데없는 뉴욕에서 몇 해째 살고 있다고 하더라고요. 그러면서 자꾸 깃발을 한번 만져보라고 해서 식당 한쪽에 서 있던 그 국기를 만지기까지 했었어요. 그리고 그 뉴욕 세미나 후 집에 돌아와 나는 그 노파를 생각하면서 시를 한 편 써서 고국의 잡지에 발표했지요. 그 시의 제목은 「프라하의 생선국」입니다. 나는 이 시에서 그때로부터 10여 년 전 내가 고국의 군의관 시절, 정치에 관여했다는 죄로 영창생활을 하던 때를 상기하면서 시를 마쳤지요. 별것은 아니지만 이 편지 끝에 그 시를 넣겠습니다. 한번 읽어보아주세요.

참 내가 전에 말한 작곡가 스메타나의 교향시곡 〈나의 조국〉
이란 음악 들어보았는지요? 전체 곡이 아니더라도 그중 제2번,
〈몰다우 강〉은 기왕이면 체코 출신으로 공산주의에 평생 저항하
면서 40년 이상 망명생활을 한 세계 최고의 지휘자 중 하나인 라
파엘 쿠벨리크의 지휘면 훨씬 더 좋을 것입니다. 바로 바츨라프
하벨이 국민투표로 대통령이 된 그 축하 연주회에서 오랜만에 귀
국해 감격에 겨워 눈물을 흘리며 휘날리는 백발을 뒤로하고 혼신
의 힘으로 지휘하던 그 빗속의 TV 장면을 나는 아직도 잊지 못하
고 있습니다. 물론 〈몰다우 강〉이란 이름이 붙은 이 곡은 윤석군
도 많이 들어본 곡이고 유행가처럼 누구에게나 잘 알려진 곡입
니다. 혹 체코 작곡가의 음악을 기왕 듣기 시작했다면 내가 좋아
하는 작곡가 레오시 야나체크의 현악사중주도 좋아할 것입니다.
낭만주의 음악에서 현대음악으로 넘어오는 가교 역할을 한 기념
비적 음악이지요. 다른 영역이긴 하지만 함께 들어보면 흥미로
울 것입니다.

윤석군이 여행하면서 전해준 이야기들 모두 재미있었지만
유럽 가문비나무를 보면서 너무 좋아 둥치를 쓰다듬고 싶었단 말
은 감동적이었습니다. 윤석군의 기타 사랑이 이렇게 대단하구나

하고 생각했습니다. 그리고 참, 운전하다가 사슴을 죽일 뻔한 사고도 있었군요. 한데 사슴 충돌 사고는 미국서는 아주 흔하게 일어납니다. 특히나 사슴들의 발정기에는 정신없이 뛰어다니는 사슴 때문에 주로 고속도로에서 사고가 많지요. 집사람도 어느 해 갑자기 고속도로로 달려드는 사슴을 치어 죽였는데 그 바람에 자동차가 상당히 손상을 입었었지요. 미국에는 야생사슴이 너무 많습니다. 날씨가 추워지면 한식구같이 몇 마리의 사슴이 난데없이 우리 집 뒷마당에도 와서 서성거리는 것을 자주 보았지요. 그래도 사슴 사냥은 1년에 한 달인가 몇 주일에만 국한되어 있어요. 좀 길어져야 한다는 이야기가 나온 지도 한참 되었습니다.

나는 사슴 사냥은 못해보았지만 북쪽에 살 때 이웃들은 사냥한 사슴 고기를 제법 많이들 즐겨 먹더라고요. 나도 호기심에 사슴고기 스테이크를 몇 번 먹어보았지만 소나 돼지에 비해 기름이 적어서인지 텁텁하고 맛이 별로더군요. 그래도 한쪽에서는 건강에 좋은 육식이라고 추천을 많이 하고 있습니다. 북쪽에 살 때는 사슴들이 그렇게 설쳐대더니 이곳 남쪽에 내려오니 이번에는 곰이 자주 출몰하고 있습니다. 물론 사람을 잘 해치지 않는 검정곰들이지만 먹을 것을 찾아 가정집의 쓰레기통을 뒤지다가 맞닥뜨려 사람들이 혼비백산하는 수가 많아요. 어떤 때는 도망을 가다가 가로수 위로 올라가서 경찰들이 애를 태우기도 하지요. 아시

다시피 검정곰은 주로 채식을 하거나 열매를 먹고, 흑갈색의 큰
알래스카불곰이 사람을 죽이지만 물론 검정곰도 화가 나면 사람
을 마구 해치기도 한답니다.

그럼 「프라하의 생선국」이라는 내 오래된 시를 여기에 적으
면서 오늘은 이만 그칩니다. 그러고 보니 이 편지가 윤석군에게
보내는 올해, 2014년의 첫 편지네요. 새해도 건강하고 보람찬 한
해가 되기를 기원합니다.

플로리다 주 올랜도에서
마종기

프라하의 생선국

동구의 프라하 시를 휩쓸던 희망이
미구에 쓰러지고
두브체크 수상의 여유의 미소가
빗물에 젖어 찢겼다.

봄의 국기는 어둠 속에 지고

음각으로 서 있는 목조의 레스토랑.
선혈 튀던 국기는 먼지를 쓴 채
키 작은 체코슬로바키아 노파가 끓인
프라하식 생선국을 마신다.

뉴욕 맨해튼 동쪽변의 봄비가
나를 다시 주시하기 시작한다.
(억울해서 미국에 왔지만
이대로 늙는 것은 용기가 아니야)

목쉰 소리 체코슬로바키아 노파의 눈에
잃어버린 아들의 뼈가 녹는다.
필요 없는 혀들은 잘라서 양념하고
뼈까지 다 녹인 생선국.
(다시 기를 들어야지, 다시.)

 선생님께

오늘 서울 날씨는 꼭 봄 같습니다.
이제 소한을 지났으니 겨울 추위의 극점을 지난 셈이지요. 물론
기온이 더 매섭게 떨어지거나 눈이 내리기야 하겠지만 단 하나
되돌리거나 바꿀 수 없는 건 낮의 길이가 아닐까 합니다. 하지가
오기 전까지 해는 더 높게 뜰 일만 남은 거지요.

어제는 마당 한구석에 돋아 있는 풀을 보았습니다. 절기를
생각해보니, 아직 1월인데 벌써 푸른 풀이 자라는구나, 가 아니
라 아 드디어 풀이 자랄 때가 왔구나, 하는 생각을 하게 되었어

요. 이 24절기가 미국에, 아니 미국은 너무도 큰 나라이니, 플로리다에 적용된다면 또 어떤 이름들이 붙을까 궁금해졌습니다. 그곳은 우리나라처럼 낮밤의 길이가 심하게 다르진 않을 테지요? 하지만 그곳에도 24절기에 따른 시시각각 변하는 자연과 기후가 있을 텐데 궁금하네요. 우리나라처럼 경칩, 망종, 우수, 처서, 한로, 백로, 소설, 대설 같은 이름은 결코 붙을 것 같지 않지만 또 그곳에 맞게 이름이 붙을 수도 있겠다 싶기도 합니다.

얼마 전 절기에 대한 책을 읽었는데요, 지금 우리가 쓰고 있는 이 서양식 태양력이 얼마나 근거가 없이 만들어졌는지를 알 수 있었습니다. 율리우스가 자신의 이름을 딴 7월에 하루를 더하고, 아우구스티누스가 자신의 이름을 딴 8월에 하루를 더하다 보니 7, 8월은 31일이 되었다네요. 그리고 원래 10개월이던 일년을 12개월로 만들었다지요. 그러니 우리가 12월, 11월, 10월, 9월이라고 배우고 쓰는 달의 영어식 이름도 각각 실은 10월^{dec}, 9월^{nov}, 8월^{oct}, 7월^{sep}이라는 거지요.

24절기력으로 치면 지금 우리는 대한을 막 지나 입춘으로 향하고 있는 거지요. 입동이 겨울의 시작이라면, 입춘은 겨울의 끝이고요. 24절기력이란 게 원래 중국에서 만들어져 우리나라로 들어온 뒤 세종대왕이 우리 실정에 맞게 조금 바꾸었다고 하는데 처음 만들어질 때엔 중국의 화북 지방이 기준이었기에 우리나라 기후와는 조금 다른 면도 있다고 합니다. 한 계절의 절정에 해당하는 극절기가, 이 절기를 기준으로 하면 한가운데가 아니라 조금 뒤로 밀려 있지요. 그러니까, 겨울의 절정은 입동과 입춘의 사이인 동지가 아니라 소한, 대한, 그중에서도 소한이라고 합니다. 그동안 관측된 우리나라의 최저기온을 보니 1981년인가 경기도 양평에서 기록한 영하 32.6도였더라고요. 그게 1월 5일이었다는데, 거의 정확히 소한 즈음이지요. 참 신기했습니다.

선생님께서 저번 편지에 쓰셨던 밀란 쿤데라의 이야기도 반가웠습니다. 선생님께도 말씀드렸던 것 같은데 저는 학창 시절 문학 소년은 아니었어요. 문학에는 별 관심이 없었고 음악을 찾아 듣고 기타를 치고 하는 것이 유일한 즐거움이자 낙인 음악 지망생이었으니까요. 그런데 어찌된 일인지 그런 문학과 담을 쌓다시피 했던 제가 『참을 수 없는 존재의 가벼움』을 읽은 적이 있었답니다. 물론 저자니 소설이니 아무 정보도 없었고 누가 추천을 해주었던 것도 아니었어요. 아직도 기억이 나는데(아마도 민음사의 초판이었던 걸로 생각합니다), 약간 작은 크기의 양장본 책이었지요. 책 표지는 짙은 황토색이었는데 그 어린 저의 눈에도 서가 사이에서 딱 띌 만큼 예쁘게 만들어진 책이었지만 저는 그 책이 소설인지 평론인지 에세이인지도 몰랐어요. 어쩌면 손끝에 느껴지는 그 거칠거칠한 감촉 때문에, 어쩌면 그 제목의 아우라 때문에, 어쩌면 그 아담한 크기 때문에, 어쩌면 표지의 캘리그래피 때문에, 아니 어쩌면 그 모든 것 때문에 저도 모르게 서점에서 그 책을 집어왔었지요. '남천서점'이라는, 제가 나온 초등학교 담장 옆에 있던 작은 서점이었습니다.

그렇게 책을 사와서 읽는데, 그때 저로선 이해가 되는 부분도 있고, 이해가 잘 되지 않는 부분도 있었지만 짐짓 젠체하며 책을 읽었지요. 그러니까 '나는 이런 어려운(?) 책도 읽는다' 뭐 이런 식의 우스운 허영심 아니었을까요. 아무튼 아직도 사비나나 토마스 같은 주인공들의 이름이 머릿속에 선명합니다. 소설 속에 나오는 '멜론모'란 어떻게 생긴 모자일까 상상도 해보았지요. 그땐 인터넷이 없으니 찾아볼 방법도 없었으니까요. 그리고 고3 대입시험이 끝나던 날(12월 23일 밤으로 기억합니다) 친구들과 저는 '이젠 우리도 성인이다'라고 생각을 했는지 어쨌는지 아주 당당하게 미성년자 관람불가 영화를 빌려 봐야 한다며 다 같이 동네 비디오 가게에 갔었지요. 그때 제가 우겨서 빌린 비디오가 바로 〈프라하의 봄〉이었습니다. 우리나라에선 〈참을 수 없는 존재의 가벼움〉이 이렇게 제목이 바뀌어 개봉되었지요(전 아직도 창작자 입장에서 책이나 영화의 원제와 다른 제목을 붙여 소개하는 이유를 잘 이해하지 못하겠습니다만).

영화는 어땠냐고요? 음, 사실 기억이 잘 나지 않습니다. 막 대입시험을 치른 18세 아이들이 TV 앞에 모여서 집중해 영화를 보고 있었을 리가 없지요. 영화는 영화대로 흘러가고, 아마도 우린 우리끼리 낄낄대고 뭘 먹고, 밤이 되면 어디 나가서 이제 술도 한잔 해볼까(우린 이미 술을 마시는 학생들이었습니다만), 담배도 한 대 피워볼까(저를 제외한 모든 친구들은 이미 담배를 피우고 있었습니다만) 하며 잔뜩 들뜬 마음이었을 테니까요. 아직도 그 책이 너무나 선명하게 기억이 나서 가끔 부산 집에 갈 때마다 서가를 찾아보곤 하는데, 언젠가부터 그 책이 보이지 않더라고요. 잘 보관해두려 했는데 말이지요.

선생님께서 첨부해주신 「프라하의 생선국」이란 시도 기억합니다. 일전에도 여러 번 말씀드렸지만 저는 아마도 선생님의 시집에 있는 시들은 거의 다 알고 있을 거예요. 그런데 그 시에 그런 뒷이야기가 있었군요. 그 생선국이란 아마도 블타바 강에서 잡힌 생선이겠지요? 체코는 바다를 면하지 않은 내륙 국가이니 분명 블타바 강 아니 어디가 되었든 강에서 잡힌 생선이겠지요. 스메타나의 〈나의 조국〉은 정말이지 어딜 가나 들을 수 있었습니다. 투어버스의 안내방송 내내 나오는 곡도 바로 그 유명한 〈나의 조국〉 2악장 〈블타바〉였습니다. 한번 들으면 잘 잊히지 않는 멜로디라 여행 내내 흥얼거리게 되더라고요. 잘츠부르크의 모차

르트도 프라하의 카프카도—그런데 카프카는 독일어로 작품을 썼기 때문에 정작 체코인들은 그를 '국민작가'로 생각하지는 않는 다는 이야기도 있더군요. 사실 독일어권 국가들의 지배를 받아온 체코의 역사적 배경을 보면 충분히 이해가 가지요—그렇고 관광 지로 유명한 곳이라면 사실 어떻게든 그곳과 관련된 문화적 인물 을 상품화하기 마련일 텐데, 음악으로 치자면 프라하는 바로 그 〈나의 조국〉이 아닐까 하고도 생각했습니다. 물론 전 세계 모든 사람들의 사랑을 받고 있는 곡이 되었기 때문이기도 하고요.

이제 며칠 후면 2월입니다. 저는 곧 제가 살고 있는 북촌을 떠날 예정이에요. 북촌을 떠나는 것만이 아니고 서울을 떠나서 살게 되었습니다. 대략 2년 전부터 염두에 두고 있던 계획인데, 6집 앨범을 내고 다시 구체적으로 계획을 해보자고 생각하던 차 이지요. 그래서 저번주엔 제가 이사할 곳에 집을 계약하고 돌아 왔습니다. 3월 초에 이사를 할 예정이니 그사이 이것저것 준비할 것들도 많을 것 같습니다. 이사할 곳은, 읍내까지 나가려면 차로 10분 정도 가야 하는 거리에 있는 시골집입니다. 바닷가를 끼고 있는 반농반어의 마을이지요.

저는 8, 9세 때부터 바닷바람을 맞으며 자랐어요. 초등학교 3학년 때엔, 지금은 유흥가 내지는 관광지가 되어버렸지만, 광안리 바닷가의 해수욕장 근처 판잣집에 살았던 적도 있었지요. 방 하나에 연탄 아궁이와 곤로가 있던 부엌 하나씩 딸린 집이 다 닥다닥 붙어서 공동으로 화장실을 쓰던 집이었어요. 그때 바닷가 옆에는 해녀나 어부 등의 가족들이 그런 판잣집에 많이들 살았었지요. 대문을 열고 나오면 바로 모래사장이었습니다. 지금보다 훨씬 더 폭도 넓고 컸던(어쩌면 제가 어렸을 때라 그렇게 보였을 수도 있으려나요) 백사장에는 어부들이 배를 뒤집어놓거나 그물을 널어놓곤 했었지요. 백사장을 걷다보면 발끝을 계속 잡아당기던 그물코의 촉감이 아직도 생생하답니다. 대학생이 되어서 서울로 올라오기 전까지 거의 매일 바다를 보면서 큰 셈이지요.

집을 계약하러 간 날 유독 바닷바람이 심하게 불었습니다. 익숙하지만 오래도록 잊고 있던 바닷바람이 온몸으로 밀려들었습니다. 어찌나 바람도 파도도 심하던지 이중창이 꼭꼭 닫혀 있던 콘도 방 안이 온통 파도 소리로 울리는 듯해 밤잠을 이루지 못할 정도였지요. 다시 저 파도와 바닷바람과 함께 살아야겠구나 생각을 하는데, 한편으론 마음이 놓이면서도 또 한편으론 알 수 없는 두려움이 밀려왔습니다. 그런데 그 두려움이란 실로 오랜만에 느껴보는, 사람의 손길을 거치지 않은 온전한 두려움이었지요. 하지만 몸과 마음을 옥죄는 듯한 도시의 불안과는 다른, 거대한 자연의 소리일 뿐이야, 생각하다보니 마음이 편안해지면서 앞으로 제가 만들 음악 속에 그동안 잊혀 있던 다른 에너지들이 더 깊이 스며들 수 있겠다는 희망이 생겼습니다. 자세한 얘기는 차차 하기로 할게요.

다음주면 설날이랍니다. 미국에서야 음력 설날이 그리 중요한 명절은 아니겠지요. 조금 다른 얘기지만 양력 1월 1일과 설날 사이의 시간을 저는 좋아합니다. 그 시기에 사람들은 새해 복 많이 받으라는 덕담을 두 번씩 건네게 되지요. 저는 사실 1월 1일이란 숫자는 아무 의미가 없다고 생각합니다. 시간은 1월 1일부터 12월 31일까지 직선으로 흘러가는 게 아니라고 생각하거든요. 시간은 돌고 돌아가는 것이라고 생각하니까요. 그래서 숫자 매김보다는, 섣달그믐에서 설날로 대보름으로 단오로 한식으로 한가위로 아니면 입춘에서 입하로 입추로 입동으로 다시 입춘으로 그렇게 시간을 읽는 걸 제가 더 좋아하는지도 모르겠습니다. 새해 복 많이 받으세요, 선생님. 또 안부 전하겠습니다.

서울에서
윤석 올림

 윤석군에게

편지 잘 받았습니다. 한데 편지에
서 곧 이사를 간다는 말에 놀랐습니다. 편지의 앞뒤를 보면 부산
근처의 어촌 비슷한 곳인가요? 설마라도 몇 발자국 가면 모래사
장이 나오는 그런 곳은 아니겠지요? 이미 결정을 했다니 말릴 수
도 없는 일이지만 모쪼록 좋은 결정이기를 바라요.

특히 윤석군의 음악 창작에 큰 도움이 되어주었으면 하는 기
대가 큽니다. 윤석군이 몇 해 전 서울에 터를 잡았을 때 왜 하필
이면 강북이고 더구나 다닥다닥 집이 붙어 있고 골목길이 꾸불꾸

불한 동네를 택했을까 궁금하기도 했었지요. 그러나 그런 말을 하고 있는 나 자신도 귀국하면 50년 전 내가 부모님과 동생들과 함께 오손도손 살던 열세 평짜리 옛 집을 구경하겠다고 시간만 나면 찾아가 걸어다니는 골목이 윤석군이 살던 곳보다 더 허술하고 좁은 명륜동 골목이지요. 이상하게 나는 그 골목길을 걸으면서 미국서 느끼지 못하는 깊은 평안을 느끼니까요.

윤석군이 말한 달력과 24절기에 대한 이야기도 참 재미있네요. 나도 어느 정도는 알고 있었지만 그렇게 상세하게는 몰랐었지요. 정확히 비교해본 것은 아니지만 계절에 따라 밤낮의 길이가 다른 것이야 고국이나 미국이나 같겠지요. 그리고 추운 곳이거나 이곳 남쪽의 더운 곳이거나 크게는 상관이 없을 것 같네요. 내가 북쪽 오하이오에 살 때도 그랬지만 여기 남쪽에서도 요즈음 같은 겨울철에는 저녁 6시면 주위가 캄캄해 아무것도 안 보이지요. 그러나 한여름에는 밤 9시가 넘어도 골프 치고 정구 칠 정도로 주위가 아주 환해요. 우리나라 24절기의 특징은 미국과 비교해보지 않아서 잘 모르겠네요. 아마도 북위 30도나 40도 정도의 같은 위치에서는 비슷하겠지요.

다른 이야기이긴 한데 갑자기 한 가지 생각나는 것은 고국에서 유학을 오거나 교환교수로 미국에 와서 반년이나 혹은 1년쯤 살다가 돌아간 분들이 미국에 살 때 보고 듣고 생활했던 자신의 주위가 미국의 대부분인 것으로 착각하고 글을 쓰거나 여행기나 문학작품을 쓴 것을 읽고 난감했던 때가 있었어요. 나라가 커서 그런지 그분들의 정신적 시야가 좁아서인지 그야말로 대부분이 장님 코끼리 만지기 식이기 때문이지요.

대학 캠퍼스 근처에 한 1년 살면서 공부하다가 간 분이 돈과 시간을 아끼려고 자주 햄버거를 사먹는 미국 사람이나 대학생들을 보고 미국의 식문화는 햄버거 빼면 아무것도 없다며 대부분 미국인은 햄버거만 먹고 산다고 폄하하기도 하고요. 뉴욕이나 로스앤젤레스같이 큰 도시에서만 살다가 간 분은 '더러운 미국'에 초점을 맞추어 더러움의 대명사로 미국을 말하는 글을 읽고 이런 분들이 미국 중서부나 작은 도시를 걸어보면 다른 인상을 받았을 텐데 하는 생각도 했습니다. 그런 비슷한 예는 외국인이 한국에 대해 나쁜 평을 할 때도 같은 아쉬움을 느끼게 됩니다. 요는 사람이고 나라고 간에 특히나 나쁘게 비판할 때는 그 대상을 전후좌우로 잘 알고 난 뒤여야 하는 것이 바로 상식이고 예의겠지요.

미국 사람들은 미국이란 나라가 워낙 커서인지 지역에 따라서 좀 다른 특성을 가지고 있다고 믿는 사람이 많습니다. 그리고 누가 지역의 특징을 물으면 대강 뉴잉글랜드 지역을 미국의 머리, 중서부 지역을 심장, 중부 지방을 소화기관, 로키산맥 근처를 등뼈, 그리고 캘리포니아 등지의 서부를 팔다리의 상징이라고 말합니다. 물론 이런 말도 어느 특정 지역 사람들에게는 듣기 싫은 소리일 수도 있겠네요.

소설가 카프카가 〈몰다우(블타바) 강〉의 스메타나만큼은 체코인이 아닌 것은 사실이지요. 생의 반 정도를 타의에 의해 외국에서 살아야 했으니까요. 그런 것에 비하면 카프카는 어차피 유대인이고 그가 프라하에 살던 때에도 한정된 주거지인 유대인 동네를 마음대로 떠나서 살 수 없는 형국이었으니까요. 그러나 카프카는 그가 태어나 대학까지 마치고 직장생활을 하고 생전에는 발표하지도 못한 많은 소설과 산문을 쓴 곳이 바로 프라하이지요. 빈에서 폐결핵으로 고생하다 죽은 후에는 다시 프라하로 돌아와 유대인 공동묘지에 묻힌 것을 생각하면 비록 40세의 짧은 생애를 살기는 했지만 그의 작품을 사랑하는 많은 이들은 그를 프라하 사람으로 칭하는 데 주저하지 않습니다.

카프카를 말하다보니 그 30년 정도 후에, 비슷한 곳에 살면서 카프카와 비슷한 운명의 길을 간 유명한 유대인 시인, 파울 첼란이 생각납니다. 그는 체코 출신은 아니고 그 주변국인 루마니아의 작은 마을에서 태어났습니다. 그리고 1970년, 50세 나이에 프랑스의 센 강에 몸을 던져 자살을 했지요. 버림받으면서 늘 위험한 생을 살아야 했던 유대인 문학가. 원수 나라가 될 수밖에 없는 독일을 싫어하면서도 그 독일 언어를 사랑하여 독일어를 가장 아름답게 표현했다고 평가받는 시인 첼란과 작가 카프카. 참으로 어처구니없는 아이러니이지요.

특히나 첼란은 그 부모가 유명한 유대인 수용소인 아우슈비츠에서 살해되었고 첼란 자신도 그 생지옥에서 겨우 목숨만 구한 처지였지요. 사실 나는 독일어 실력도 별로고 어차피 그의 시에 넘쳐나는 은유 때문에 너무 어려워 잘 이해하지도 못하고 많이 읽어보지도 못했어요. 단지 그의 대표작이라고 칭해지는 「죽음의 푸가」는 그 의미로나, 또 음악성이나 신비로운 요소의 은유가 어우러져 나도 조금은 이해할 것 같고 또 조금은 조심스럽게 좋아한다고 말할 수 있겠어요. 내가 알기로 2차대전 후 독일 최고의 시인으로 받들어지는 첼란의 이 시는 나치 독일을 반성하는 전후 독일의 정책과 노력의 표징으로도 많이 쓰일 정도지요. 1995년인가 종전 50주년을 기념하는 자리에서 독일은 자기들의 국회 본회의장에서 이 시를 낭독하는 시간을 가지면서 나치 독일에 대한 자기반성을 다시 한번 성실하게 보여주었다고 합니다. 오늘날의 일본이 2차세계대전을 준비하면서 그리고 몇 년간의 대전중에 저지른 군국 일본의 만행을 반성하지 않는 태도와는 너무나 비교가 되는 느낌입니다.

여기에 파울 첼란의 유명한 시 「죽음의 푸가」 첫 몇 줄을 소개하겠습니다. 새벽의 검은 우유, 우리는 마신다. 저녁에/ 우리는 마신다. 점심에, 또 아침에, 우리는 마신다, 밤에/ 우리는 마신다, 또 마신다. / 우리는 공중에 무덤을 판다. 거기서는 비좁지 않게 눕는다./ 한 남자가 집 안에 살고 있다. 그는 뱀을 가지고 논다. 그는 쓴다./ 그는 쓴다. 어두워지면 독일, 너의 금빛 머리카락 (……)

참, 엊그제 프랑스에서 반가운 소식이 왔는데 몇 해 애써온 내 불어 번역 시집이 오는 2월 중순에 드디어 출간된다고 합니다. 내 시의 번역 때문에 오랫동안 수고해주신 분은 파리에서 오래 사신 불문학자 김현자 선생이신데 그곳에 사시는 다른 프랑스 시인과 함께 작업을 하셨다네요. 시집은 파리의 유명한 문학전문 출판사인 브뤼노 두세^{Bruno Doucey}에서 출간됩니다. 요즈음 프랑스 문화계에는 다른 문학잡지를 통해 벌써 시집의 광고가 나가고 있는데 김현자 선생이 보내주신 광고의 시집 표지를 보니 내 이름과 시집 제목이 보이는데 내가 불어를 배워본 적이 없어서인지 한 단어도 알아내지 못하겠더라고요. 아예 짐작도 못하겠더라고요. 시집 제목은 『CELUI QUI GARDE SES REVES』인데 마지막 단어의 e자 위에는 삿갓 같은 것까지 있더군요. 내가 참 무식하지요? 그래서 마침 이메일을 자주 주고받고 있는 문학평론가인 친구 김병익에게 메일로 물어보았지요.

그래도 2년 전 독일 슈투트가르트에 있는 델타에디션 출판사에서 나온 내 독일어 번역 시집은 사전을 찾아가며 조금은 읽을 수가 있었는데요. 독일어 시집의 제목은 『이슬의 눈AUGEN AUS TAU』입니다. 독일어는 고등학교와 대학 예과 시절에 좀 배웠고 그보다는 내가 군의관 시절에 박사학위 시험을 준비하는데 독일어가 필수 세 과목 중 하나여서 그때 아마도 내가 제일 많이 독일어 공부를 한 것 같아요. 그해에 내 전공과에서는 여섯 명인가가 박사 학위 코스에 응시했는데 아마도 이 난데없는 독일어 과목 때문인지 나 혼자만 합격을 했었지요. 물론 지금은 아무것도 모릅니다.

근데 참 미국서는 학생 시절에 외국어 공부를 별로 안 하는 모양이더라고요. 내 아이들도 중고등학교, 대학을 다니면서 외국어 공부를 한 1년 흉내만 냈었지요. 내가 인턴 의사일 때, 그러니까 내 미국생활의 첫해인 어느 날 밤에 내가 일하는 큰 병원에서 일어난 일을 아직도 잊지 못합니다. 그날 밤도 여느 날과 같이 응급실에서 환자를 보고 있는데 어느 간호사가 큰 소리로 '누가 독일어를 아느냐'고 고함을 치고 다른 간호사는 내게 와서 혹 너는 네 나라에서 독일어 좀 배우지 않았냐고 하더라고요. 그래서 나는 "한마디도 못한다, 아는 것이라곤 Ich liebe dich밖에 없다"고 농담삼아 말했더니 그게 무슨 소리냐며 저기 가서 독일어 밖에 모르는 환자와 이야기 좀 나눌 수 있겠냐고 해서 혼난 적이 있어요. 그때 응급실에는 각 과에서 나온 의사가 열 명 이상, 간호사나 다른 병원 관계자가 거의 20여 명은 있었는데 그중 단 한 명도 독일어를 안다고 나서는 이가 없었고 심지어 내가 한 외마디 독일어도 이해하는 사람이 하나도 없었어요. 그래서 혼자 몰래 많이 놀란 적이 있어요. 그 일이 아직도 잊히지 않네요.

참, 윤석군은 무슨 외국어를 잘하는지요? 스웨덴에서 석사를 했다니 스웨덴어를 잘하겠네요. 그리고 스위스에서 박사학위를 했으니 독일어, 불어, 이태리어, 영어 등 다 잘하나요? 어느 언어로 강의를 받았는지도 궁금하네요.

오늘은 이만합니다. 모쪼록 잘 지내세요.

플로리다에서
마종기

선생님께

편지 감사히 잘 받았습니다. 무엇
보다 가장 반가운 소식은 선생님의 불어판 시집 출간이네요. 축
하드립니다. 이제 프랑스어권 사람들도 선생님의 시를 만날 수
있게 되었네요. 선생님의 시들이 국경 너머 많은 사람의 마음에
도 아름다운 싹을 틔울 수 있게 되리라 믿습니다. 이번 시집은 선
집인가요? 그렇다면 어떤 시들이 골라지고 번역되어 실려 있을
지 궁금합니다. 불어를 잘하지는 못하지만 더듬더듬 영어로 바
꾸면 'he who keeps his dreams' 정도 의미가 되려나요. 불어학

자이신 번역가께서 이렇게 제목을 붙이신 데엔 축자적인 의미 이상의 의미가 있었을 텐데 그 이유도 궁금해집니다. 다음에 꼭 알려주세요.

미국에 대한 이야기에 저도 공감했습니다. 우리 모두가 그런 일반화의 오류를 범하면서 살곤 하지요. 학창 시절, 시험 전날 어땠는지 돌이켜보면, 시험 준비를 많이 했을수록 직전까지 더 초조했지만 준비가 모자랐을 때 오히려 이상한 자신감에 차 있었어요. 그럴 땐 물론 결과는 늘 형편없었지요. 무지할수록 자신의 무지를 알기도 어렵다는, 그런 이치가 아닐까도 싶습니다. 파울 첼란의 시도 잘 읽었습니다. 저는 그 시인을 잘 알지 못하지만, 고 김현씨가 쓰신 기형도의 시집 『입 속의 검은 잎』의 해설에서, 기형도의 시를 고트프리트 벤과 파울 첼란의 시에 비유했던 기억이 나네요. 지금만큼이나 시에 무지했던 그때도 아, 그런 외국 시인이 있구나 하고 넘어간 정도였습니다. 첼란의 시도 꼭 찾아 읽어보겠습니다.

저는 6년가량 외국에서 유학생활을 했지만 부끄럽게도 많은 말을 하지 못합니다. 연구원이자 대학원 학생 신분이라 그리고 유럽 공대의 특성상 수업의 비중이 그리 높지가 않고 대부분 수업이 영어로 진행되지요. 심지어 제 지도교수들도 스위스나 스웨덴 사람이 아니라 미국, 이집트 분이셨어요. 자연스레 영어로 의사소통을 했고 회의도 수업도 그랬지요. 연구실 내에 자국민들도 거의 없었고요.

일전에 제가 한번 말씀드린 내용인지도 모르겠습니다만, 누구나 그렇듯 처음 유학을 갔을 때 저도 영어가 많이 서툴렀어요. 처음 제가 일하던 연구실엔 러시아, 중국, 프랑스, 멕시코, 리비아, 한국, 터키, 그리스 등등에서 온 사람들이 모여 있었습니다. 그런데 첫 그룹미팅 때였지요. 연구실원들이 서로 다른 언어로 말을 하면서도 의사소통이 되는 게 정말 신기한 거예요. 다른 말로도 서로 의사소통이 되는구나, 다들 몇 개 국어를 하는 걸까, 신기하다 싶었는데 나중에 알고 보니 다들 영어로 말을 했던 거였더군요. 다들 모어의 억양이 너무 강해서 저처럼 평생 한국말만 듣고 살아온 사람에겐 영어처럼 들리지가 않았던 것입니다.

또 어느 날엔 교수님이 그렇게 어리바리하던 저에게 손님을 'copy room'으로 모시고 가라고 해서 복사실로 데리고 갔었는데 그 손님이 황당한 표정을 짓는 거예요. 알고 보니 'copy room'이 아니라 'coffee room'이었던 거지요. 그런 분위기에서 1년 정도 지내니 어느 정도 다양한 영어 억양과 발음이 귀에 들어오더군요. 그런데 그즈음 다시 학교를 옮기게 되어서 미국 출신 교수님과 첫 면담을 하는데, 이번에는 미국 사람의 영어가 안 들리는 겁니다. 우선 말이 너무나 빨라서 따라갈 수가 없었지요. 또 한 번 바보가 되는 기분이었지요. 그때 느꼈던 것은, 아 이제 영어란 단순히 영어를 모어로 하는 화자들의 언어만이 아니구나, 그러니까 독일 사람들은 독일식 발음으로, 한국 사람들은 한국식으로, 인도 사람은 인도식으로 발음하는 게 당연한 거로구나 하는 생각이 들었습니다. 우리가 흔히 말하는 그 '본토 발음'이란 건 의미가 없겠다고 생각하게 되었지요.

저번 편지에는 유독 말과 나라에 대한 이야기가 많았네요. 듣는 사람들은 농담처럼 들릴지 몰라도 저는 제가 할 줄 아는 말은 서울말과 부산말뿐이라고 종종 말하곤 합니다. 제 인생의 모어로 허락된 말들이지요. 그런데 그 두 개의 말 중 서울말이야 말 그대로 '표준어'니 부산말을 쓰는 저의 정체성을 더 '부산 사람'으로 귀착시켰는지도 모르겠습니다. 서울말도 거의 완벽에(!) 가깝게 쓸 수 있지만, 저에겐 부산말이 가장 편하고 자연스런 말이거든요. (서울과 부산의 '글'이 다를 리는 없지만 '말'로서는 전혀 다른 말이라고 저는 생각합니다.) 부산은 제가 성장기의 대부분, 그러니까 초등학교 시절의 거의 대부분과 중고등학교 시절 모두를 보낸 곳이고 부모님 모두 경상도 말을 쓰시니 부산말이 모어가 될 수 있었던 거지요. 가끔 어릴 적 친구 중에 고등학교를 졸업할 때까지 서울말을 쓰는 친구들이 있었는데 그 친구들은 대부분 서울에서 전학을 왔거나 부모님도 서울말을 쓰시는 경우였어요. 그 친구들의 모어는 서울말 하나였던 거지요.

선생님이 말씀하신 파울 첼란도, 프란츠 카프카도 여러 언어의 경계에 서 있던 작가들이었겠구나 하는 생각이 들었습니다. 카프카가 태어났을 땐 체코 공화국이 성립되기 이전이었으니 그의 제1언어는 자연스레 독일어였겠네요. 하지만 프라하의 아니 유럽의 유대인이라는 신분으로 태어나 체코어 화자들 가운데에서 살았을 테니 정체성의 혼란 속에서 살았겠지요. 독일어와 체코어, 이디시어가 뒤섞인 언어적 혼란이기도 했을까요. 그리고 그런 혼란스런 경계에서 파생된 에너지가 그들의 문학작품으로 고스란히 남겨진 건 아닐까 생각을 합니다.

요즘 부쩍 그 '경계'에 대한 생각을 많이 하는데요. 경계에 서 있는 사람만이 느끼는 불안과, 그 불안이 가져다주는 커다란 에너지 말이지요. 조금 우스운 비유일진 몰라도, 농사를 짓는 어떤 분께서 이런 얘기를 들려주셨는데요. 한 품종을 한 밭에 심는 경우보다 섞어심기를 했을 때 작물이 훨씬 잘 자라더라는 겁니다. 심지어 밭을 반으로 나누어 두 작물을 양쪽에 반반 심었는데 한가운데 경계에 맞물린 작물이 다른 작물보다 유독 더 잘 자라더라는 얘기도 해주셨지요. 그분도 그 이유에 대해선 잘 모르겠다고 하셨지만 그 경계에서 나오는 작물들의 경쟁과 투쟁의 에너지가 아니었겠느냐는 추측만 하셨지요. 저도 그렇게 생각하고요.

이제 제가 서울에 있을 시간도 한 달가량 남았습니다. 처음 한국에 돌아올 때 선생님과 주고받았던 편지들이 생각납니다. 선생님께서 자라셨던 명륜동 얘기도 기억나고요, 제가 처음 북촌에 집을 구했던 이야기도 기억이 나네요. 돌이켜보니 저도 은근히 많이 떠돌아다녔더군요. 서울을 떠나는 가장 큰 이유는 좀 더 자연과 계절을 몸으로 느낄 수 있는 곳에서 노래를 만들고 싶다는 생각 때문입니다.

하지만 언젠가 또다른 곳에서 살고 싶어질 때가 오면 또 어디론가 옮겨가겠지요. 어차피 다가올 3, 4년 앞의 일도 예측하지 못하는 것이 삶이니 그저 지금 제 의지와 선택에 의해서 살아가는 거지요. 서울과 떨어져 있으면 대중음악을 하는 사람인 저의 입장에선 그 대중과 멀어질 수도 있다는 걸 잘 알고 있습니다. 우리나라 인구의 4분의 1이 살고 있는 곳이 서울이고 모든 문화활동과 산업이 집중된 곳이니까요. 그래서 앞으로 어떻게 음악을 만들고 발표할 것인지에 대한 고민이 많습니다. 저는 'independent'라는 말을 좋아하는데요. 우리나라에선 '독립'으로 많이 해석하지만 저는 '자립'으로 해석하는 걸 더 좋아하지요. 어떤 방식이든 '자립'적으로 음악을 만들고 사람들에게 '손수' 전할 수 있는 방법을 찾아보자는 생각을 하고 있습니다.

요즘엔 패스트푸드로도 모자라 패스트 패션fast fashion이란 말도 생겼다지요. 음악도 점점 더 패스트 뮤직fast music화되어가는 게 아닌가 싶기도 합니다. 지금 우리나라의 음원사이트에서 팔리고 있는 음악들은 말도 안 되는 가격에 심지어는 정액제라는 꾸러미로 팔리고 있지요. 그런 음원사이트를 소유한 거대 음원회사들이 헤게모니를 쥐게 된 것은 당연하고요. 우리나라 사람들만 미국의 아이튠즈에서 음악을 듣거나 살 수 없다는 걸 혹시 선생님도 아시는지요. 그 이유 역시 사람들이 아이튠즈를 통해 제 값의 음원을 구매하게 될 것을 두려워하는 거대 음원회사의 압력 때문이지요.

패스트푸드의 가격은 값싼 원료에 있고, 패스트 패션의 가격 경쟁력은 저개발국가의 값싼 노동력 착취에 열쇠가 있듯이, 지금 우리나라의 '패스트 뮤직'의 저렴함은 오롯이 뮤지션들과 제작사의 희생으로 이어지고 있습니다. 따지고 보면 농산물이나 문화적 창작물이나 매한가지지요. 생산자가 어떤 생각을 가지고 얼마나 공들여 만드는가 못지않게 중요한 것이 그 생산물을 어떻게 사람들에게 전달하고 유통할 것인가이니까요. 가장 좋은 방법은 직접 생산자와 소비자가 만나서 주고받는 직거래 형태이지요. 농산물이 그렇듯, 음악도 그렇지 않을까요. 다음 음반을 낼

때까지 그런 고민을 더 깊게 해보려 합니다.

　설은 잘 쇠셨는지요? 양력 설날에도 인사드렸지만 한번 더
새해 인사 드립니다. 저는 설 연휴를 맞춰서 부산에 다녀왔습니
다. 새벽에 일어나서 기차표를 예매해놓고도 급한 일이 있어서
부랴부랴 차로 다녀왔지요. 가는 길은 거의 여덟 시간이 넘게 걸
렸습니다. 아마도 미국에서의 장거리 운전에 익숙하신 선생님께
는 여덟 시간의 운전은 그리 대단한 일이 아닐지도 모르겠다고
짐작해봅니다. 어젯밤은 연휴의 마지막 날이라 길도 덜 막힐 것
같고 해서 저녁을 조금 일찍 먹고 부산 집을 출발했지요. 다행히
크게 길이 막히는 구간은 없었는데, 그래도 중간중간 쉬면서 잘
올라왔습니다. 서울에 도착했더니 자정 가까이 되었더군요.
　저는 아버지와 저 둘이서 차례를 모십니다. 아버지도 남자
형제가 없고 저도 그렇지요. 요즘 아버지는 지방을 쓰실 때 가끔
할아버지와 할머니 위치를 바꿔 쓰시기도 하고, 글자를 틀리기
도 하십니다. 예전엔 그럴 때마다 이것저것 제가 참견도 하고 말
씀도 드렸는데, 요즈음엔 그러지를 못하겠어요. 맞고 틀린 것이
그다지 중요하지 않을 때가 있다는 생각이 듭니다. 특히 가족과
의 관계가 그렇지요. 어제 서울에 돌아와 침대에 누웠는데 이상
하게 잠이 오지 않았습니다. 그리고 왠지 모르게 불현듯 선생님

의 시들이 생각나는 것이었습니다. 「외로운 아들」「손녀를 안고」
「동생을 위한 조시」 같은 유독 가족과 관련된 시들이었지요. 「안
보이는 사랑의 나라」도 그렇고요. 눈을 감고 곰곰이 시를 더듬어
보는데, 아 내가 선생님의 시 중 가족에 대한 시를 유독 좋아하는
구나 하는 생각이 들었습니다. 내일이면 입춘이라네요. 요즈음
엔 절기가 하나씩 바뀔 때마다 편지를 드리게 되나 싶기도 합니
다. 건강하시고, 또 편지 기다리겠습니다.

서울에서
윤석 올림

 윤석군에게

　　편지 잘 받았습니다. 이사는 확실

히 가는 모양이네요. 아직도 어디로 간다는 말은 안 해주었지만

요. 혹시 아무에게도 알리지 않고 숨어버리려는 것은 아니겠지요?

　　유학생활 중 영어 때문에 느꼈던 언어의 여러 면에 대한 느낌

도 많이 동의합니다. 내 경우에는 대학을 다니던 1950년대 말과

1960년대 초에 선교사들의 영어회화 교육에다 더해 대부분의 학

과목이, 예과 때에는 화학, 식물학, 열역학 등등이 영어책이었고

본과에 와서는 기생충학만 빼고는 내과, 외과, 소아과 등등 아예

전체 수십 과목이 모두 영어책뿐이었지요. 그런데도 미국에 첫발을 내디디고 나니 영어를 한마디도 자신 있게 하지 못하겠더라고요. 병원에서 야간 당직 때에도 한잠 자다가 간호사에게서 전화가 오면 바로 "거기가 어디냐, 내가 당장 가겠다"고 당직실에서 병실 쪽으로 뛰어내려가곤 했지요. 내려가서 간호사의 얼굴을 보면서 이야기를 해야 마음이 놓였어요. 얼굴을 보면서 말하면 그나마 잘 못 알아들은 단어를 간호사의 얼굴 표정과 손짓을 참고해 앞뒤를 이어가며 알아챌 수가 있었지요. 공연히 잘 알아듣지도 못하면서 전화로 적당히 짐작만 했다가는 환자를 죽일 수도 있고 잘못 치료할 수도 있으니까요. 사람의 생명 앞에서는 적당히나 우물쭈물이 아무런 역할을 못하는 것이지요.

지금은 고국에서도 그러는지 몰라도 그 당시 내가 인턴으로 일하던 병원에서는 경험 많은 간호사라도 인턴이 잘못 판단하고 잘못 처리해도 아무 소리 없이 그대로 의사의 명령에 완전 복종해야 했지요. 그때는 그런 게 얼마나 매정하게 느껴지던지요. 그래서 어쨌든 난데없는 나라에 와서 사람을 죽이지 않기 위해 영어를 악착같이 잘 배우려고 했었지요. 물론 그렇게 40년 이상을 살고도 내 영어는 아직도 엉망입니다.

그렇게 정신없이 수련의 세월이 가고 의대 졸업 10주년에

이어 졸업 15년째에도 미국에서 의사로 살고 있는 동기들에게 편지를 띄워 함께 만난 적이 있어요. 그때 미국생활에 조금 여유를 찾은 동기들 20여 부부가 모여 호텔을 잡고 며칠 함께 지냈지요. 참, 내 의대 동기들은 미국에 사는 수가 고국에 사는 동기 수의 두 배 이상이라는 말은 언제 했던가요? 다 먹고살기가 힘들었던 시절이라는 게 제일 큰 원인이었지요.

한데 그때 한 동기 친구의 영어가 아직도 기억에 남아 있어요. 이 친구는 의대를 마친 후에 군의관으로 월남전에도 갔는데 군대 제대하고 도미 후 10년을 계속 남부의 조지아 주 중소도시인 오거스타에서 살았지요. 소아심장학을 전공한 이 친구가 영어로 좀 긴 말을 했는데 다른 친구들이 모두 놀랄 정도로 남부 사투리를 심하게 쓰더라고요. 그 억양이 너무 심해서 친구들이 한참 놀리기도 했지요. 남부에서는 한 예로 'David'라는 이름을 부를 때 대개 다이비드라고 아주 천천히 발음합니다. 북쪽에서는 알다시피 다들 데이비드라고 하지요. 그런 예는 얼마든지 많지요. 나는 미국에 오래 산 편이지만 남부의 억양과 발음 때문에 말을 잘 못 알아듣는 때가 많아요. 그래도 미국 영어는 그런대로 괜찮은 편인데 영화를 볼 때 호주 배우의 영어, 아일랜드 배우의 영어, 심지어 영국 배우의 통상적인 영어도 잘 알아듣지 못하는 때가 많아요.

우리말은 못 알아듣는 수가 적은 편이지요. 나는 지방의 독특한 억양이나 사투리 듣기를 아주 좋아하는 편입니다. 물론 귀국하면 주로 서울 발음이지만 나도 윤석군같이 경상도 발음과 억양을 거의 자유자재로 할 수 있습니다. 못 믿겠지요? 그러니까 내가 초등학교 6학년 때 그 무지막지한 한국전쟁이 터졌습니다. 단 사흘 만에 서울을 점령한 이북 군인들 밑에서 산 그해 여름 3개월은 적어도 내게는 평생의 제일 무섭고 무자비한 시간이었어요. 같은 해 9월 인천 상륙에 성공한 유엔군과 국군에 의해 서울이 탈환되었지만 겨울에 접어들면서 중공군이 쳐들어온다는 전황을 듣고 서울 사람들 대부분은 미리미리 모두 피란을 떠났지요. 무자비했던 3개월의 경험이 그렇게 만든 것이었어요.

그렇게 피란 가다가 사람들은 길거리에서 얼어죽고 굶어죽었어요. 그 와중에 우리는 그래도 운좋게 트럭을 얻어타고 열흘 만에 외가가 있던 경남 마산에 도착했고 그때부터 험난하고 배고픈 피란생활이 시작되었지요. 어머니의 고향이 마산 근처이고 외가가 모두 경남 분이라서 그 경상도 발음과 억양이 내 유전자에 꽉 들어차 있어서인지 피란 와서 다시 6학년으로 편입학한 마산의 월영초등학교에서 나는 좋은 친구도 많이 사귀었고 경상도 말을 경상도 친구들보다 더 잘하면서 지냈지요. 마산에서 초등학교를 졸업하고 마산중학에 서울 편입생으로 1년을 지내고 대구에 사시던 아버지와 합류해 그곳에서 다시 1년 이상을 사는 동안 나는 또 피란 중학교에서 대구 토박이들과 다를 바 없이 경상도 말을 잘하면서 살았습니다. 참, 윤석군은 경상남도와 북도의 확연한 말씨 차이를 아세요? 내가 한마디 하면 그게 남도 사람 말인지 혹은 북도 사람 말인지 구별할 수 있으세요? 언제 한번 경상도 사투리로 함께 말할 때가 있기를 바랍니다. 하하.

편지 쓰는 내내 나는 윤석군의 최신판 '꽃은 말이 없다'를 들었어요. 아름다운 노래들입니다. 내가 얼마 전 윤석군이 음유시인이라는 별명을 듣고 있으니 아름다운 은유가 빛나는 현대시를 써서 곡을 붙이면 어떨까 하고 말했었지요. 한데 윤석군의 노래를 자주 듣고 있자니 아마도 내가 잘못 충고를 한 게 아닌가 하는 생각이 드네요. 현대시를 읽는다면 은유의 퍼즐을 찾아 골치를 썩이는 때가 많은데 윤석군의 노래 가사는 그 자체로 잔잔하고 아름다운 곡에 앉아 우리 가슴에 다가오네요. 아무 이유도 은유도 곡절도 다 작파하고 그대로 나를 위로합니다. 그 이상의 것을 구하지 않으니 편안하고 즐겁습니다. 우리는 자주 그런 간단한 위로를 불편해하고 그런 깨끗함을 어색해하는 경향이 있어요. 모든 것을 따져서 풀어야 하고 심각하고 무겁게 정색을 해야만 의미가 있다고 주장하고 직성이 풀리는 사람이 의외로 많습니다. 그래요. 우리는 그런 촌스러운 형식과 허황된 수사학에서 독립해야만 합니다. 그래야 진정한 의미의 자유인이 될 수 있을 것입니다. 모든 분야의 예술을 그 자체로 그 전체를 향유한다는 것은 우리가 정신적으로 자유로울 때에야 그 본모습의 의미를 볼수 있고 즐길 수 있다고 믿기 때문입니다.

서울은 이제 천천히 겨울이 지나가고 있다는 메일을 어제 친구에게서 받았는데 정말 그런가요? 여기는 아직도 엉망입니다. 그러니까 이번 겨울은 12월 중순부터 몇 개 주만 빼고 거의 미국 전역에 눈이 오고 추워지기 시작하더니 이 추위와 폭설이 거의 두 달이나 계속되고 있네요. 처음에는 심한 추위와 폭설의 정도가 10년 만의 일이라더니 1월 중순이 지나면서는 한 세대 만에오는 이상기후라고 하고 요즈음 특히 눈을 보기 힘든 조지아 주나 앨라배마 주 등지에서 폭설과 무서운 추위로 전 도시와 고속도로가 얼음으로 마비되자 이런 변은 100년 만의 일이라며 1908년 이후 처음이라고 호들갑입니다. 하여튼 대단한 추위가 계속되고 있는 모양입니다. 물론 내가 살고 있는 플로리다 주의 중부지방은 눈이 오거나 추위가 심하지는 않고 기온이 영하로 내려간 적도 두세 시간밖에 안 되기는 하지만 그 대신 거의 한 달 반을 비가 매일 주룩주룩 오거나 흐린 하늘에 바람이 심하게 불고 있네요. 이런 지경이 매일 계속되니까 찌푸린 마음은 울적해지고 바깥나들이도 삼가게 되네요. '선샤인 스테이트^{Sunshine State}'라는 플로리다의 애칭이 완전 무색하게 되었지요. 이런 기후는 적어도 내가 이곳에서 살기 시작한 2002년 이후로는 처음입니다.

이 유난한 겨울, 매일같이 계속되는 궂은 날씨에 진저리를 치며 오늘은 오랜만에 나들이에 나섰습니다. 그리 멀지 않은 곳에 있는 변호사 사무실을 방문하러 갔습니다. 한 20년 전에 만들었던 내 유서를 갱신하기 위해서였어요. 좀 다른 이야기지만 수십 년 미국에 살면서 알게 된 것은 미국이란 나라는 돈과 법이 최고의 가치판단 기준이라는 것입니다. 돈이 없으면 인정사정없이 살기 힘든 곳이고 또 법을 안 지키면 대통령이고 누구고 가차없이 벌을 받는 나라지요. 아무리 좋은 변명도 법 앞에서는 통하지 않아요. 법 위에 설 수 있는 것은 미국에서는 없지요. 아마도 온갖 종족이 온갖 다른 믿음과 가치관으로 엉겨서 함께 살고 있는 이 나라에서 법이 흔들거리거나 느슨하면 나라 자체가 바로 서 있기 힘들기 때문이겠지요.

거기다가 그 법이라는 게 각 주마다 많이 달라서 간단한 유서도 법적으로 다루는 방법이 다르답니다. 내가 유서를 다시 작성하는 것은 돈이 많아서가 아니고 사후 정리를 위한 것이지요. 거기다가 '리빙 윌^{Living Will}(사전의료의향서)'이라고 혹 들어보셨는지 몰라도 숨은 쉬지만 뇌사 상태에 빠졌을 때 얼마 동안이나 심폐기능을 연장하도록 보조기구를 쓰려는 것인지도 미리 정해놓는 것이지요. 숨만 쉰다고 한정 없이 심폐기능을 돕기 위해 기구를 계속 사용하는 것은 남아 있는 가족에게도 힘든 일이고 또 당사자의 존엄에도 관계가 있겠지요. 어쨌든 그런 일련의 일을 정리하기 위해 좀 늦기는 했지만 이곳 플로리다 주법에 맞게 개정을 하려고 간 것이었어요.

한데 주룩주룩 내리는 비 때문이었는지 자동차 라디오에서 때마침 나오는 흑인영가가 가슴을 파고드는 듯 내게 깊이 들려왔습니다. 〈나는 때때로 고아처럼 느낀다〉라는 노래였지요. 아주 느리고 흐느끼듯 간단하게 반복되는 가사가 약간의 변주로 계속해 나오는 노래. 나는 급히 볼륨을 높이고 나머지 후반부를 열심히 들었지요. 유명한 노래고 전에도 수없이 들어본 귀에 익숙한 노래이긴 하지만 그날따라 비 때문인지 아프게 다가오는 가사와 곡이었어요. 흑인만이 부를 수 있을 것 같은, 아름답다기보다는 애절한 목소리가 감동적이었습니다. 'Sometimes I feel like a motherless child'라는 가사가 몇 번 반복되더니 'A long way from home'이 또 몇 번 반복되고 중간에 'come my brother, come my sister'가 낮은 음으로 신음하듯 지나는 간단한 가사이지요.

변호사와의 일을 마치고 집에 돌아오자마자 급히 내가 가지고 있는 매리언 앤더슨의 흑인영가 시디를 찾아 같은 노래를 다시 듣기 시작했습니다. 'Sometimes I feel like a motherless child……' 두어 번 반복해 듣는데 눈물이 흘러내렸습니다. 그래요, 나는 그때서야 내가 70세의 나이를 훨씬 지난 몸으로 천애의 고아라는 것을 갑자기 가슴 절절히 느끼고 있었습니다. 아버지는 오래전, 내가 미국으로 떠난 바로 그해에 갑자기 하루도 아프시지 않고 돌아가셨고 어머니는 아버지가 돌아가시고 난 후 45년 동안을 잘 돌보아드리지도 못했던 아들 곁에서 사신다고 미국에 오셔서 대부분의 시간을 외롭게 사시다가 2년 전에 돌아가셨지요. 그리고 그 중간에 유일한 남동생이 미국의 같은 동네에서 살다가 사고로 죽었고요. 남아 있는 유일한 여동생은 나같이 매일 부모님 밑에서 오밀조밀 살던 옛날을 그리워하며 아주 멀리 시카고에서 살고 있지요. 그래요, 나는 때때로 고아처럼 느껴집니다. 집에서도 너무 멀리 떨어져서 살고 있고요. 이 노래에서 'motherless child'는 흑인들 사이에 오래 전해오는 말로 하느님의 품을 떠난 사람을 칭하고 'home'은 천국을 칭한다고 하지만 그거야 어찌되었든 나같이 많이 늙은 사람까지 눈물을 계속 흘리게 하는 간단하고 힘 있는 가사네요.

내가 고국에서 살았던 햇수는 겨우 20몇 년이었고 쥐뿔도 모르는 정치에 관여했다고 비록 감방에까지 들락거렸던 세월이었지만 가난하게나마 부모님 그늘에서 모두가 함께 정답게 살았던 때였지요. 그후 고국을 떠나서 산 47년은 그 전체가 혼자서 정신없이 허우적거린 세월로 기억이 되네요. 결혼하고 미국의 의사가 되고 교수가 되고 아이들 낳아 키우고 교육시키고 집을 사고 여행도 하다가 할아버지가 된 세월이었네요. 즐거운 일도 많았고 보람찬 일도 제법 있었지만 그래도 언제나 사무치게 그리운 것은 고국에서 부모님과 함께 산 아름다워서 슬픈 먼 기억의 한 세월입니다.

아이들은 이제 다 성장해 분가해서 미국 각지에 흩어져 나름대로 열심히 살고 있지요. 그런 중에 자랑스러운 일도 많이 있었지만 할아버지나 할머니의 산소도 모르고 부모의 내력에도 관심이 없고 더구나 내 문학 같은 것은 아예 한국어를 모르니 더 말할 것도 없지요. 내 손자 손녀야 상상할 수 있듯이 가끔 만나 장난감을 사주는 플로리다 할아버지만으로 알고 있지요. 얼마 전 음력 설날에도 예나 같이 한 아이도 전화조차 걸어주지 않았어요. 물론 아이들의 잘못이란 게 아니고 음력설이 언제인지도 모르고 무얼 하는지도 모르니 그럴 수밖에요. 늙어가는 아내에게도 사실 나는 늘 미안해하며 살아왔지요. 의사라는 직업인이라 어차피 다른 직장인보다는 바쁘고 하루하루의 책임 때문에 주위의 가족을 잘 보살필 시간이 적었지요. 거기에 더해 나는 시간이 나면 시를 생각한다고 혼자 돌아앉거나 그와 관련된 책을 읽는다고 혼자 있기를 좋아했으니까요. 아내는 또 바쁘게 직장생활을 하는 사람도 아니었고 특별한 취미가 있어 거기에 시간을 많이 할애하거나 문학을 좋아하는 사람도 아니어서 더 미안하게 생각되었지요. 그러면서도 돌아서면 나는 혼자 여행하는 친구를 부러워했고 혼자 있는 시간이 적은 것 같아 또 불만이었지요.

어쨌든 다시 노래 가사로 돌아가 나는 때때로 고아처럼 느낍니다. 그러나, 그럼에도 불구하고 예술을 하려는 사람은 때때로 고아처럼 외로워야만 한답니다. 오죽하면 작곡가 베토벤은 외로움이 자신의 종교라고까지 고백했겠습니까. 미국의 의사 시인으로 미국 현대시의 문을 연 윌리엄 칼로스 윌리엄스는 외로움을 자주 느끼지 않는 자는 시인이 될 자격이 없다고까지 했습니다. 그래서 나를 고아처럼 느끼게 하는 이 비 오는 우중충한 시간을 아파하면서도 고마워하고, 고국을 멀리 떠나 살고 있는 내 신세를 힘들어하면서도 또 다행으로 생각하고 있습니다. 물론 가끔은 죽은 내 동생의 이름을 부르다가 너무 외로워져서 눈물을 보입니다. 그러나 이 뜨거운 눈물은 시인이 되고 싶은 내 꿈의 다른 표징이라 생각하고 온몸을 아파하며 받아들입니다.

그새 벌써 바깥은 어둑해졌습니다. 저녁녘이 되었네요. 한데 소리도 없이 주룩주룩 내리는 비는 아직도 그칠 줄을 모릅니다. 아마도 오늘은 한밤중까지 비가 내릴 것 같습니다. 편지가 너무 길어진 느낌입니다. 모쪼록 건강하게 잘 지내세요.

플로리다에서

마종기

part 4

아직 바람은
거칠어도

2014.02.10 — 04.13

요즘 끝도 없이 노랗게 피어 있는 유채꽃을 보면

그 많은 꽃들이 다 가족처럼 보일 때가 있습니다.

어디선가 나서 또 어디론가 씨를 뿌리고

자신을 닮은 또다른 꽃을 피운 오래된 꽃들은

다시 시들고 다시 피어나지요.

사람이 꽃과 같은 존재라면 이 세상은 어딜 가나 꽃밭인 걸까요.

그 많은 꽃들과 바람이 불면 휘청휘청 같이 흔들리고,

긴 비가 오면 고개를 숙이며 같이 비를 맞고,

다시 햇살이 쏟아지면 함께 깔깔대면서 살아가야겠지요.

 선생님께

　　설이 지나고 이번주 금요일은 벌
써 대보름이랍니다. 선생님께서 계신 플로리다의 날씨는 아직
도 흐리고 어두운지요. 어제 서울엔 눈이 내렸습니다. 일기예보
를 보니 영동 지방에는 어제 오늘 폭설주의보까지 내린 모양이네
요. 좀 전에는 부산에 계신 어머님이 보내신 문자메시지를 보았
습니다. 부산에도 눈이 많이 온다고 합니다. 부모님 사시는 언덕
받이는 유독 경사가 급해서 혹시라도 미끄러지실까 걱정입니다.
빨리 눈이 녹았으면 좋겠어요.

어제는 마당에 포슬포슬 내리는 눈을 한참 서서 바라보았습니다. 어느새 동네 골목골목 기와집 지붕 위를 흰 눈이 소복이 덮었지요. 어둑어둑해질 무렵 어김없이 대문 밖에선 사각사각 눈을 쓰는 비질 소리가 들려왔습니다. 이 동네에 수십 년 동안 살아온 토박이 할아버지 할머니 들은 눈이 어느 정도 쌓이는구나 싶을 때면 어김없이 눈을 쓸러 나오시지요. 부산에서 제대로 눈 구경 한번 못하고 자라온 저는 늘 한발 늦답니다. 그분들은 고맙게도 비탈진 저의 집 앞길과 계단까지도 늘 깨끗하게 쓸어주시지요. 오늘 아침에 보니 지붕 위 눈들이 금세 녹아서 처마 끝으로 똑똑 떨어지고 있었습니다. 이제는 아무리 눈이 내리고 바람이 불어도 겨울이 큰 힘을 쓰지 못하는구나 싶어요.

햇살도 햇살이지만 그간 잠잠하던 새소리도 얼마나 시끌벅적한지 모릅니다. 작년 가을 이후 잘 보이지 않던 멧비둘기들도 다시 집 근처로 찾아오고요, 뱁새라고 불리는 붉은머리오목눈이 새끼들이 공원의 덤불가에 옹기종기 모여서 재잘대기도 합니다. 얼마 전에는 배에 붉은 깃털이 선명한 오색딱따구리도 보이더군요. 이제 겨울은 새들의 등살에도 못 이겨서 주춤주춤 뒷걸음을 치고 있는 것도 같아요.

앨범 작업 이후 시간이 얼마 지나지 않았지만 다시 곡을 쓰기 시작했습니다. 기타로 두 곡을 썼는데 모두 연주곡입니다. 북촌이라는 곳에 살았던 5년의 시간이 못내 아쉽기도 하고 서운하기도 한데 그런 지금 시간을 음악으로 남기고 싶은 거지요. 한 곡은 아주 심플한 곡인데, 전형적인 진행 속에서 의미 있는 멜로디를 찾아보고 싶다는 생각으로 만들었습니다. 지금은 나일론기타 솔로곡처럼 만들어졌지만, 가사를 붙여서 노래곡으로 만들 생각입니다. 다른 한 곡은 바리톤기타 솔로곡으로 만들었습니다. 이 곡을 처음 들은 제 피앙세는 '편안하다'고 했는데 저는 그 말이 좋으면서도 또 조금은 서운하더라고요. 그냥 편안하게만 들린 걸까, 이 곡의 멜로디와 진행, 화성이 얼마나 독특한데, 기타의 조율부터 새롭게 만들어낸 것인데, 연주가 얼마나 어려운 곡인데 등등...... 뭐랄까 좀 '알아줬으면' 하는 생각 때문이었겠지요.

하지만 곰곰이 생각해보면 '편안하다'는 말보다 듣기 좋은 말은 없는 것도 같아요. 당장 저 자신만 해도 편안한 마음으로 살고 싶거든요. 그리고 그럴 때면 항상 음악을 찾게 되니까요. 여담이지만 이 곡을 연주하는 내내 제 강아지가 와서 제 발밑에 누워 꾸벅꾸벅 졸더라고요. 믿으실지 모르지만 그건 정말 이 곡이 편안하다는 증거라고 저는 생각하곤 합니다. 우리가 언어로 통하는 사이는 아니지만 이렇게 음악으로는 통할 수가 있는 거지요. 그런 경험은 작년 여름 한창 곡 작업할 때 이후 정말 오랜만이었어요. 뛸 듯이 기뻤습니다.

선생님께서 마산에 사셨던 건 알고 있었는데 좀처럼 사투리를 쓰시는 선생님은 상상해본 적이 없네요. 다음에 뵐 때엔 경상도 사투리로 대화를 나눠보는 것도 좋겠다 싶기도 하네요. 외로움에 대한 선생님의 글도 잘 보았습니다. 엊그제 책정리를 하다가 문득 릴케의 『젊은 시인에게 보내는 편지』를 찾았어요. 줄도 많이 쳐져 있고 여기저기 접혀 있기도 했지요. 처음 선생님과 편지를 주고받을 무렵 이 책을 선물 받았지요. 책을 뒤적이는데 '예술작품은 한없이 고독한 것'이라는 글이 눈에 띄었습니다. 문득 항상 경계에서 살아오신 선생님의 모습이 상상되었습니다. 한국과 미국, 시인과 의사의 경계 말이지요. 한국과 미국의 경계란 단순히 태평양을 사이에 둔 지리적 경계나 영어와 한국어 같은 언어적 경계만이 아니었을 테지요. 가족들 사이에 놓인 경계, 부모님과 형제들 그리고 자제분들과 손자 손녀들 사이에 놓인 경계는 또 어떻고요. 그 경계에 서 있던 선생님의 외로움이 많은 사람의 마음을 울리는 작품이 되었고 그것이 시인의 삶인지도 모르겠습니다.

요즘은 당분간 제가 해야 할 일들을 하나씩 머릿속에 정리해보는 시간을 많이 가지고 있습니다. 물론 어떤 노래를 짓고 부를 것인가가 항상 제 삶의 중심에 있지요. 선생님과 같은 시인들이 더 새롭고 감동적인 표현과 은유를 찾기 위해 부단히 애를 쓰듯이, 악기 하나를 붙들고 가장 마음에 드는 소리의 배열을 찾아내는 것이 저 같은 음악하는 사람들의 숙명입니다. 그렇게 만들어진 멜로디에 가사와 이야기를 녹여서 단단히 결합시키는 일은 참 어려운 일이면서도 해볼 만한 일이지요. 저는 저의 노래가 누군가에게 '간단한 위로'여도 좋고 다른 무언가라도 좋습니다. 무엇이든 심상을 불러일으킬 수만 있다면요. 아니 그것도 너무 거창한 바람이라면, 제 노래가 사람들의 귀에 거슬리거나 방해가 되지만 않는다면 좋겠습니다. 소리도 많고 음악도 많고 소음도 많은 세상에 저까지 소음을 더하고 싶지는 않아요.

편지를 쓰다가 저녁을 먹고 바깥에 잠시 나갔다가 돌아왔습니다. 생각보다 날이 추워 금세 서둘러 돌아왔네요. 조금 다른 이야긴데, 제가 사는 집 근처에도 길고양이들이 살고 있습니다. 고양이들에게 밥을 챙겨준 지가 꽤 되었는데 오늘도 몇 마리가 같은 곳에서 저를 기다리고 있었습니다. 원래는 집 앞에 밥그릇을 두었는데, 동네 주민들의 항의도 많았지요. 그런데 마을 구석에 두 어르신이 사시는 아주 작은 집 앞에 고양이들이 모여 사는 걸 알게 되었습니다. 할머니는 다른 사람들이 그렇게 싫어하는 고양이들을 싫은 내색도 없이 그냥 예뻐라 하시더라고요. 그래서 그후부터는 그곳에 밥을 가져다줍니다.

미국에도 이런 길고양이들이 많은지 모르겠어요. 우리나라에선 특히나 고양이를 영물이라고 해서 좋아하지 않는 사람이 많지요. 저 할머니가 안 계셨더라면 고양이들은 여기저기 쫓기듯 살았을 텐데 얼마나 감사한지 모릅니다. 여러모로 겨울은 혹독한 계절입니다. 봄만 해도 예닐곱 마리나 되던 고양이들이 한참 날씨가 추울 때엔 잘 보이지 않아 걱정도 했었거든요. 그런데 오늘은 세 마리가 보이더라고요. 배가 많이 고팠는지 사료를 연방 붓고 있는데 경계도 하지 않고 다가와 허겁지겁 밥을 먹기 시작했습니다. 혹독한 겨울이 끝나가고 있는 걸 그렇게도 알 수 있었습니다. 가끔 주말마다 와서 밥을 주고 가는 분들이 있는 것 같기는 한데, 제가 여기를 떠나도 다른 누군가가 고양이들의 밥을 챙겨주면 좋겠습니다.

건강하시고 다음 편지에서 또 인사드리겠습니다.

서울에서
윤석 올림

 윤석군에게
　　　윤석군이 바리톤기타 솔로곡을 새
로 만들어 피앙세에게 들려주었더니 '편안하다'고만 말했다고,
멜로디와 진행, 코드가 얼마나 독특하고 새롭고 의미 깊은 곡인
데 그냥 편안하다고만 할까 하고 좀 섭섭했다는 말이 내 마음에
다가왔습니다. 제일 가까운 피앙세가 작품의 의도뿐 아니라 작
품의 앞뒤 구석구석을 다 이해해주고 감동해주었으면 하는 욕심
이 어느 예술가에게는 없겠습니까. 나도 한때는 문학이나 시를
모르고 또 알려고 하지 않는 아내에게 그런 욕심을 가진 적이 있

었지요. 가끔 우리나라는 물론, 다른 동서양 예술가들의 평전을 심심풀이 삼아 읽어보면 상대방의 예술을 완전히 이해하고 늘 격려해가면서 평생을 산 부부가 있는가 하면 그렇지 못한 정반대의 부부도 많은 것을 볼 수 있습니다.

그런데 재미있는 것은 도스토옙스키같이 부인의 절대적이고 전폭적인 존경과 실질적인 도움을 받으면서 글을 썼던 소설가나 동시대의 문호인 톨스토이같이 아내로부터 소설가로서의 존경심이나 경외심을 전혀 받지 못하고 글을 써왔던 이가 모두 다 같이 좋은 작품을 썼다는 것입니다. 물론 이 두 사람이 좋은 예가 아닐 수도 있겠지요. 도스토옙스키는 그 둘째 부인이 없었다면 아마도 말년의 대작인 『카라마조프가의 형제들』이나 『죄와 벌』 등은 탄생하지 못했겠지만요. 어떻게 생각하세요?

지난주에도 요즈음의 다른 날같이 비가 하루종일 내렸지만 뉴욕 메트로폴리탄 오페라의 생중계 공연을 한 극장에서 즐기는 바람에 궂은 날씨도 잊고 지냈네요. 거의 한 달에 한 번꼴로, 1년에 열 번 정도 상영하는 이 HD(고화질) 화면의 오페라 공연 생중계는 오페라를 좋아하는 사람들에게는 몇 해 전부터 인기가 대단하지요. 일반 영화보다 세 배 정도 비싼 입장료를 받고 뉴욕에서 공연하는 오페라를 생중계해서 영화 화면으로 보여주는 것인

데 서울서도 한두 군데서 시차 때문에 녹음한 것을 보여준다고
들었습니다.

나는 지난 30여 년 전부터 운좋게 한 선배 부부가 뉴욕의 맨
해튼 근처에 살았고 또 오페라를 좋아해서 그분들이 공연 몇 달
전에 우리 표까지 사놓으면 그날에 맞추어 뉴욕에 가서 오페라도
가고 그 옆 빌딩의 에이버리피셔홀에서 뉴욕 필의 음악회 공연이
나 또는 브로드웨이 쇼나 무용 공연을 갔었지요. 그 중간의 낮 시
간에는 뉴욕서만 즐길 수 있는 현대미술관, 구겐하임, 메트로폴
리탄 등의 미술관 특별전시 또는 영화나 연극을 즐겼고요. 그렇
게 1년에 한 주일 정도 매해 뉴욕을 방문하는 것이 내 미국생활
의 가장 큰 즐거움 중 하나였어요.

은퇴를 한 지난 10여 년도 평균 1년에 한 번 정도 그곳에서
오래 사신 김정기 시인이나 서량 시인이 문학 강연을 하라고 초
청해주거나 다른 일로 뉴욕을 방문해왔고 그래서 재수가 좋으면
오페라에도 가곤 하지요. 내가 마지막으로 간 메트의 오페라는
작년에 갔던 로시니의 〈세비야의 이발사〉였네요. 어쨌든 몇 해
전부터 뉴욕 메트로폴리탄 오페라가 경비에 충당한다고 사업을
벌인 이 생중계 방영은 시간 때문에 많은 나라에서는 녹음 방영
하지만 전 세계적으로 인기를 모으고 있는 것 같아요. 얼마 전 쥘
마스네의 〈베르테르〉는 독일과 오스트리아 두 나라에서만 하루

관람자 수가 100만 명이 넘었다고 하더군요.

지난번 우리가 생중계로 즐긴 오페라는 나는 처음 본 안토닌 드보르자크의 〈루살카Rusalka〉라는 오페라였지요. 전설 같은 옛 이야기가 신비한 무대장치와 환상적이고 아름다운 드보르자크의 음악으로 흥미 있게 진행되었고 주인공으로 분장한 유명한 메조소프라노 르네 플레밍의 매혹적인 노래는 가히 금상첨화였어요. 특히나 유명한 아리아 〈달에게 바치는 노래Song to the Moon〉는 깊은 숲속, 물의 정령으로 분장한 그녀만이 노래할 수 있을 것 같은 압권의 사랑 노래였지요. 나이도 이제 50세가 넘은 플레밍은 10여 년 전 내한해 독창회도 했고 특히 이 〈달에게 바치는 노래〉로 한국 청중에게 좋은 인상을 주었다고 하더군요.

한데 내가 이 오페라를 즐기면서 알게 된 것은 가사 전부가 작곡가의 고국인 체코 말로 쓰였고 그래서 세계적인 오페라 가수들이 모두 체코 말로 노래를 했다는 것입니다. 체코 이야기는 지난번에 많이 해서 그만하려고 했는데 내가 또 하고 있네요. 다른 체코 작곡가인 야나체크의 오페라보다 이 〈루살카〉가 체코인이 가장 좋아하는 오페라라고 하는데 나는 혼자 속으로 언제쯤이면 뉴욕 메트에서 우리나라 말로 오페라를 공연하고 그래서 세계적인 가수들이 한국어로 노래를 부를까 하는 신나는 공상을 했어요.

몇 달 전, 이번 시즌의 시작은 차이콥스키의 〈유진 오네긴

Eugene Onegin〉이었어요. 나는 어릴 때부터 이 오페라의 무용곡을 어머니 덕분에 자주 들어왔지요. 잘 알려진 무용곡 때문인지 나는 오랫동안 〈유진 오네긴〉이 〈백조의 호수〉나 〈호두까기 인형〉같이 오페라가 아니고 무용조곡인 줄 알고 있었지요. 그다음 번 오페라는 러시아의 현대 작곡가인 쇼스타코비치의 〈코〉라는 특이한 작품을 올렸는데 메트 오페라에서도 초연인 이 현대판 오페라는 예상했던 대로 내게는 어려운 현대음악이었지요. 그래도 기발한 무대장치가 흥미로웠고 커다란 코의 형상을 한 사람이 걸어다니며 시종 러시아의 현대사회상을 빗대어 행동하는 유머와 풍자가 일품이었습니다.

며칠 후면 이번에는 19세기 말, 무소륵스키나 림스키코르사코프같이 러시아 국민음악파 5인 중 하나인 알렉산드르 보로딘의 〈이고르 왕자〉를 보러 가려고 합니다. 잘 아는지 모르겠지만 우선은 이 오페라에 나오는 유명한 〈폴로비치안 댄스〉를 오페라 중에 들을 기대가 큽니다. 하도 알려진 아름다운 곡이라 오페라 없이 이 곡만 연주를 자주 하기도 하지요. 다른 면에서 내가 또 보로딘의 음악에 경도되고 흥미를 가지는 이유는 그가 세인트피터스버그 의과대학을 졸업한 의학자 겸 화학자였다는 점입니다. 특히 평생을 의과대학에서 생화학을 가르친 교수였고 알데하이드나 벤젠의 연구에도 세계적으로 상당한 업적을 쌓은 과학자라는 것입니다. 어떤 전문가들은 그의 음악이 스케일로 보아서 러시아 음악을 대표한다고도 하지요. 차이콥스키보다 보로딘의 음악, 특히나 교향곡 2번을 들어야 러시아 음악의 정수를 접한다고 말하는 이가 많지요. 어쨌든 보로딘 교수에게는 평생 '주말 음악가'라는 별명이 훈장같이 붙어다녔답니다. 그렇게 그는 의대에서 교수와 연구원으로 바쁜 시간을 보내야 했고 평생 아픈 아내를 간호도 해야 했다는군요. 언뜻 내가 미국에서 살면서 나는 엉터리 '주말 시인'이 아닐까 부끄러워했던 이곳에서의 내 의사생활이 기억나기도 하네요.

얼그제는 러시아의 남쪽 소치에서 있었던 2014년 동계올림픽이 화려한 막을 내렸네요. 어쩌다가 나는 올림픽 기간인 그 2주 반 동안 미국의 서부를 여행해야 해서 TV를 통해 경기를 많이 보지 못해 안타까웠습니다. 그래도 시간만 나면 TV 앞에 앉아 미국이 자국 중심으로 보여주는 경기 중계를 아쉬운 대로 볼 수 있었지요. 개막식 광경도 일부밖에는 보지 못했지만 폐막식 때는 한국이 올림픽기를 받는 광경과 한국 소개 쇼를 보겠다고 늦은 시간에 잠을 참아가며 대부분을 보았는데 조촐하지만 한국의 프로도 내게는 재미있었어요.

그러나 폐막식 때 러시아가 뽐내면서 보여준 자국 예술가 중심의 쇼는 어쩔 수 없이 일류라는 말을 뺄 수가 없었습니다. 김연아 선수의 금메달을 빼앗아간 러시아가 그때만은 좀 좋게 보였습니다. 과연 예술 숭상의 나라구나, 거창한 문학의 나라구나…… 그러면 우리나라는 무엇을 4년 후에 보여줄 수 있을까, 갑자기 그 생각을 하게 되더군요. 준비위원이 물론 잘 준비하고 잘 구성해나가겠지만 4년 후 평창의 풍경이 벌써부터 궁금하네요.

이번 경기에서 한국 선수들은 국민이 기대했던 만큼의 메달을 따는 데는 실패했지만 김연아의 아름답고 우아한 피겨스케이팅은 세계 최고의 경기였고 금메달을 빼앗긴 후의 그의 태도도 가히 특급 코리안의 인품을 세계에 널리 보였다고 느꼈습니다. 미국서도 각 유명 신문들이 다투어 김연아가 금메달을 빼앗겼다고 열변했고 심지어 엄청난 발행부수를 자랑하는 월스트리트지는 김연아 선수를 찬양하는 시까지 게재했습니다. 물론 이상화 선수의 500미터 스피드스케이팅도 꽃 중의 꽃이었고 이승훈 선수와 다른 두 젊은 남자선수의 은메달은 한국 남자의 체면을 살렸지요? 그리고 물론 여고생을 중심으로 한 쇼트트랙 스케이팅의 분투와 여러 개의 메달들…… 그리고 보면 수백 년 자기들의 DNA에까지 새겨져 있을 북유럽 국민의 스키 타기나 하루종일 내려와도 끝이 안 나는 엄청 긴 스키장이 수백 개씩 전국에 흩어져 있는 미국이나 캐나다 선수들과 대항한 우리 스키 선수들의 선전 역시 상찬을 받아 마땅하겠지요.

한데 이번 경기를 보면서 4년 후 평창에서 맞을 우리나라 최초의 동계올림픽을 준비하는 그 재원을 어떻게 마련하는 것인지 걱정이 좀 되었습니다. 부질없는 걱정이겠지만 설마라도 나라 살림에 부담이 되지는 않겠지요. 요즈음의 브라질을 보세요. 2년 후에 있을 여름 올림픽을 유치하고 환호하던 때가 엊그제이고 올해의 월드컵 축구경기를 유치하고 기뻐 날뛰던 축구의 종주국 모습이 참담하네요. 매일 리우를 비롯한 여러 도시에서 데모가 일어나고 사람이 죽고 자동차를 불태웁니다. 올림픽이고 월드컵 축구를 주최하는 대신에 사람 좀 살고 보자, 먹고살 길이 먼저다, 직업을 달라고 전국이 아우성입니다. 그 판에 준비에도 차질을 빚어 제 날짜에 정상적으로 경기가 시작될지도 확실치 않습니다.

그리스는 몇 해 전 14조 원 정도를 올림픽에 쏟아붓고 나라가 부도가 났습니다. 런던올림픽에는 안전요원이 필요 이상으로 많아 16조 원을 썼다는 결과가 나왔는데 베이징올림픽은 전체주의 국가여서인지 물경 53조 원 정도, 러시아의 이번 경기도 55조 원을 넘을 것이라고 합니다. 나라가 커서 할 수 있는 것인지 몰라도 정말 상상조차 하기 힘든 액수네요. 많은 사람이 그 돈의 일부를 가난한 사람에게 나누라는 말도 하고 있습니다. 나는 돈을 엄청 들였다는 베이징올림픽의 개막식과 폐막식 때의 쇼에 상당히 놀라면서 그러나 아주 거북한 기분으로 보았습니다. 윤석군은 어떻게 생각했어요? 수천 명의 군인인지 사람들이 꼭 기계같이 획일적이고 일목요연하고 절도 있게 경기장 전체를 휘덮고 소리치는 그들이 인간같이 보이지 않더군요. 전형적인 집단 위협 신호같이만 보였어요. 내게는 하나도 아름답게 보이지 않았습니다. 물론 이런 인상은 전연 내 개인적인 소견입니다만……

이번 소치의 경기를 미국 신문은 한결같이 입을 모아 '푸틴의 쇼'라고 놀려댑니다. 푸틴의 입김이 너무 셌고 자신을 돋보이게 하려고 쓸데없이 돈을 너무 뿌려댔다고 합니다. 물론 고국은 그리스와는 비교도 안 되게 부자 나라니까 아무 뒤탈이 없겠지만 알차고 실속 있게 준비하고 진행하게 되기를 진심으로 바랍니다. 호화찬란하게 돋보이려고 돈 쓰지 말고 따뜻한 마음이 퍼지도록 애쓰는 모습이었으면 좋겠습니다. 우리 특유의 전통과 바른 예의를 만방에 보여 손님 국가들이 입을 모아 칭찬하는 여유로운 주빈국이 되고 진정한 축제로 꽃피게 되기를 바랍니다.

오늘은 이만합니다. 늘 평안하세요.

플로리다에서
마종기

 선생님께

그간 이사로 정신이 없다 짐이 조
금 정리가 되고 이렇게 편지를 씁니다. 저번 편지도 잘 받았습니
다. 많이 기다리셨을 텐데, 소식이 늦었습니다.

이사라는 것이 늘 그렇지만, 몸만 가는 것도 아니고 모든 살
림살이며 정리하고 옮겨야 할 것이 많다보니 그렇습니다. 게다
가 서울에서 꽤 떨어진 시골로 오는 이사는 더 그랬지요. 새로 이
사 온 집을 수리하고 칠도 하고 손봐야 할 것이 많다보니 이삿짐
이 오기 일주일 전 미리 내려와 있었답니다. 며칠은 근처 친구 집

에서 신세를 지고 공사가 시작되어서는 방 한편에 겨우 이부자리를 마련해두고 이것저것 여기저기 다니느라 분주했지요. 가스 연결도 바로 안 되고 냉장고도 없어서 소형 가스레인지를 사다가 밥을 해먹고 음식물도 금세 금세 먹어치워야 하니, 불편했지만 또 그리 나쁘지만도 않았습니다.

오래된 집이라 우선 내부 칠을 다 하고 손봐야 할 것을 손보다보니 이삿날이 다 되어서 다시 서울로 올라가 하룻밤을 마지막으로 북촌에서 자고 그다음 날 이삿짐을 보내고 부리나케 또 내려왔지요. 이사란 작은 이별들의 연속이라는 걸 새삼 느끼면서 애써 감상적이 되지 않으려 했습니다. 떠나보내야 새로운 것들을 만날 수 있을 테니까요. 재미있는 건 주민등록원초본을 떼어보니 무려 네 장이 나오더군요. 주민등록상에서만 제가 옮긴 집이 38군데였습니다. 그중에는 제가 실제로 살지 않았던 곳도 있고 제가 살았던 곳이 기록에 남아 있지 않은 곳도 많이 있었지요. 또 앞으로는 얼마나 더 이사를 하게 될는지 모르겠지만 태어나면서 지금까지 제가 옮겨다녔던 곳을 하나하나 되새겨보니 다시 한번 그동안 살았던 시간을 하나씩 돌이킬 수 있더라고요. 그 많은, 살아왔던 곳 중에서 북촌만큼 제가 많은 정을 주었던 곳도 없었습니다. 물론 제가 처음 북촌에 왔던 5년 전에 비하면 지금은 엄청나게 많은 카페며 프랜차이즈 가게며 외국 관광객 버스로 번잡해졌지만 그래도 그 많은 옛 골목들과 공원 봄바람은 아직도 생각만 해도 마음 어딘가가 저릿합니다. 떠나야 할 곳이었지만요.

오페라 이야기도 잘 읽었습니다. 오페라엔 문외한인 저이지만 체코어로 된 오페라라…… 보통 오페라라고 하면 이탈리아어로 노래하는 아리아를 떠올리는데 체코어로 불리고 연주되는 오페라란 어떨까 궁금하네요. 선생님께서 보셨다는 그 오페라를 앞으로 저도 보게 될 기회가 있을지는 모르겠습니다만, 체코 사람이라면 다른 어떤 나라 사람들보다 자부심을 느끼면서 그리고 더 살갑게 그 오페라를 감상할 수 있겠지요. 그러니 드보르자크는 체코의 국민음악가가 아닐 수가 없겠네요.

이번 올림픽을 저는 중계방송으로 보지는 못했지만 신문이나 인터넷으로 소식은 들어서 우리나라 선수들의 결과는 대략 알고 있습니다. 김연아 선수의 경기가 있던 날 아침까지 포털사이트 실시간 검색어에 며칠간 계속 김연아 선수의 이름이 올라 있었지요. 어제였나요. 차를 타고 도로를 달리는데 라디오에서 김연아 선수의 연애에 대한 이야기를 하더라고요. 김연아 선수의 열애설 기사를 터뜨린 어떤 매체에서 무려 6개월 동안 연아씨를 추적하면서 사진도 찍고 증거를 만들려고 했다지요. 한편에서는 사생활 침해다. 아무리 공인이라 해도 본인이 원하지 않는 그런 보도를 무책임하게 터뜨릴 권리는 없다는 의견과 그녀는 공인이니 그 정도는 감수해야 하는 게 아니냐, 과민반응이다라는 의견이 부딪치고 있더군요. 조금 놀랐던 것은, 청취자 중에서 '그녀가 그만큼 국민의 사랑을 받았으니 이 정도는 감수해야 하는 것이 아니냐'는 의견을 가진 분들이 꽤 있더군요. 당신을 그만큼 유명하고 인기 있게 해준 대가인데 뭘 그러느냐라는 식의 의견이었는데요.

저는 이해할 수가 없었습니다. 우리나라 헌법에는 모든 개인은 행복을 추구할 권리가 있다고 명시되어 있다지요. 그 말은 개인이 타인을 그 의사와 상관없이 불행하게 만들 권리가 없다는 의미 아닐까요. 공인이든(저는 이 공인이라는 말도 좀 그렇습니다. 그녀가 무슨 선출직 공무원도 아니잖아요?) 사인이든 마찬가지라고 생각합니다. 알 만한 사람의 연애나 결혼, 이혼 등의 가십이란 게 만국 공통의 흥밋거리이긴 하겠습니다만, 그들이 언론인이라면 그 정도의 열정이 수많은 다른 이슈들을 정론직필하는 데에 쓰이면 얼마나 좋을까요. 물론 그런 유사 언론인들이 그럴 리가 만무하겠지요. 특종사진은 그것만으로도 돈이 되는 이슈일 테니 말이지요.

올림픽이나 국제 행사에 대한 선생님의 말씀도 동감합니다.

지금 우리나라의 지자체들이 경쟁적으로 국제 이벤트를 유치하려고 한다지요. 그럴 때마다 늘 따라붙는 이야기가 '경제효과' 및 '고용 창출'입니다. 이 대회를 유치하면 몇 조의 경제효과가 난다는 둥, 몇만 명의 일자리가 생긴다는 둥 그렇게 홍보를 하지요. 하지만 대부분은 그 뒷감당을 못해서 지자체 재정이 파탄이 나는 경우가 허다하답니다. 그 뒷감당은 실제로는 시민들이 하게 되지요. 평창의 경우 올림픽 유치에 세번째 도전했던 것으로 기억합니다. 들리는 소문에 의하면 평창의 땅값이 많이 올랐다고 하더군요. 그걸 기대하고 평창에 땅이나 부동산을 사놓은 사람들도 많다고 하고요. 개발이라는 명목하에 환경 파괴도 서슴지 않습니다. 활강경기장을 짓기 위해 또 산을 깎아야 한다는군요. 그러니 국민의 혈세가 정치인과 토건족들의 잇속을 챙기는 데 고스란히 쓰이고 있는 거지요.

보로딘의 이야기는 처음 알게 된 이야기네요. 상트페테르부르크 대학이라니, 화학을 연구한 저로서는 멘델레예프가 떠오릅니다. 제가 가장 좋아하는 화학자거든요. 마침 제가 스웨덴에서 유학할 때 그곳 출신 화학자 친구 하나를 알았지요. 마샤라는 친구였는데, 언어와 문학, 예술에 관심이 많은 친구였는데 정작 화학에는 그리 관심이 없었지요. 자신의 소원은 언젠가 천장이 높은 집에 서재를 꾸미고 하루종일 책을 읽는 것이라고 했지요. 그리고 꼭 독일어를 배워서 좋아하는 독일 문학작품을 원서로 읽는 게 꿈인, 그런 친구였습니다. 볼티모어로 연구실을 옮겨갔는데 그후엔 연락이 끊겼어요. 가끔 안부가 궁금한 친구입니다. 문득 생각이 나네요.

주말 음악가라…… 그것도 참 재미있는 표현이긴 하지만 어딘가 모르게 비꼬는 의도로 사람들이 만든 단어 같기도 합니다. 그러고 보니 저도 한때는 주말 음악가였지요. 아니, 연말 음악가였다고 해야 하나요. 유학 시절, 연말에만 한국에 들어와 공연이나 녹음을 하고 돌아가곤 했으니까요. 저는 사람이 살면서 하나에 온 삶을 바치는 것도 의미 있고 숭고한 일이지만, 새로운 일에 두려움 없이 몸을 던질 수 있는 사람도 멋지다고 생각합니다. 어떤 경우든 후회하지 않는다면 말이지요. 사랑이든, 일이든, 배움이든 다 마찬가지 아닐까요. 저는 선생님이 온전한 의사이시면서도 온전한 시인이시라고 굳게 생각합니다.

저번주부터 저는 이곳 농업기술원에서 일주일에 두 번씩 실시하는 교육에 참가하고 있습니다. 제가 직접 농사를 짓게 될지, 언제부터 그렇게 될지는 모르지만, 새로운 곳에 대해 더 잘 알 수 있는 방법이라고 생각했거든요. 5월까지 부지런히 다니면서 배울 예정입니다. 벌써 이웃들이며 이곳 분들을 한 분씩 알아가고 있습니다. 이사를 온 다음날엔 옆집에 사시는 할머니 한 분이 텃밭에서 딴 채소를 한 광주리 주고 가셨어요. 이번 공사를 도와주시는 한 분은 이곳 토박이인데 어찌나 열심히 자기 일처럼 도와주시는지 무척이나 감사하답니다. 오늘은 반장님 집에 가서 채소며 김치도 얻어왔지요. 더 검소하지만 마음만은 더 풍요롭게 살 수 있을 것 같습니다.

서울보다 날씨도 따뜻하고 여긴 벌써 목련이며 매화도 많이 피었습니다. 들판은 벌써 푸릇푸릇합니다. 서울에서 발행되는 중앙지 신문은 하루 늦게 배달이 되는데요, 그것도 나쁘지 않습니다. 작업실 창문 밖으로 바다가 보이는데 집 앞에는 일제강점기에 지었다는 오래된 등대가 있습니다. 지금은 사용하지 않지요. 그리고 그 밖으로 있는 방파제에 등대가 두 개 더 있는데, 집 앞에 등대가 많으니 괜히 마음이 따뜻합니다. 저 멀리 바다에서 오는 배들이 이곳을 바라보며 뭍으로 돌아올 테니까요. 아침마다 바다를 보며 밥을 먹고 해가 지는 바다를 보며 저녁을 먹습니다. 부산 바닷가에서 거의 모든 유년기를 보낸 저이지만 매일 이렇게 바다를 볼 수 있다는 것만으로도 행복합니다. 바다의 물빛은 매일이 다르니까요. 몇 장 휴대폰으로 찍은 사진이나마 보내드립니다. 멀리 이사했다고 하니 걱정하실 것도 같고요.

작업실 방에 오디오를 세팅하고 음악을 듣는데, 중고음이 조금 많고 저음이 적네요. 음향학을 잘은 모르지만 보통 작은 공간의 경우 (듣기 싫은) 저음이 지나치게 많아지는, 소위 부밍 현상이 생기는 경우가 많은데 조금 특이합니다. 천장이 마치 오두막처럼 되어 있어요. 오래된, 보통 스기목이라고 하는 나무판으로 내장이 되어 있는데 그런 천장 탓인지도 모르겠어요. 저 같은 목소리를 가진 사람이 노래 녹음을 하기엔 딱 좋을 것 같습니다. 방의 울림도 좋고요. 벌써부터 설렙니다.

윤석 올림

 윤석군에게

이번에 이사한 곳이 그렇게 마음
에 든다니 나도 기분이 좋습니다. 등대가 세 개씩 보이는 집에서
가까이에 바다를 보며 식사를 한다니 그것도 멋있고요. 한데 작
업실 방 오디오에서 중고음이 많고 저음이 적어서 좋다는 말은
내가 음악인이 아니어서인지 정확히는 이해가 안 갑니다. 하여
튼 그렇게 좋아하니 나도 기분이 좋고 언젠가 한번 방문해보고
싶네요.

나는 요즘 갑자기 내가 살아온 여정을 뒤돌아보는 적이 많아

졌어요. 살날이 얼마 남지 않은 탓일까요? 스물일곱 살에 외국에 나와 외국에서만 산 지가 벌써 45년을 넘어섰지만 그간 미국 의사로 살아온 날을 되돌아보면 별로 후회되는 일은 없습니다. 평탄하게 의사생활을 잘 이어왔고 의사로서 남에게 업신여김을 받아본 적도, 큰 실수를 하거나 남을 크게 해한 적도 없이 살아왔어요. 비록 큰 부자는 되지 못했지만 그런 것을 바라본 적도 없고 그런 데 관심을 두고 살아보지도 못했어요. 그러나 금전적인 곤란을 당하거나 부족함을 느낀 적도, 누구에게 빚을 진 적도, 돈 때문에 자식들 뒷바라지를 소홀히 한 적도 없었습니다. 나는 의사로서 내 주위의 동료 의사나 환자나 이웃에게서 존경받았고 특히나 한국인으로 부끄러웠던 적은 절대 없었다고 힘주어 말할 수 있습니다. 한데 내 조국을 생각할 때면 내가 과연 부끄럽지 않게 살아왔는지 자주 의심을 하게 됩니다.

내가 의과대학 학생이었을 때 선배 교수님들은 늘 말해주셨지요. 너희들이 내고 있는 많은 학비나 기타 잡무금이 너희에게는 큰 부담이 되겠지만 너희를 의사로 만들기 위해 애쓰는 학교와 병원과 교수와 온갖 실험에 드는 비용은 너희가 내는 학비보다 훨씬 더 많다. 너희는 그것을 잊지 말고 나중에 의사가 된 뒤에는 너를 뒷받침해준 부모님에게는 물론 학교와 병원과 너를 키워준 사회를 위해 봉사해야 한다고 말씀해주셨습니다. 정말 내

부모님이 마련해주신 학비보다 나라와 사회와 병원과 학교에 훨씬 더 신세를 진 것인지 아닌지 아직까지 잘 모르고 살아오면서 나는 그 보이지 않는 빚을 갚기 위해 의사로서 무엇인가 되돌려 갚아야 한다는 생각은 했었어요.

그런데 요즈음 돌이켜 생각해보면 내가 사회나 남을 위해 한 일이라곤 졸업 직후 실력도 없는 군의관으로 나라에 3년간 봉사한 것밖에는 아무것도 없네요. 그래도 그 시절 나름대로 성의를 다해 사관생도의 건강도우미로 열심히 그들을 사랑하며 일했고 기지 병원 군의관으로도 성심을 다한 편이었어요. 그러나 그후 오래 고국을 떠나 살면서 가끔 생각해보면 그 3년간의 의무봉사는 내가 진 빚에 비하면 너무 적은 것이 아니었을까 하는 의구심이 생기더군요.

그래서 내가 또 내 생애에 다른 무엇을 더 했을까 생각해보았습니다. 그랬더니 갑자기 사우디아라비아나 카타르 등 열사의 나라에 나가 몇 해씩 외로움과 더위를 이겨내며 일하던 조국의 젊은이들과의 우편 교환이 생각나네요. 그들이 내게 편지를 보내오면서 당신의 시를 매일 읽으며 타국살이의 고통을 이겨나간다는 1970년대의 가난했던 고국의 청년들. 나도 성심껏 그들에게 열심히 살아야 한다고 시집도 보내주며 위로의 편지를 써보내던 날들이 기억나네요. 그 얼마 후에는 브라질 등 남미의 몇 나라에 이민을 가서 외로워하던 내 시의 독자들을 위해서도 격려의 편지를 자주 썼던 기억도 나네요. 그때쯤부터 나는 한동안 내 시의 독자가 모두 외국에 나와 사는 모국의 외로운 젊은이들이란 착각 속에서 그들을 위해 시를 쓰는 것이라며 힘을 얻었던 기억이 있습니다. 그런 힘이 나로 하여금 바쁜 미국 의사생활 중에도 밤을 지새우며 한 해도 쉬지 않고 시를 쓰고 발표하게 한 원인이 되었고 그렇게 만들어진 어쭙잖은 내 시들을 발표하면서 타국에 살고 있는 외로운 영혼들에게 위로가 되겠구나 하며 용기를 얻곤 했습니다. 그다음으로 매해 아주 조금씩 기부금을 보냈던 몇 자선단체가 생각나네요. 그것뿐이에요.

그렇게 세월이 가서 어느새 내 나이가 60세를 넘어서고 내 자식들도 어느 틈에 다 자라서 하나둘 집을 떠났습니다. 공부를 다 마치고도 부모 곁을 떠나지 않고 부모 아래에서 사는 것을 부끄러운 일로 치부하는 미국 나라의 풍습 때문인지 비행기로도 몇 시간을 가야 하는 먼 곳으로 뿔뿔이 떠난 아이들을 늘 멋쩍게 그리워만 할 수도 없어 나도 결단을 내려 좀 이른 은퇴를 하고 말았습니다.

그런데 놀랍게도 바로 그해에 때맞추어 내 모교에서 연락이 오고 몇 달 후부터 시작하는 의과대학의 새 교과목인 '문학과 의학'을 맡아 의대 2학년생에게 매해 한 학기 동안 일주일에 세 시간이 배당되는 강의를 덥석 맡게 되었지요. 미국서는 많은 대학에서 이미 널리 시행되고 있던 의대생의 인문학 접촉의 기회가 조국에서도 드디어 빛을 보게 된다는 게 무척 신기하고 보람되게 느껴져서 1년에 한 5개월 동안을 귀국해 살면서 나름대로 정성을 다해 6년여를 맡았었어요. 어쨌든 이런 운동이 씨가 되고 터가 되어 4년 전, 2010년에 뜻있는 많은 의사와 문인 들이 모여 고국에서 '문학의학학회'를 결성하게 되었지요. 그후 여러 난관을 헤쳐나가면서 한 해도 거르지 않고 매해 학술대회를 열었고 학회지인 『문학과 의학』을 우리나라에서도 발간하기 시작했습니다.

어언간에 내 나이도 차가고 언제까지 건강이 버텨줄지 모르기 때문에 내가 여기서 또 무엇을 더 하겠다고 미래의 계획까지 말할 계제는 아니지요. 그저 내 마음에 드는 몇 편의 시라도 더 쓸 수 있으면 좋겠고 그것이 문학판의 화젯거리가 되기보다는 그 시를 읽는 이에게 작은 위로가 된다면 더이상 좋을 수가 없겠지요. 그리고 문학의학학회가 우리나라에서도 활성화되어 과학자로서의 의사만이 아니고 인간관계에 더 관심을 가지고 따뜻한 마음을 겸비한 의사의 양성에 관심을 기울이게 되기 바랍니다.

일전에 내가 평소에 존경하고 실력이 출중한 젊은 문학평론가에게 오랜만에 이메일로 연락을 했어요. 한동안 연락이 없어 궁금하던 차였는데 그분이 긴 이메일로 답신을 보냈더라고요. 사실은 그간 자신에게 큰일이 일어나 연락할 경황이 없었다고요. 그러면서 저간의 일을 설명하는데 내가 다 신경이 곤두설 일이었어요. 이제 40대가 된 그분이 며칠간 머리에서 소리가 나는 듯하고 또 머리가 아프기도 해서 병원을 찾았더니 간단한 진찰 후에 여러 가지 검사를 하자고 하더래요. 얼마 후 검사 결과를 알아보기 위해 병원을 찾았더니 아무래도 뇌혈관 한쪽이 터지고 한쪽은 혈관 하나가 거의 다 막혔다고 하면서 일단 입원을 해서 뇌수술이 필요한지 정밀검사를 더 해야겠다고 하더래요.

뇌 수술이란 말에 겁에 질려 혼비백산한 이분이 입원을 하기 위해 친구 교수에게 알렸더니 친구는 뇌수술을 해야 할지도 모르는 판에 무작정 입원할 게 아니라 다른 병원에서 한번 더 확인 검사를 해보라고 권했대요. 그래서 다른 병원에 가서 다시 검사를 받으니 수술을 요할지도 모른다던 MRI검사가 정상으로 나오고 첫번째 병원의 사진은 혈류의 속도 때문에 생길 수 있는 기계의 오독, 의사의 오판이라고 판정되었대요. 그러면서 이 젊은 평론가는 요즘에는 삶과 죽음의 기로를 헤매다 나온 혼돈을 바로잡느라 교직도 잠시 쉰 채 집에서 한동안 휴양을 취하고 있다고 하네요. 이런 오진이나 잘못된 판독은 미국에서도 많습니다. 내가 바로 그런 것을 판독하는 의사였으니까 알지요. 그러나 문제는 그 오진, 그 오판의 다음 단계이지요. 기계의 오독을 간과한 잘못을 알았든 몰랐든 응급수술을 고려해야 할 정도의 엄청난 검사결과가 나왔다면 우선 환자를 생각해서 확진을 위한 재검사를 그 자리에서 해야 합니다. 그리고 그 환자의 진단 소견과 일치하는지도 정밀하게 알아보아야 하고요. 자신이 항상 옳고 최고라고 생각하는 의사일수록 초심을 잃은 분이 많고 진심이 많이 흩어져 환자를 다르게 보는 의사들이 많지요. 그런 분에게야말로 또다른 시야의 눈을 주고, 한계를 넓혀주는 인문학이 필요합니다. 여러 가능성을 생각할 수 있어야 좋은 의사의 직분을 충분히 할 수 있다고 믿습니다.

미국에 살고 있는 내 가까운 친구는 2년 전에 암수술을 했지요. 그후 섭생을 잘하고 수술도 잘되어 암을 완전히 떨쳐내고 명랑하고 건강하게 잘 지내고 있는데 얼마 전 감기 기운이 있어서 유명하다는 의사에게 가서 진찰을 받았대요. 그런데 그 의사가 자기가 어느 대학을 나오고 어느 병원에서 교수로 일을 했다면서 당신의 열병은 암의 재발이나 백혈병의 가능성이 많으니 정밀검사를 다 해야 한다고 하더래요. 그 말을 들은 이 친구가 어땠겠어요? 완전히 정신이 나가서 그날부터 수십 개의 복잡한 검사를 시작한 것이지요. 친구는 그 무서운 병의 재발일 수도 있다는 의사의 큰소리에 3주 동안 밤잠도 잘 못 자고 다시 한번 죽었다 살아

난 격이 되었지요. 물론 수십 가지의 검사 결과는 모두 정상이었고 감기도 어느 틈에 다 나아버렸지만 그 일로 한동안 반죽음의 상태가 되었던 내 친구는 그 건방진 의사의 자기과시용 감별 진단 한마디의 희생양이 되었던 것이지요.

의사는 어떤 식으로 자기 환자에게 설명하고 어떻게 대화할수 있는가를 미리 생각해보아야 할 때가 많이 있지요. 어느 경우에나 환자를 먼저 생각해야 하는 것이 의사의 첫번째 미덕이고 의무입니다. 바로 그런 것을 인문학이 가르쳐주고 있다고 존스 홉킨스 대학에서 출간되는 미국의 『문학과 의학』지는 말하고 있습니다. 잘난 척하는 의사들은 단세포적인 과학 일변도의 사고이기 쉽습니다. 의사는 자신의 환자 진료나 진단에 단 하나의 오진이나 오판이 없고 실수를 인정하지 않으려는 차가운 과학의 노예가 되지 않도록 늘 조심해야 합니다. 과학이 나쁘다는 게 아니고 의학의 발전을 험담하자는 게 아닙니다. 의사는 과학의 힘으로 인간의 질병을 진단하고 치료하지만 언제나 감성을 가진 환자의 도우미가 되고 함께 울고 함께 기뻐할 준비가 되어 있어야 한다는 것입니다. 그렇게 하면 과학으로 무장된 의학의 오진도 훨씬 줄어든다는 최근의 연구 결과도 있습니다.

그런 믿음으로 우리는 이 학회를 만든 것이지요. 이런 과학과 인문학의 통섭의 가치를 위해 누군가가 긴 시야로 도움을 주고 힘을 보태주면 얼마나 좋겠습니까. 우리는 학회지를 벌써 7호까지 발간했지만 주위로부터 큰 도움을 받지 못했습니다. 이제는 고국도 다른 선진국같이 의사들이 인문학적 세례를 쉽게 받을 수 있는 과정이 마련되면 좋겠습니다. 이야기가 너무 길어졌네요. 얼마 전 몇 번 본 드라마에서 이조 중기의 명의이고 『동의보감』의 저자인 허준을 '심의心醫'라고 부르던데 바로 그런 '심의'가, 마음으로 환자를 보고 환자의 안위만을 최고로 생각하고 치료하는 의사가 고국의 의료계에 절실하게 필요하다고 느껴졌습니다. 공연히 윤석군에게 열을 올린 것 같아 멋쩍은 생각이 들지만 언젠가는 내가 기운이 다 떨어지기 전에 꼭 한번 하고 싶었던 말입니다.

갑작스레 나 자신을 되돌아보는 이런 이야기를 오늘 윤석군에게 펼쳐 보이는 것은 아마도 내 마음 한구석에 응어리진 것 때문인지도 모르겠네요. 처음 하는 이야기입니다만 이번 봄에 내가 귀국을 하면 한국 국적 회복을 신청해보려고 합니다. 얼마 전 지인의 이야기를 들으니 나이가 65세 이상이 되면 잃어버린 한국인 국적을 회복할 수도 있다고 하더군요. 이 나이에 내가 대한민국 국적을 회복했다고 무슨 수가 나는 것은 아니겠지만 그래도 언젠가 죽음을 맞을 때 나도 부모님같이 한국인의 이름으로 죽는다고 생각하면 마음이 좀 편안해지지 않을까 해서요. 한국의 시인이기 때문에 자의 반 타의 반으로 고국을 떠난 뒤 한국인이 아니라는 게 나를 무슨 족쇄처럼 짓눌러왔어요. 그러다가 요즘에는 갑자기 내가 정말 국적을 회복받을 만한 자격이 있는 것일까 하는 의문이 생겼네요. 아마도 그래서 난데없이 이런 편지를 윤석군에게 보내는 게 아닌가 생각이 듭니다. 혹 정말 국적이 회복된다면 윤석군, 우리 한잔하기로 해요. 내가 한잔 사겠습니다.

참, 전번 편지에 말했던 작곡가 보로딘은 윤석군이 존경한다는 그 주기율표의 멘델레예프와 아주 가까운 사이였다고 합니다. 나는 그 주기율표를 고등학교 때 여름 부채에 칸칸이 써서 가지고 다니며 버스간에서 외웠던 기억이 납니다. 오늘은 이만합니다. 늘 건강하세요.

플로리다에서
마종기

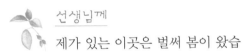

선생님께

    제가 있는 이곳은 벌써 봄이 왔습니다. 기온은 16도, 17도를 웃돌고 햇살도 따스합니다. 어제는 떡을 사서 동네 분들에게 돌리면서 인사를 드렸지요. 저번에도 썼지만 워낙 이사를 많이 다녔던 터라 제가 어렸을 때만 해도 이웃에게 떡을 돌리는 것이 당연한 일이었는데 요즘 도시에서는 보기 힘든 일이 되었지요. 어르신들만 사는 집이 많았고, 젊은 부부들이 막 이사 온 집들도 꽤 있었습니다. 여기 사시던 원주민들이 혹시라도 타지에서 온 저희에게 차갑지는 않을까 걱정도 했었지만 웬걸요. 작은 떡일 뿐인데 다들 어찌나 그냥 받는 것을 미안해하시는지. 몇 번을 고맙다고 하시면서 다들 당신들 이야기를 해주셨지요.

5000평 농사를 혼자 짓는 할머니는 길가 슈퍼 옆에 살고 계셨는데, 슈퍼는 문을 닫은 지 오래된 것 같아 보였어요. "할머니, 이제 슈퍼는 안 하시나요?" 하고 여쭈었지요. 그랬더니 할아버지께서 돌아가신 후로는 그만두셨다네요. 한동안 드나들지 않았을 것 같은 먼지 낀 유리문 너머로 담배 부스가 보였는데 단종된 지 몇십 년은 된 정말 옛 담배 광고가 붙어 있었어요. 브로콜리를 재배하는 분이었는데 브로콜리를 발음도 잘 못하시고 그냥 부루크 부루크라고 하시면서 기어이 저희에게 몇 송이를 안겨주셨습니다. 이곳의 주 농작물인 쪽파 농사를 하시는 분들도 많이 만났지요. 하루종일 쪽파를 다듬으시는 어르신들도 한결같이 저희를 예뻐하면서 환대해주셨습니다. 덕분에 냉장고 한 칸에 싱싱한 쪽파가 가득합니다. 한동안 저녁엔 파전을 먹어야겠어요.

그리고 오늘은 읍내에 있는 목욕탕에 가보려고 했습니다. 아주 예전에 저희 어렸을 때 그랬듯이 일요일마다 목욕탕을 가자고 피앙세와 약속을 해두었던 차였지요. 날도 맑고 산책도 하고 싶고 해서 읍내로 바로 향하지 않고 해안도로를 따라 조금 걸었습니다. 집에서 5분쯤 걷자 어촌계 회관이 나오고 물질 나가는 할머니들이 여러 분 계셨어요. 그분들께 새로 이사 왔다고 인사를 드렸더니 다들 따뜻하게 맞아주셨습니다. 연세가 많으신 분들은 청력이 좋지 않아서 저희는 큰 소리로 이야기를 해야만 했지요. "할머니 뭐 잡으세요?"라고 여쭸더니 소라, 해삼, 문어를 잡으신 다네요. 할머니들을 따라서 해안도로를 걸었는데, 어느새 그분 들은 겨드랑이에 주황색 테왁과 그물을 끼고 바닷물 속으로 들어 가셨지요. 모두가 먼 바다 위로 흩어지더니 주황색 점들만 파란 물빛 위에서 반짝거렸습니다.

　선생님의 학창 시절 이야기를 읽으면서, 나라란 무엇일까 생 각해보았습니다. 얼마 전 끝난 올림픽 때엔 메달을 딴 우리나라 선수들 이야기 못지않게 러시아로 귀화한 안현수 선수의 이야기 가 화제였지요. 대부분의 우리나라 사람들은 그에게 축하의 박 수를 보냈답니다. 심지어 우리나라 빙상연맹을 성토하는 목소리 가 더 컸지요. 안선수가 정확히 어떤 연유로 러시아라는 나라로 귀화하게 되었는지 저는 잘 모릅니다. 하지만, 그가 말한 대로, 그는 계속 스케이트를 타고 싶었고, 그러기 위해서 선택한 결정 이었다는 말이면 충분한 거지요.

　우리가 귀에 못이 박히게 들었던 애국심이나 나라를 위한 봉 사, 희생과는 어쩌면 정반대의 선택이었을지 모릅니다. 하지만 많은 우리나라 사람들은 그와 그의 선택을 응원한 것이지요. 이제 사람들은, 나라를 위해 국민이 해야 할 의무 못지않게 국민을 위해 나라가 해주어야 할 의무도 중요하게 생각하는 것 아닐까요. 적어도 저는 그렇습니다. 스케이트를 타고 싶은 국가대표 선수가 마음껏 운동에 집중할 수 있도록 해주어야 할 의무를 나라가 방기했으니까요. 이제 우리나라 사람들은 예전처럼 저녁 6시면 전 국민이 길거리에서 부동자세로 서서 국기하강식을 하도록 강요하는 그런 나라를 원하지 않는지도 모릅니다. 예전에 보았던 어떤 할리우드 영화였나요, 〈더 록The Rock〉이라는 영화였던 걸로 기억합니다. (기억이 틀릴 수도 있습니다만) 거기에 이런 대사가 나오지요. "독재자들은 늘 애국심을 강조하는 법이거든."

선생님께서 청년기를 보내셨을 땐 지금보다 훨씬 더 나라 살림도 어렵고 다들 고된 시기였겠지요. 하지만 나라는 국민을 가르칠 의무가 있고, 그래서 의무교육이나 요즈음엔 무상급식도 나라가 국민에게 해야 할 의무로 받아들여지고 있는 것이지요. 열심히 공부하신 선생님은 외국에서도 그 지식을 바탕으로 많은 사람의 병을 치료하셨고, 무엇보다 이렇게 좋은 시를 많이 써서 많은 사람들의 영혼을 위로하셨으니 그 이상 무엇을 더 나라를 위해 할 수 있으셨겠습니까. 그것으로 충분하지요. 선생님께서 나라에 진 빚이란 게 설령 있다고 해도 모두 충분히 갚지 않으셨을까요.

저는 제가 태어나고 자라고 아름다운 사계절과 자연과 말과 사람들을 저에게 준 '우리나라'는 사랑하지만, 자살률 1위, 출산율 최하위인, 삼성공화국 '대한민국'을 사랑하지는 않습니다. 선생님이 평생 그리워하시는 것도 바로 '우리나라'일 거라고 생각합니다. 우리 땅, 우리말, 우리나라의 자연, 산, 하늘, 바다가 키워낸 모든 것이 바로 우리나라니까요. 수십 년간 타향에서 살아온 선생님의 그리움과 애틋함을 저는 짐작조차 하지 못할 테지요. 예전에 선생님께서 디아스포라 이야기를 하셨지요. 선생님뿐만 아니라 본인의 의지와 상관없이 나라로부터 버림받다시피한 사할린이나 중국, 일본의 수많은 동포들 말입니다. 저는 이제는 우리나라가 그 많은 현대사의 디아스포라들에게 진 빚을 갚아야 할 때라고 생각합니다. 일본에 있는 무국적자들, 본인의 의지와 상관없이 사할린이나 중국, 중앙아시아, 러시아, 남미 등에 뿔뿔이 흩어져 살아야만 했던 많은 사람을 어서 조건 없이 우리나라로 품어야 한다고 생각합니다. 그것이 나라의 의무이며 그들의 권리라고도 생각하고요.

　　하루에도 몇 번씩 바다는 물이 차고 빠집니다. 오늘 낮에 마치 턱밑까지 찬 듯했던 물이 이제 밤이 되어 다시 멀리 수평선 밖으로 밀려나갔습니다. 일요일이라 그런지 바닷가에는 꽤 많은 사람이 햇살을 받으며 낚시를 즐기거나 가족이며 연인들이 새봄을 맞이하고 있었습니다. 늘 봄이 되면 선생님께서 오시는 계절이구나 하고 생각하게 됩니다. 저는 3월이 되면 처음 대학생이 되었던 그 첫해 첫 학기를 떠올리게 됩니다. 저는 게으르고 수업을 늘상 빼먹던 나쁜 학생이었지만, 서늘한 공기 속에 반짝거리던 그 캠퍼스의 햇살만큼은 어느 모범생들 못지않게 선명하게 기억하고 있지요. 공대생이었던 저는 참 재미없는 강의만 들어야 했던 첫 학기였지요.

저는 의학도는 아니지만 만일 '문학과 의학' 아니면 '문학과 과학'과 같은 강의를 들을 수 있었다면 어쩌면 제 인생도 꽤 많이 달라져 있을지도 모르겠습니다. 인생까지는 아니더라도 적어도 대학생활은 많이 달라졌을 거예요. 딱딱하고 재미없기만 한 강의의 연속인 학교가 아니라 사람 냄새 나고 더 넓게 세상을 볼 수 있는 눈을 가질 수 있지 않았을까도 싶습니다. 선생님께서 그토록 애정을 가지고 소명으로 생각하시는 그런 수업을 많은 학생들이 대학에서 들을 수 있다면 얼마나 좋을까요. 취직을 위한 스펙을 쌓는 공장이 아닌, 배워야 할 것을 배울 수 있는 대학이 될 수 있다면 얼마나 좋을까요.

아니 대학뿐 아니라 중학교, 고등학교에서도 선생님들이 학생들에게 국영수와 수능과 내신과 명문대 진학만을 강요하는 것이 아니라 삶을, 예술을, 사람을 생각하고 가르칠 수 있는 그런 과목들이 더 많아진다면 얼마나 좋을까요. 미적분과 영문법 대신 세상의 수많은 아름다운 문학작품과 노래를 배우고 읽고 부르게 하는 학교. 아이들을 성공한 사람으로 만들기 위해 영어학교나 조기유학을 보내야 하고 과외를 시켜야 하고 기러기아빠가 되어야 하는 지금 대한민국에서 그건 그냥 꿈일 뿐일까요. 이렇게 봄꽃이 아름답게 피는 우리나라인데 말입니다.

윤석 올림

p.s 지난 편지에 쓴 고음역이니 중고음역이니 하는 말이 조금 어렵게 들리셨을 수도 있겠네요. 이렇게 생각해보시면 됩니다. 현악 앙상블이 있다고 생각해볼까요. 바이올린−비올라−첼로−콘트라베이스 이렇게요. 각각 고음역−중고음역−중음역−저음역을 맡고 있다고 생각할 수도 있겠네요. 네 악기가 아름다운 앙상블을 이루어 소리를 내는데, 어떤 공간(예를 들면 콘서트홀)에서는 바이올린 소리가 유독 크게 들리고 콘트라베이스 소리가 잘 안 들리는 거예요. 그럼 그 공간은 고음역대가 더 잘 들리고 저음역이 잘 안 들리는 공간입니다. 이런 식이지요. 그래서 오디오를 보면 이퀄라이저가 있어서 각 음역대의 소리를 듣는 사람의 취향에 맞게 조절할 수가 있지요. 어떤 사람은 고음이 선명한 사운드를 좋아하고 또 어떤 사람은 저음이 풍부한 소리를 좋아하기도 하고 또 음악에 따라 그게 다르기도 하니까요. 어떻게 좀 설명이 되었는지 모르겠습니다.

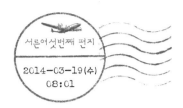

 윤석군에게

　　새로 이사한 집이 무척 마음에 드
는 모양이네요. 다시 축하합니다.

　잠시 나도 이곳 미국에 45년 넘게 살면서 이사한 횟수를 헤
아려보니 이 도시 저 도시로 왔다갔다하며 끝을 낸 인턴 수련,
레지던트 수련, 그리고 의대 교수로 취직되어 가는 등 할 수 없
이 당해야 하는 이사를 다 합해도 모두 열 번이 되지 않네요. 일
단 직장이 정해진 후부터는 별로 움직이지를 않았으니까요. 한
집에서만 27년, 그리고 은퇴해서 이사 온 이 집에서 또 현재까지

285

12년째 살고 있습니다. 사실 이것이 집사람에게는 큰 불만 중 하나지요. 사람이 어떻게 자신의 주거지에 그렇게도 관심이 없느냐, 더 좋은 집에서 살고 싶지 않으냐고 말합니다. 내가 타고 다니는 자동차는 비싼 것이긴 하지만 그게 다 집사람이 골라서 타고 다니는 것이지 나는 그런 것에 취미도 없고 아는 것도 하나 없어요. 그래서 주위에서 자신의 차를 귀하게 여기고 심심찮게 이사를 다니면서 안팎으로 집을 잘 건사하는 사람들을 보면 신기할 정도입니다. 그럴 때면 나는 뭔가 좀 부족한 사람이라고 느껴지기도 합니다. 아마도 그 첫째 이유는 내가 게으른 탓이겠지요?

일전에 오디오에서 고음이 잘 들려 좋다고 한 말을 내가 잘 이해하지 못하겠다고 한 것은 오디오 조절을 말하는 것이 아니고 왜 윤석군의 작업실에서는 저음이 적을까 하는 의문이었어요. 윤석군의 작은 작업실 공간에 소리를 많이 굴절시키거나 흡수하는 무슨 특징이 있는 것인지, 습도가 높아서인지 아니면 주위의 소음이 서울보다 적어서인지 아니면 더 커서인지 하는 질문이었어요. 하여간 그 새로운 작업실에서 또다른 윤석군의 좋은 음악이 계속 탄생하기를 손꼽아 기다리겠습니다. 내 짐작이고 기대이기도 하지만 그 작업실에서 반드시 좋은 곡들이 물 흐르듯 흘러나오리라 믿습니다.

어제 주일날에는 언제나같이 이 도시의 다운타운에 자리하고 있는 작고 허술한 한인 성당의 미사에 참석했습니다. 은퇴하고 이 도시에 이사를 온 지난 10년여에 마음에 드는 일 중 하나지요. 이곳에 이사 오기 전에는 주로 동네의 미국 성당 미사에 참석했고 한 달에 한 번 정도 고속도로를 두어 시간 달려서 가는 다른 도시의 한인 성당에 참석하곤 했지요. 허술하긴 하지만 이곳의 한인 성당에서 한국 신부님의 집전으로 행하는 미사에서 한국어로 성가도 부르고 예식을 드리는 것이 무척 좋네요.

　부모님이 가톨릭이시라니 혹 윤석군도 아는지 몰라도 요즘은 사순절 기간입니다. 재의 수요일 이후 주일을 빼고 부활절까지의 40일간을 일컫지요. 어느 면에서 성탄절보다 더 중하게 여기는 부활절을 잘 맞이하기 위해 40일간 예수의 고난과 부활을 묵상하면서 근신하고 절제하는 기간이지요. 많은 분들이 나름대로의 희생을 바치지만 나는 그런 면에서도 남들의 모범이 되지 못합니다. 단지 주일날에는 이른 아침부터 성당의 양쪽 벽에 걸려 있는 예수의 고난의 벽화를 보며 다른 분들과 함께 '십자가의 길' 일명 '고난의 길^{Via Dolorosa}'을 30여 분간 기도합니다.

　예수가 사형선고를 받은 후 십자가를 짊어지고 골고다 언덕을 걸어올라가다 몇 번을 쓰러지고 결국 십자가에 못 박혀 죽으시는 과정을 그린 14개 벽화는 세계 어느 나라의 어느 성당에도 꼭 있지요. 물론 14개 모두를 훌륭한 화가의 유화로 건 성당, 옛날식 혹은 현대식 양식으로 양각의 조각을 만들어 두른 성당, 모양은 가지각색이지요. 나는 기도를 하면서 늘 몇 해 전 이스라엘에 여행 갔을 때 몇 시간 동안 뜨거운 열기를 참아가며 완만한 골고다 돌언덕을 천천히 오르며 14처의 표지를 다시 확인하면서 예수가 죽었다는 그 정상의 성당에 엎드렸던 기억을 되새기곤 합니다.

나는 불자인 윤석군에게는 미안하게도 불교에 대해 아는 게 별로 없지만 '불심즉하심佛心即下心'이라는 불교 용어를 아주 좋아합니다. 부처님의 마음은 하심이다. 즉 시시비비를 따지지 않는 저 깊은 곳으로 내려가는 마음, 서로의 잘잘못을 따지는 야단스러운 상태에 머물지 말고 마음을 비우고 언제나 상대의 밑으로 내려가라는 뜻이겠지요. 이번에 귀국하면 다른 할 일도 몇 가지 있지만 내 시를 많이 좋아해주시는 존경하는 교수님과 그분이 정해놓은 조용한 사찰에 가서 며칠 함께 지내면서 저녁 예불의 목탁 소리도 오래 듣고 황혼녘이면 은은하게 고국의 하늘을 적시는 범종 소리도 귀 기울여 들을 것입니다. 수원대학에서 교육학을 가르치시는 신실한 불자인 강인수 교수님은 나이가 나보다 몇 살 아래이신데 마음이 넓고 편안한 분이라서 가끔은 나를 부끄럽게 하지요. 그런데 사찰에서는 밤잠을 하나도 못 자고 일어나도 다음날 하루종일 머리가 명경같이 맑았던 기억이 있습니다. 그냥 공기가 좋아서만이었을까요?

내가 귀국하면 또 예년같이 매주 가는 곳이 화요일 저녁나절에 내 시집을 맡아서 출간해주는 출판사입니다. 거기서 어린 문청 시절부터 가까이 사귀어온 글 쓰는 친구들을 만나는 것입니다. 이제는 많이들 늙기도 했지만 좋은 글을 쓰는 것만을 평생의 업보로 생각하고 성심을 다했던 존경하는 그 친구들이 이날 저녁에 다 나오고 함께 떠들며 한잔하는 저녁이지요. 내가 고국을 떠나기 직전인 그러니까 거의 50년 전, 황동규 시인을 비롯한 친구들 중 몇이 몇 개의 동인 모임에 참여하라고 청해주었지만 아무 말 없이 고국을 떠나라는 정보부의 명령을 상기하면서 헛변명 몇 마디 하고 고국을 떠났던 쓰라린 추억이 그들을 볼 때면 자주 되살아나지요.

1970년대 말이나 1980년대에는 2년에 한 번 일시 귀국이랍시고 2주일간의 짧은 기간으로 귀국을 했었지요. 그러면 우선 돌아가신 아버지의 성묘를 했고 그때까지만 해도 몇 발자국 앞서가던 미국의 의학 때문에 모교에서 내 전공과목에 대해 한두 번 특강을 하고 나면 나머지 시간은 모두 털어서 그 문인 친구들과 술마시기를 즐겼지요. 한번은 억병으로 취해서 내가 길거리 모퉁

이에서 토하는데 함께 술이 담뿍 취한 정현종 시인이 내 등을 두드려주면서 그래, 토해라, 토해, 네 몸이 얼마나 이 몹쓸 땅을 그리워했으면 이렇게 토사물로 땅에 키스를 하겠느냐면서 바락바락 악을 쓰는 소리를 듣고 내가 헉헉 토하다가 눈물이 쑥 빠지더라고요. 이번에도 귀국해서 그 친구들과 자주 만날 생각을 하니 벌써부터 기운이 솟아나는 것 같아요. 제발 이 친구들이 오래 건강하게 지내주기만 바랄 뿐입니다. 그래야 우선 내가 귀국하면 찾아갈 곳이 있을 테니까요.

또다른 확실한 모임은 나보다 젊지만 나보다 훨씬 훌륭한 한 문인 그룹입니다. 다들 뛰어난 시인이고 문학평론가들이지요. 이들은 나이가 40대 후반이나 50대 초반들이지요. 내가 그분들의 글을 좋아한 게 인연이 되었지만 그분들도 나름대로 오랫동안 내 시를 좋아해주어서 금방 친하게 되었어요. 자주 만나게 된 것도 벌써 10년이 되었네요. 아니 그보다 더 된 분도 있네요. 그러다가 그분들이 몇 해 전 내 시단 등단 50주년을 기념해준다고 대학로의 한 소극장을 빌려 모임을 마련했는데 그때 윤석군도 그 모임의 발기인으로 참석해주고 특별히 내가 좋아하는 노래도 불러주었지요. 그날 모임 전의 포도주부터 모임 후 좋은 식당에서의 뒤풀이 저녁식사와 술을 즐기면서 참석해준 내 친구 몇은 내가 돈을 많이 썼겠다고 위로를 해줄 정도였지요. 한데 사실 그때

나는 돈을 한 푼도 내지 않았고 조금 보태겠다고 했다가 여기서
도 이제는 잘들 삽니다, 라는 말을 발기인 시인으로부터 듣고는
더 어쩔 수가 없더라고요. 그런 거창하고 고마운 모임 후부터는
그 친구들과 더 가깝게 지내게 되었고 내가 귀국할 때마다 한 해
도 빠지지 않고 몇 번씩 함께 만나서 밥도 먹고 술잔도 나눕니다.
뛰어난 고국 문인들의 일상을 듣고 느끼는 시간이 내게는 늘 값
지게 느껴집니다.

　며칠 전에는 젊은 시인 한 분이 메일을 보내면서 요즘은 너
무 외로워서 괴롭다고 했습니다. 이 시인은 30대 초반으로 좋은
시집도 상재했고 장래가 촉망되는 시인이지요. 많은 문단 분들
도 기대를 걸고 있는 시인이고요. 어쩌다 서로의 시를 좋아해서
가끔 메일로 안부를 묻고 귀국하면 틀림없이 몇 번은 만나는 시
인이지요. 한데 외롭대요. 새 직장 일이 너무 많아 가까운 친구
를 만날 시간도 없고 특히나 책을 읽고 시를 쓸 시간이 없어 절망
스럽다고 하네요. 그래서 내가 답신을 보내면서 그렇게도 사는
게 실망스러울 때는 젊었던 날의 나를 좀 상상해봐달라고 했습니
다. 고국의 산천과 그곳에 사는 사랑하는 사람들과 천리만리 헤
어져서 매일 언어도 안 통하는 사람들의 병을 치료해야 했던 20
대의 내가 안고 살았던 긴장감과 불안과 절망 그리고 그 안에 숨
은 깊은 외로움을 느낄 수 있겠느냐고요. 그렇게 온몸을 조이는

외로움으로 몸을 떨면서 그래도 악착같이 모국어로 시를 쓰려고 안간힘을 쓰던 내 초라한 모습을 상상할 수 있겠냐고요.

외로움은 시인이 꼭 먹어야만 하는 약이고 아무리 쓰고 떫어도 먹어야만 사는 약이라고 했습니다. 그러니 아예 팔자라고 생각하고 외로움과 차라리 친해져서 형제같이 되는 게 좋다고요. 그리고 외로움의 아픔과 눈물은 자주 시인이 살아가는 힘이 될 수도 있다고 했습니다. 누군가가 그랬지요. 기타줄은 한 줄씩 따로따로 떨어져 있어서 소리가 나는 것이다, 줄이 다 함께 붙어 있으면 줄들은 혹 외롭지 않을지 몰라도 더이상 소리를 내고 음악을 만들 수가 없다, 떨어져 있으니까 소리가 난다. 아마도 모든 예술이 다 그럴 것입니다.

지난번 편지에서 내가 국적 회복에 대해서 언급했더니 나를 위로해줄 요량이었는지 나라도 국민에게 해주어야 할 의무가 있을 것이라는 윤석군의 말이 왠지 마음에 오래 남네요. 그러고 보면 내가 오래전 한일회담 반대 서명으로 영창에 감금되고 평생 처음 받은 심문과 고문에 혼쭐이 나고 그 후유증이 오래갔던 일이나, 또 내가 2년 금고형을 받고 의사면허증을 빼앗길 것이라는 소문에 괴로워하시면서 내 구속중에 매일 소주를 한 되씩 드시고 급기야 얼마 안 가 갑작스런 뇌졸중으로 돌아가신 내 아버지. 또 일간신문사 민완기자로 활동하다 이북에 사는 아들에게 쪽지 편지 한 장 전해달라는 큰아버지의 애걸을 거절하지 못하고 남북회담 취재 때 북쪽 기자에게 전했다가 그 당장 직장에서 쫓겨나 미국에 살던 내게 와서 고생만 하다가 갑작스런 참변으로 죽은 내 동생. 동생의 죽음 후에 일부러인 듯 갑자기 치매 증세를 보이시다가 외로이 이곳에서 돌아가신 어머니. 그 모두가 사랑하는 고국과 연결이 된 부끄럽고 불미스러운 일들이네요. 그러나 한마디로 나는 내 조국을 사랑합니다. 내 부모님도 내 동생도 물론 그럴 것입니다. 그래서 나는 한국인으로 죽게 되기를 바랍니다. 그 외에 다른 것을 나는 조국에게 원하지 않습니다.

윤석군, 오늘은 이만합니다. 봄이 오는 고국에서 늘 평안하세요.

마종기

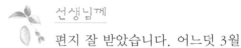
선생님께

편지 잘 받았습니다. 어느덧 3월의 끝자락이 되었어요. 이곳 공기는 하루가 다르게 더워지고 낮에는 벌써 반팔 차림으로 다니는 사람들도 간혹 눈에 띕니다. 이삿짐도 많이 정리되었고 이젠 음악 작업을 위한 정리를 하나씩 하고 있습니다. 편지에서 처음 말씀드리지요? 제가 이사한 곳은 제주입니다. 선생님께 편지를 쓰고 있는 지금도 집 앞을 지나가는 해녀 할머니들이 보인답니다. 우리나라에서 가장 남쪽에 있는 곳이니 기온이 15~16도이지만 습도는 벌써 70도를 훌쩍 넘어설 때도 있습니다. 제주에서도 중산간 지역은 습도가 적당하다고들 하는데 어쩌다보니 바닷가 근처로 온 제가 가장 먼저 해야 할 일은 제습제를 잔뜩 사두는 일이지요. 어디서 한마디씩 들었는지 사람들은 겁을 잔뜩 주기도 했지요. 습도가 높아서 바닷가에서 살기가 만만치 않을 거라는 얘기였습니다.

저는 다른 것들을 떠나서 기타 걱정이 먼저 들었습니다. 지금 눈어림으로만 봐도 가지고 내려온 기타가 열 대가 넘지요. 전기기타 같은 것은 'solid body'라 그나마 조금 괜찮지만 예민한 기타는 습도의 영향을 참 많이 받는답니다. 보통 나무가 습기를 머금고 또 뱉어내면서 주변의 습도를 조절해준다고들 하지만 막상 그 나무의 입장에선 '숨을 쉰다'는 낭만적인 표현이 싫을 것 같아요. 많이 스트레스를 받는 거지요. 실제로 제가 귀하게 여기는 기타들이 한겨울 건조할 무렵 금이 가거나 해서 수리를 했던 적도 많거든요. 사람도 그렇지만 나무도 즉 기타도 너무 건조해도 너무 습해도 안 좋으니까요. 그래서 만반의 준비를 해야 하는 거지요. 기타의 나무뿐 아니라 쇠로 된 기타줄의 경우에도 습도가 높거나 염분기가 많은 바닷바람을 쐬면 쉽게 녹슬 수 있지요. 아마도 서울에서보다 이곳에서는 제대로 된 기타 소리를 계속 유지하려면 줄도 자주, 많이 갈아끼워줘야 할 것 같네요. 어쩌다가 습도니 기타 얘기로 빠졌습니다만 아무튼 기타로 곡을 쓰고 노래

하는 저에게 기타 한 대 한 대는 모두 분신처럼 소중하답니다.

일전 제가 보낸 편지에서 음역대에 대한 제 설명이 좀 엉뚱했지요? 그러고 보니 음악을 많이 들어오신 선생님께 제가 무슨 소리를 한 건지…… 설명을 다시 드려야겠네요. 어쩌면 제 목소리와 이 방의 울림이 잘 맞을 것 같다, 는 이야기였습니다. 그 울림의 특성이 무엇 때문인지는 저도 잘 모르겠어요. 크기나 벽재, 바닥재 등등 많은 요인이 있으니까요. 추측을 해보자면, 참으로 신기하게 생긴 나무천장 때문인 것 같기도 하고 벽 한쪽으로 크게 난 유리창 때문인 것 같기도 하고요. 아니면 정말 바다 공기 머금은 공기 때문이려나요. 제 목소리가 고음부가 적고 불필요하게 저음부가 많거든요. 아마 이게 무슨 소린가 하실지도 모르겠어요. 제 목소리가 묵직한 저음은 아니니까요. 한데 녹음을 해서 들어보면 신기하게도 제 목소리엔 (음악적으로 그다지 듣기 좋지 않은) 저음이 많거든요. 그래서 항상 저음이 적게 녹음되는 방법을 연구하는 게 제 숙제 중 하나였답니다. 그래서 저번 앨범 작업을 할 때엔 그런 제 목소리에 맞는 마이크를 찾느라 고생을 하기도 했고, 결과적으론 잘 맞는 마이크를 찾았던 거지요. 게다가 성량이 작고 이야기하듯 노래하는 편이라 마이크에 가까이 노래를 하게 될 때가 많고 그럴 때는 더 그렇습니다. 반면 선명도라고 해야 할까요, 노래를 할 때 가사 전달이 잘되고 귀에 시원한 느낌을 주는 중고역대는 부족하지요. 그런 제 목소리가 어쩌면 이 방과 같은 환경에는 더 좋을 수도 있겠구나 하는 이야기였는데, 좀 어려운 이야기네요. 하지만 실제로 녹음을 해보기 전까지는 알 수가 없겠지요.

지금 제주의 들판은 푸르고 꽃들도 많이 피었답니다. 매화와 동백은 이미 많이 졌고요. 길가에는 십자화과의 노란 배추꽃, 유채꽃, 갓꽃이 하루가 다르게 자라고 있지요. 얼핏 보아서는 잘 구분하기 어려운데 이제 조금씩 알 것만 같답니다. 제주의 어느 길을 가도 그리 어렵지 않게 볼 수 있는 노란 봄소식인 거지요. 그리고 그 노란 꽃 사이사이엔 연분홍빛 무꽃들이 보이기 시작하네요. 그리고 마당가 한편에는 예전 주인이 심어놓은 앵두나무가 있는데 이번 주말엔 앵두꽃이 피었더군요. 저는 앵두꽃을 처음 본답니다. 그리고 차를 달리다보면 수확이 끝나고 쉬고 있는 땅에 분홍빛 작은 꽃들이 융단처럼 깔려 있기도 합니다. 처음에는 무슨 꽃일까 궁금하기만 했는데 알고 보니 광대나물이라는 꽃이에요. 그리고 어제는 산책길에 노랗게 핀 토종 민들레꽃도 꽤 보았지요. 생각해보니 작년 봄에도 선생님께 꽃 얘기를 주절주절 했던 것 같은데 지금도 그러네요.

올해 봄도 한국에서 맞이하시겠군요. 요즘은 기온이 많이 올라가서 선생님께서 오실 무렵이면 온도가 꽤 높아질 것 같기도 합니다. 만나고 싶은 분들을 그렇게 차례차례 만나다보면 또 여정이 짧게만 느껴지시겠네요. 어쩌면 매일 가까운 곳에서 얼굴을 맞대고 사는 분들보다 그렇게 1년에 한 번씩 만나는 분들이 더 반갑기도 하겠다는 생각이 듭니다. 선생님을 아끼고 사랑하는 그 지인들은 선생님이 돌아오시는 봄을 많이도 기다릴 테니까요. 선생님도 그렇고요. 외로움에 대한 이야기를 하셨지만, 그 적당한 거리가 주는 외로움에는 긴장감이 있어서 오히려 더 관계를 가깝게 해줄지도 모르겠다는 생각이 들어요. 떨어져 있지만 완전히 떨어진 것이 아니니까요. 사람들은 누구나 이어져 있음을 갈구하면서도 떨어져 있고 싶어하지요. 한 존재의 죽음은 우리가 경험할 수 있는 가장 완전한 유배겠지요. 사람들은 어쩌면 영원히 그런 연결의 긴장감을 잃어버리게 하는 죽음을 제일 두려워하는 건지도 모르겠어요.

요즘 저는 모든 생물에게는 적당한 영토가 필요한 것 같다는 생각을 하곤 합니다. 그 밀도를 넘어서면 스트레스로 병이 나고 그 밀도를 밑돌면 외로움으로 병이 나는 거지요. 가끔 문제가 되는 구제역이나 수인성 전염병들도 대부분은 지나치게 좁은 공간에 많은 동물을 가두고 사육하는 환경 탓이라고들 합니다. 어떤 동물들은 평생 뒤도 돌아보지 못하고 살아야 한다지요. 그렇게 좁은 공간에 갇혀서 살다보니 스트레스는 물론이고 면역력도 낮아지고 온갖 감염에 취약할 수밖에요. 그렇게 몸이 약해지기 마련이니 항생제를 주면서 길러야 하고 얼마 살지도 못하고 죽은 뒤에는 우리의 밥상에 오르게 되는 거지요. 이곳에서 농업교육을 받다보니 가끔 강사들이 식물의 적정 밀도에 대한 이야기를 한답니다. 이곳은 감귤 농사를 많이 짓는 곳이라 그런지 감귤나무의 간벌에 대한 이야기를 자주 듣지요. 과수원에 빽빽하게 나무를 심으면 얼핏 생각하기엔 더 많은 감귤을 수확할 수 있을 것 같지만 실제로는 그렇지 못하다는 거지요. 나무들도 충분히 가지를 뻗고 뿌리를 뻗을 수 있는 공간이 필요한데 그렇지 못하니까요. 그래서 나무를 일부러 잘라서 밀도를 조절해줘야 한다지요. 한편으로는 (저번에 잠시 쓴 것 같은데) 서로 다른 작물을 섞어서 키울 경우 작물이 더 잘 자라기도 한다네요. 서로 다른 종류의 작물이 주는 자극에 적절한 스트레스를 받고 그러면서 더 강해지려 애쓴 결과인 거지요.

사람도 그렇다 싶었습니다. 심지어 음악도 그렇지요. 적절한 공백은 그것만으로도 음악적이니까요. 적절한 부대낌이 주는 활기와 즐거움을 넘어서면 괴롭고 밑돌면 외롭지요. 어떤 환경이 더 잘 맞는지는 사람에 따라 다르겠지만 그 큰 원리는 다르지 않을 거라 생각합니다. 사교형 인간에 해당하는 사람들은 그런 부대낌에 면역력이 높을 것이고 또 그런 환경이 더 필요하겠지요. 그런 사람들은 주변 사람들에게서 받는 에너지로 살아간다고 합니다. 사색형 인간에 해당하는 사람들은 차라리 외로울지언정 부대낌을 싫어하지요. 혼자 있으면서 재생산해내는 에너지가 필요한 거지요. 누구나 두 가지 성향을 다 가지고 있겠지만 저는 후자에 속하는 인간형에 더 가깝지 않나 싶습니다. 사랑하고 아끼는 사람들과의 최소한의 교류만 있으면 살아갈 수 있는 사람이지요. 그래서 어쩌면 늘 어딘가로 스스로를 격리시키려 애써왔는지도 모르겠어요. 이곳에선 또 이곳의 사람들과 친해져야겠지만 도시에서 이렇게 저렇게 부대끼며 살던 그런 패턴과는 또다른 관계들이 형성되지 않을까 생각합니다. 기대도 있고 또 걱정도 있지요. 하지만 지금은 기대를 더 많이 하려고 합니다. 적어도 잠시만 눈을 돌리면 드넓은 바다가 있고 그 바다 위로 지는 노을이 있고 또 조금만 나가면 아무도 없는 산과 들이 있으니까요.

이곳에는 신문 배달도 하루가 늦어 전날 신문을 받아봅니다. 요즘엔 인터넷 포털사이트며 스마트폰이 있으니 실시간으로 온갖 세계의 뉴스를 다 볼 수 있는데 신기하지 않은가요. 하지만 일부러라도 신문으로만 뉴스를 보려고 하기도 한답니다. 어차피 TV는 없으니 세상 소식을 신문 지면으로만 보게 되는 거지요. 그러다보니 매일 아침 더 꼼꼼히 신문을 보기도 합니다. 이곳에서만 나는 지방지도 참 재밌어요. 나라 이야기는 거의 없고 전 지면에 제주의 이야기와 소식, 심지어 경조사만 실려 있지요. 그렇게 세상 소식은 더디고 늦게 오는데 봄소식은 어디보다 가장 빠르게 온몸으로 느낄 수 있습니다. 장에만 나가도 제철에만 나오는 채소와 생선이 많이 보이고 집 밖만 나서도 쑥이며 냉이, 달래 같은 봄나물들이 보이지요. 얼마 전에는 쑥을 조금 캐서 국을 끓여서 먹었답니다. 그렇게 예전보다 더 가깝게 봄을 느끼면서 살고 있습니다. 그곳의 봄소식도 전해주세요.

제주에서
윤석 올림

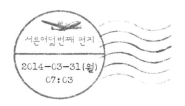

 윤석군에게

제주도로 이사를 했군요. 동서남
북 어느 쪽일까요? 나는 1965년 초 군의관이었을 때 군용기를
타고 제주도에 처음 가보았고 그후 여러 번 제주도 여행을 했지
만 늘 기분좋게 즐긴 기억을 가지고 있지요. 작년에는 미국 사는
둘째 아들네 가족과 고국 여행을 함께 하면서 제주도의 남쪽에
서 며칠을 즐겼고 재작년에는 이병률 시인과 함께 여행을 갔었네
요. 그때 알아주는 여행꾼인 이 시인 때문에 제주도를 구석구석
돌아다니며 많이 보고 즐겼지요. 그때까지는 몰랐었던 7번, 8번,

1번, 11번의 올레길을 많이 걷기도 했고요. 올레길은 생각했던 것보다 훨씬 길고 아기자기하게 아름다웠어요.

그리고 그전에는 오랜 세월 사귀어온 내 문인 친구 부부 20여 명이 평론가 김치수 부부의 인도로 전에 가보지 못했던 곳을 구경하고 함께 한라산 등정의 맛이라도 보자고 산에 오르다가 중턱쯤이었는지 슬그머니 모두 기권을 한 적도 있었고요. 그때의 사진을 얼마 전에 우연히 보다가 얼얼하게 세월의 힘을 가슴으로 느끼기도 했어요. 그간도 쉬지 않고 늙었으니까요. 그 제주도에 이사를 가서 둥지를 틀었군요. 부럽습니다. 한번 찾아가도 될까요?

나는 지난주에 5박 6일 일정으로 북쪽에 갔었어요. 내가 사는 플로리다에서 비행기로 세 시간 정도. 오하이오 주의 북서쪽 끝인 톨레도가 목적지였지요. 그 도시에서 나는 의과대학 교수도 4년을 했고 30여 명의 의사들과 함께 개업도 한 곳입니다. 미국서는 서른몇번째 정도 크기의 중소도시인데 미술관이 아주 좋지요. 스페인의 톨레도와는 형제 도시라고 해서 매해 무슨 행사도 함께 하고 몇 해 전에는 그곳 출신의 화가 엘 그레코의 특별순회전시회를 미국서는 유일하게 몇 달 동안 열었던 도시이기도 하고요.

나는 그 도시에서 오래 살아서인지 그곳 대학교의 추천으로

도시의 무보수 예술심의위원회의 멤버가 되어 오래 봉사를 했는데 시내 건축물의 경관을 책임 맡은 멤버이기도 했어요. 은퇴한 뒤부터는 매해 3월 중순경이면 꼭 그곳에 가지요. 바로 죽은 남동생의 기일이어서지요. 올해는 동생이 죽은 지 어언 20년이 되었네요. 어처구니없이 길고 긴 세월이 갔지만 생전에 유난히 가까웠던 동생은 아직도 내 가슴에 생생하게 살아 있어요. 한데 찾아간 동생의 공원묘지에서 처음 내가 만난 것은 매섭게 추운 날씨와 살을 에는 바람이었어요. 그날이 섭씨로 영하 8도. 거기다 칼바람 덕분에 체감온도가 많이 낮았던 모양입니다. 그래서인지 동생의 무덤가에서 동생의 비석을 보고 있자니 비감한 생각이 끝없이 펼쳐지더군요. 근처에 쌓인 눈덩이들과 딱딱하게 얼어서 굳어버린 땅이 비감한 기분을 더 부추겼겠지요.

그렇게 추워하며 중얼중얼 낮은 목소리로 동생과 이야기를 나누고 있는데 아, 정말 놀랍게도 동생의 옛 친구 한 분이 산소에 나타나더라고요. 얼마나 반갑고 눈물이 나던지요. 첫번째로 나타난 분은 동생과 친하던 김종성 장로 부부였습니다. 그리고 좀 있으니까 이번에도 동생의 옛 절친이던 김명환 장로 부부가 나타나고 연이어서 꽃을 든 내 친구 등등…… 반가워서 우리는 산소 앞에서 얼싸안았어요. 사전 연락도 없이 이렇게 바람 센 허허로운 공원묘지에서 비슷한 시간에 나타나 함께 만나게 된 난데없는 기쁨에 나는 울다가 웃다가 하며 미친놈 같은 행색이 되었었지요. 그러다가 곧 정신을 차리고 가까운 식당으로 오신 분들을 초청해서 점심식사를 같이 하고 대낮부터 술잔을 나누었어요. 모두가 엊그제같이 동생을 기억하고 그리워하면서 눈물을 지었다가 또 동생을 만나 함께 술잔을 나눈다는 착각으로 기뻐서 웃다가 하며 흐뭇한 시간을 함께 보냈습니다. 한 친구는 아픈 몸을 이끌고 산소에 와주었지요. 누구였나 옛사람의 말처럼 사람은 주위 사람에게서 잊히면 그게 바로 죽음이고 비록 죽었어도 사람들의 기억 속에 살아 있으면 그는 아직 죽은 게 아니라고요. 바로 그랬어요. 그날 오후 내 동생은 우리와 함께 살아 있었고 울고 웃고 떠들면서 우리와 함께 숨쉬고 있었습니다.

어제는 프랑스 파리에 사시는 불문학자 김현자 선생에게서 메일이 왔어요. 그분이 초청에 응하지 못한 나를 대신해 프랑스의 여러 곳을 다니며 이번에 발간된 내 불문 번역시집의 낭독회에서 낭독도 하시고 내 시에 대한 강연도 하시는데 아직까지는 반응이 아주 좋아 기분이 좋다고 하시네요. 그중 어느 한 곳에서는 낭독회 때 프랑스에서 유명한 문학평론가가 참석했는데 그분이 내 시 중에서 특히 「동생을 위한 조시」 중 마지막 편이 매우 좋다고 해서 불어와 한국어로 다시 낭독을 했다고 알려주었습니다. 그 시는 동생이 죽은 지 한 6개월 정도 지난 후에 『현대문학』 지에 발표한 동생을 위한 짧은 조시 11편 중 마지막 번, 「남은 풍경」이라는 제목의 시입니다. 이왕에 동생 이야기가 나왔으니 그 시를 여기에 적어보겠습니다. 그때 나는 동생의 산소가에 오래 앉아 어두워질 때까지 멍하게 주위를 둘러보고 있었습니다.

새 한 마리 작은 나뭇가지에 앉았습니다./ 나뭇가지 작게 흔들리기 시작합니다./ 새가 날아가버린 후에도 나뭇가지는/ 아무것도 모르고 아직 떨고 있습니다./ 나뭇가지 혼자 흐느껴 우는 것 같습니다./ 남아 있는 풍경이 혼자서 어두워집니다.

여기서 동생의 이야기를 한마디만 더 하고 싶네요. 동생의 범인은 사건 당시 나이가 꽤 젊었어요. 내가 피해자 가족의 대표로 법원에 등록되어 있어서 매해 범죄자의 신상을 내게 꼭 알려오고 있었는데 얼마 전 그 범인을 몇 개월 후에 사형 집행을 한다고 알려왔어요. 미국서는 아무리 사형이 언도되었어도 대부분의 주에서는 쉽사리 형 집행을 하지 않는 게 통례라서 놀라기도 했지만 아무래도 동생의 아들, 내 조카와 상의를 하는 게 좋을 것 같아 타 도시에 사는 조카와 이야기를 나누었어요. 그때 조카는 아버지가 다시 살아오지도 못하는데 범인을 사형시켜 무슨 이득을 보겠느냐고 하면서 사형에 회의적이더라고요. 나도 비슷한 생각을 가지고 있던 차여서 우리는 둘의 의견을 모아 법원에 우리의 의견을 알렸어요. 피해자 가족으로 범인의 사형 집행을 반대한다, 사람의 목숨은 하느님의 권한에 속한다고 믿는다, 사람이 사람을 죽이는 것에 반대한다고요.

한데 우리의 이런 의견이 반영되기도 전에 어떻게 알았는지 미국 언론계의 대표 격인 시카고의 일간지 '시카고트리뷴'에 크게 기사로 났더라고요. 한국인 이민자 가족이 자기들의 동생이고 아버지의 살인범인 사형수를 죽이지 말아달라고 청원했다는 기사로요. 그 기사는 곧장 다른 미국의 일간지에도 기사로 퍼졌고 나와 동생이 살았던 톨레도 시의 '톨레도블레이드'에도 크게 기사로 났다고 거기 사는 친구가 말해주었어요. 그리고 연이어서 미국서 발간되는 한국어 일간지인 한국일보와 중앙일보에도 기사가 실리고 한국 이민자가 큰 아량을 베풀어 미국인들에게 찬사를 많이 받고 있다고 했습니다. 그 며칠 후에는 고국의 일간지에도 기사가 났지요. 한국인의 따뜻한 마음씨를 널리 펼쳐 미국 사회에 훈훈한 뉴스를 던졌다고 했습니다.

나는 고국의 일간지 몇 곳에 기사가 난 것도 모르고 그 몇 달 후에 귀국했더니 만나는 사람마다 훌륭한 일을 해서 한국인의 프라이드를 드높였다고 칭찬하더라고요. 욕이 아니고 칭찬이어서 가만히 있기는 했지만 속마음은 상당히 불편했어요. 나라 위해 내가 무슨 큰일을 한 것도 아니고 인도주의자의 고매한 정신으로 행한 것도 아닌데 그런 식으로 나를 보는 분들이 좀 어색하게 느껴졌지요. 미국서도 사형 집행을 반대하는 시위가 가끔 있고 사형 반대 청원도 한다는데 그게 모두 인권협회나 공공기관에서 하는 일이지 가족이 직접 나서서 법 집행 정지를 요청하는 예는 별로 없다는 것을 한참 후에야 나는 알게 되었지요. 나중에 알고 보니 법원은 우리의 청원을 들어주지 않고 그 범인의 사형을 집행했다고 했습니다. 그 범인이 20여 년 수감중에 반성의 기미를 전연 보이지 않고 행동이 좋지 않았던 게 큰 이유였다고 해요. 그러나 여기서 다시 한번 확실하게 밝혀야 할 것은 우리가 한국인의 위상을 높이기 위해 그런 청원을 한 것은 아니라는 것입니다. 나는, 그리고 내 조카는 사람을 죽이는 일은 사람의 권한이 아니라고 믿기 때문이었습니다.

　이야기가 좀 밖으로 나가는 기미가 있지만 나는 개인적으로 정의라는 것에 많은 회의를 가지고 있는 사람입니다. 많은 사람들은 정의를 위한다는 명분 하나로 나쁜 일을 하기도 합니다. 남을 해하고도 정의를 위해서 어쩔 수 없었다고 합니다. 정의라는 단어 앞에서는 대부분의 사람들이 함부로 입을 열지 못하니까요. 전쟁을 하면서도 양쪽이 다 이구동성으로 정의를 외칩니다. 정의의 이름으로 적을 섬멸하겠다고 합니다. 전쟁을 하는 양쪽이 다 정의를 위한다고 하면 정의는 과연 몇 개나 되는 것일까요? 윤석군은 혹 기억하는지 모르겠네요. 나는 오래전 1980년대에「고아의 정의」라는 시를 목소리 톤을 높여가며 발표한 적이 있습니다. 미국에 입양되어온 어린 아기를 양부모가 때려서 죽인 일을 내가 시로 써서 발표한 것이지요. 옳고 그른 것을 몰라 그것을 가르치기 위해서, 부모의 말을 잘 듣는 것이 옳은 일이라서 그것을 가르치기 위해서, 할 수 없이 정의의 매를 때리다보니 그렇게 죽고 말았다고 증언하는 부모를 보다가 그런 시가 나오게 되었지요. 참고 삼아 시의 끝 구절 한 부분만 여기에 적어봅니다.

(……) 그러나 그 찬란한 정의들을 위해서도/ 남을 치고 죽이고 깨뜨리지는 마./ 정의를 위해서도 남을 절망시키지 마./ 아우슈비츠 수용소까지 안 가더라도/ 맞아 죽은 입양 고아의 부러진 뼈야./ 너도 알고 있지./ 세상에는 정의보다 훨씬 굵은 것이 있지./ 세상에는 정의보다 훨씬 밝은 것이 있지./ 정의보다 훨씬 높고, 맑고, 따뜻한 것이 있지.

그래요, 나는 이 답답하고 애처로운 세상에서 사람의 생명보다 더 귀중한 정의는 존재하지 않는다고 믿습니다. 많은 사람이 그 간단한 진리를 모르고 있다고 느낍니다. 정의라는 단어가 죽인 그 어린 입양 고아의 부러진 뼈들을 나는 아직도 잊을 수가 없습니다.

　그리고 보니 언젠가 윤석군이 프랑스에서는 2차대전이 끝난 후 나치 독일 점령의 3년 동안 독일에 부역한 프랑스인 1500명에게 사형을 선고했다고 한 말이 언뜻 생각납니다. 우리는 일본에게 35년을 지배당했으니 적어도 프랑스의 열 배 이상의 사람들이 나라를 배반한 죄로 사형을 언도받아야 되겠지요? 프랑스인들 1500명을 다 사형시켰는지는 몰라도 나는 일본에 부역한 매국노 1만 5000명을 잡아 사형하는 것에는 반대입니다. 나라를 팔아먹고 선조와 후대에게 먹칠을 하고 자신의 영달만을 꾀한 그 거지같은 자들이 치가 떨리게 밉고 또 밉지만 그자들을 다 죽여 피바다로 만드는 것만이 해결책은 아닐 것이란 믿음을 가지고 있습니다.

　이제 그리던 고국에 갈 날이 한 달도 채 남지 않았습니다. 윤석군이 제주도에서 피앙세와 함께 즐거운 나날을 보내기 바라고 틈틈이 좋은 음악도 만들기 바라면서 오늘은 이만합니다. 안녕.

플로리다에서

마종기

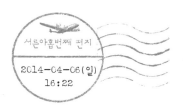

 선생님께

오늘 이곳은 바람이 많이 불었습
니다. 며칠 전 절정을 이루듯 만개한 벚꽃 잎이 거리에 봄눈처럼
내리고 있습니다. 올해엔 내륙 지방에도 벚꽃이 일찍부터 피었
다네요. 저번주 잠시 서울에 다녀왔는데 서울에 벚꽃이 만발했
더군요. 벚꽃뿐 아니라 개나리도 진달래도 하얀 조팝나무 꽃들
도 강변도로에 자욱하게 피었더군요. 꽃샘추위라는 말은 머쓱한
계절이지요. 4월이니까요.

그런데 오늘은 이곳 날씨가 꽤 추웠습니다. 창밖에서 파도

소리, 바닷바람 소리가 우우 하며 낮은 소리로 들려옵니다. 작년 초겨울 이곳의 바다가 생각났어요. 그때도 이렇게 바람이 많이 불었고 선생님께도 썼듯이 밤잠을 제대로 자지 못할 정도로 바람이 거세었지요. 하지만 겨울의 끝자락을 넘어서 봄의 한가운데에 있는 지금은 아무리 바람이 거세게 불어도 마음까지 춥지는 않아요. 낮도 길고 햇살도 밝아서 이제 여기저기 봄꽃들을 보기가 어렵지 않으니까요. 제주 하면 누구나 떠올릴 유채꽃도 환하게 피어 있고, 연분홍 갯무꽃도 하루가 다르게 피어나지요. 바닷가에는 산괴불주머니, 갯쑥부쟁이 같은 봄 야생화가 보이고 산으로 가면 하얀 노루귀, 꿩의바람꽃, 노란 복수초 무리들도 볼 수 있어요. 꽃들뿐 아니라 바람을 맞으며 쑥쑥 자라는 달래며 쑥, 방풍나물도 있지요. 아주머니들이 여기저기서 신이 난 표정으로 한 움큼씩 나물을 따는 모습도 보이고요. 저희 집 마당의 앵두나무 꽃들은 벌써 열매를 맺을 준비를 하고 있어요. 볼품없이 깡말랐던 작약나무도 언제 그랬냐 싶게 푸른 잎을 틔웠어요. 꽃망울이 곧 터지겠지요.

이곳에 온 지도 이제 한 달이 다 되어갑니다. 그사이에 집정리도 하고 농업기술원에서 교육도 받고 있지요. 제일 재밌게 배우는 내용은 이곳의 기후와 토양이에요. 서울 면적의 세 배밖에 안 되는 곳이지만 동서남북이 다 다른 기후와 토양을 갖고 있는 섬이지요. 예를 들어, 동쪽의 성산은 서쪽의 고산보다 바람이 훨씬 적은 대신 강수량은 동쪽이 서쪽의 두 배 가까이 된다고 합니다. 유난히 가물었다는 작년엔 동쪽 지방에서 농사를 짓는 분들이 고생을 많이 하셨다네요. 늘 비가 충분하다보니 관수시설이 잘되어 있지 않기 때문이지요.

그러고 보면, 작년 초겨울 이곳에 집을 계약하러 왔을 때 가장 바람이 세고 파도가 거칠다는 곳에 머물렀더군요. 네, 제가 지금 살고 있는 곳도 서쪽 바닷가입니다. 날이 맑은 날엔 우린 항상 해가 바다 너머로 사라질 때까지 아무 말 없이 노을을 바라봅니다. 그렇게 하루를 마무리하지요. 제가 사는 마을엔 거의 모든 마을 사람들이 농사를 짓거나 해녀 일을 한답니다. 이곳엔 올레 길도 없고 관광지도 없어요. 특별히 볼거리가 없다면 없는 한적한 곳이지요. 여기는 평야가 많고 비화산토양이라 밭농사를 주로 하지요. 반면 남동쪽으로 가면 지대도 높고 과수농사가 주를 이루고요. 마을의 분위기부터가 매우 다릅니다. 이곳에선 방풍수를 보기 어렵지만 동쪽으로 가면 어디를 가나 볼 수 있지요. 서쪽 해안가는 비화산토양이지만 동쪽은 화산토양 지역이 많아 흙의 색깔이 더 검지요. 물빠짐이 좋은 흙이라 뿌리채소를 많이 재배하고 이쪽 서쪽의 밭작물들은 대부분 잎채소들이지요. 오일장에 가면 한 섬이지만 각기 다른 곳에서 나는 다양한 농작물을 한 자리에서 볼 수가 있습니다. 그래서 장을 볼 때 저는 항상 "할머니, 이건 어디서 난 거지요?" 하고 묻는 재미가 있지요.

엊그제는 제주 사람들에겐 특별한 날이었습니다. 4월 3일. 그러니까 4·3 추념일이었지요. 아시다시피 대한민국 건국 초기 제주에서 수많은 양민들이 학살당한 사건입니다. 반세기가 지나 2003년에서야 노무현 대통령이 국가를 대표해서 제주도민들에게 공식적으로 사과를 했고 올해 2014년엔 4월 3일이 국가추념일로 지정되어 국가가 주도하는 행사로 진행되었습니다. 사실 사건의 시작은 1948년 4월 3일이었지만 한국전쟁을 지나 한라산 출입 통제가 해제된 1954년까지 실질적으로는 거의 6년 동안 이어진 비극이었지요. 시 「고아의 정의」에서 선생님이 쓰신 것처럼 '찬란한 정의'의 미명 아래 수많은 착한 목숨들을 '치고 죽이고 깨뜨린' 일이었습니다. 몇 년 전이었나요. 우리나라에서도 『정의란 무엇인가』라는 책이 베스트셀러가 되었답니다. 그만큼 많은 사람들은 세상이 정의롭지 못하다고 생각했던 방증은 아닐까 합니다. 정의라는 이름으로 수많은 희생을 강요했던 자들이 그동안 얼마나 많았을까요. '정의 사회 구현'이 군사독재 시절 대한민국 정부의 대표적인 표어였지요.

얼마 전 추운 곳으로 다녀오셨단 얘기를 들었는데 동생분의 기일을 맞아 톨레도에 다녀오셨군요. 2년 전 겨울, 어떤 출판사의 팟캐스트 방송에 초대된 적이 있었습니다. 책을 소개하고 읽어주는 책 방송이었지요. 그때 이런저런 이야기를 나누다가 선생님의 시를 낭독하게 되었는데 그때 제가 골랐던 시가 「동생을 위한 조시」였지요. 제가 제일 좋아하는 편은 「혹시 미시령에서」입니다. 그 시를 소리내 읽다보면 가끔 목이 멜 때가 있어요. 선생님께는 생의 가장 큰 아픔일 텐데 이 시를 과연 내가 이렇게 읽어도 되는 걸까, 그런 생각을 했었지요. 그 시에는 그런 힘이 있습니다. 외람된 이야기인지 몰라도, 선생님의 주옥처럼 많은 시 중에서도, 가족에 대한 시들은 다른 시가 가지지 못하는 힘이 있다고 느끼곤 합니다. 조금 다른 이야기지만, 제가 친하게 지내는 한 뮤지션의 노래 중 제가 가장 좋아하는 노래는 〈딸에게 보내는 노래〉라는 곡이에요. 그 노래를 처음 들었을 때 다른 어떤 노래 가사가 갖지 못한 감동이 있었어요. 살면서 겪는 가장 큰 기쁨 혹은 슬픔이기 때문이겠지요? 그리고 그런 기쁨과 슬픔의 힘이 작품을 접하는 사람들에게도 그대로 전달되는 건 아닐까요.

아직 날짜를 정하진 않았지만 올해엔 저도 새로운 가족을 갖게 됩니다. 지금 있는 저의 가족들, 아버지, 어머니, 누나 내외, 두 마리의 강아지에다 아내라는 새로운 식구가 생기는 거지요. 그뿐만 아니라 아내의 가족까지도 모두 저의 가족이 되는 거지요. 저는 그리 좋은 아들은 아니에요. 짐짓 아버지 어머니 생각을 많이 하는 아들인 양 선생님께 보낸 편지엔 썼는지 몰라도 온 마음을 다 열어서 가족들을 받아들이지도 못하고 제 생각만 많이 하는 별 볼일 없는 아들이지요. 식구들을 위로하는 법도 잘 모르고요. 요즘 끝도 없이 노랗게 피어 있는 유채꽃을 보면 그 많은 꽃들이 다 가족처럼 보일 때가 있습니다. 어디선가 나서 또 어디론가 씨를 뿌리고 자신을 닮은 또다른 꽃을 피운 오래된 꽃들은 다시 시들고 다시 피어나지요. 사람이 꽃과 같은 존재라면 이 세상은 어딜 가나 꽃밭인 걸까요. 그 꽃밭에는 나를 있게 해준 꽃들도 있었고, 그런 내가 사랑하는 사람을 있게 해준 꽃들도 있었겠지요. 그 많은 꽃들과 바람이 불면 휘청휘청 같이 흔들리고, 긴 비가 오면 고개를 숙이며 같이 비를 맞고, 다시 햇살이 쏟아지면 함께 깔깔대면서 살아가야겠지요.

아직 바람은 거칠지만 햇살이 다시 밝아졌습니다. 오늘도 바다로 지는 해를 볼 수 있을 것 같아요. 좀 전까지는 기타를 들고 올 초 추위가 가시지 않았던 서울에서 쓰기 시작한 곡을 마무리하고 있습니다. 앞으로 이 곡을 듣거나 연주할 때면 서울과 제주가 모두 생각이 나겠지요. 짙게 내려앉은 하늘 아래로 펑펑 쏟아지던 북촌 골목의 눈도, 갯가마다 눈부시게 핀 봄꽃들 사이로 부는 짠내 가득한 바닷바람도 생각나겠지요. 이른 아침 우리 집 앞 눈을 쓸어주시던 서울 토박이 어르신들도 생각이 날 테고, 구부정한 허리로 채소를 따다 주시는 이곳의 이웃 할머니도 생각나겠지요. 이렇듯, 음악을 만드는 일이란 언젠가 나 자신에게 들려줄 추억을 만드는 일이기도 합니다. 이제 앞으로 만들 새 노래들은 또 어떤 기억을 품어줄지 설렙니다. 그저 지금 내 모습이 노래 속에 그대로 담길 수만 있다면 좋겠습니다.

선생님께서 올해 고국의 봄을 조우할 시간도 얼마 남지 않았네요. 선생님의 건강과 평안을 기원하며 이만 편지를 갈무리합니다. 긴 편지 읽어주셔서 고맙습니다.

제주에서

윤석 올림

 윤석군에게

 제주도에서 4월의 유채꽃 들판을
배경으로 보내준 편지 잘 읽었습니다. 그리고 제주도의 기후와
토양에 대한 이야기도 정말 흥미롭네요. 나는 제주도를 거의 열
번 정도 갔지만 윤석군의 이야기를 읽으니 내 여행은 그야말로
흥미 위주의 주마간산 격 관광이었어요. 겨우 본 것이 봄철의 유
채꽃이었고 바다와 돌과 관광용 박물관이나 멀리서 본 해녀들의
물질, 그리고 최근 들어 여러 번 걸어본 몇 개의 올레길입니다.
제주도의 동서남북이 그렇게도 다르다고요. 문득 그간 서른 번

이상 이사를 다녔다는 윤석군의 얼마 전 이야기가 생각나면서 세월이 많이 지나 윤석군이 환갑을 맞은 날을 상상해봅니다. 그때가 되면 가족과 함께한 축하의 자리에서 '나는 평생에 이사를 50번이나 했다'는 서두로 시작해서 중년 이후에는 평양의 고적지나 신의주의 사계절 기후나 함흥이나 제주도의 토양과 바람에 대해 이야기하면서 그래도 어릴 적의 부산이 제일 좋다고 말하는 광경입니다. 그런 날이 오겠지요?

나는 20대에 부모님의 부담도 덜어드리고 고국을 떠나라던 정보부의 협박과 다 잊고 좋은 의사가 우선 되어야겠다는, 여러 가지 이유로 미국에 왔습니다. 그리고 이사도 변변히 해보지 못하고 중서부의 오하이오 주에서만 살다가 은퇴를 하였지요. 오하이오나 뉴욕이나 캘리포니아나 내게는 하나도 다를 것 없는 외국이라는 게 큰 이유가 될 듯도 합니다. 그리고 은퇴를 하면서는 아내의 의견을 따라 미국의 남동부 끝인 플로리다로 크게 한번 움직였지요. 오하이오 주에서 수직으로 남진하면 되는 곳. 아내의 이유는 간단했어요. 우선 서울보다 추운 곳을 떠나 따뜻한 곳에 가자는 것이었고 이왕이면 아이들이 사는 곳과 가깝고 시차가 나지 않는 곳으로 가자던 것이 바로 플로리다였지요. 나는 그 이사에 아무런 토를 달지 않았습니다. 그저 한 해의 절반은 고국에서 산다는 합의만 붙잡고 있었지요. 그래서 작은 아파트도 서울 근처 조용한 곳에 마련했었고요. 은퇴를 한 그해부터 우리는 열심히 고국을 오갔어요. 봄과 가을에 두 달 반씩. 그러다가 4, 5년 지나자 문제가 생기기 시작했지요.

첫번째는 우리가 귀국중 플로리다 집의 2층 화장실 물을 잘 잠그지 않아 조금씩 새던 물이 한 달 이상 계속되어, 돌아와보니 아래위층 한쪽이 완전히 물바다가 되어 집을 뜯어고쳐야 했어요. 이런 사고를 어떻게 막아야 할까 하고 골똘히 생각하고 있던 그다음 해에는 태평양을 오가는 17시간의 비행과 12시간의 시차 때문에 극도의 피곤에 지쳤던 집사람이 심한 탈수로 기절을 하고 그 결과로 폐에 기흉이 생겨 병원을 오가며 고생을 오래 했지요. 그래서 그다음 해부터는 1년에 봄철 한 번만 두세 달 귀국하기로 결정하고 말았습니다. 영구 귀국을 종용해주는 친구도 있었지만 은퇴연금이나 건강보험뿐만 아니라 예상치 못했던 여러 여건이 감당하기 힘들 정도로 어렵고 불편해서 늦게나마 우리가 너무 오래 외국에서 살았다는 것을 뼈저리게 느끼고 물러섰지요.

미국에서는 내가 자주 돌아다니지 않는 편이어선지 이곳에 이사 온 지도 10년이 넘었는데 동네 근처를 빼고는 아는 곳이 별로 없습니다. 그러나 집 근처를 걷다보면 아름다운 풍경이야 지천이지요. 작고 큰 호수들이 많고 원색의 꽃들이 1년 내내 화려하고 나비와 벌과 물새와 재두루미가 많지만 한편으로는 악어도 큰 호수에 많고 이름도 모를 이상한 야행성 동물도 가끔 보지요. 뜰에는 도마뱀도 많고 잘 보이지는 않지만 뱀도 많다고 합니다. 그러나 이런 풍경을 모두 합해 한마디로 내가 사는 곳을 표현한다면 그것은 침묵이고 정지 상태고 무변화입니다. 호숫가의 아름다운 흰 물새들이 얼마나 부동자세로 사는지 아세요? 목을 길게 빼고 근처로 헤엄쳐오는 물고기를 잡아먹기 위해 수면을 주시한 채 10분, 20분은 꼼짝도 하지 않습니다. 한낮에 바깥을 보고 있노라면 햇살만 쨍쨍할 뿐 아무런 소리도 없고 아무런 움직임도 없습니다. 그냥 하루가 통째로 미끄러져 사라지고 밤이 옵니다. 물론 자세히 보면 가는 바람이 불어 나뭇잎이 움직이는 것이 보이기도 하고 그래서 바스락거리는 소리가 가끔 나기도 하고 낮에는 햇살이 뜨거워 도마뱀이 후다닥 바닥을 기는 것이 보이기도 합니다.

날씨는 1년 내내 따뜻하지만 여름철에는 습도가 높아 아예 죽치고 집 안에 있거나 북쪽에 사는 아이들이나 친구 집에 가버리지요. 그게 전부네요. 나이 때문이겠지만 이제 다시 어디로 이사를 해야 한다면 무척 힘이 들 것 같습니다. 하지만 나를 동정할 필요는 없습니다. 언제부터인지 나는 이런 긴 침묵과 부동의 고장에 길이 들어서 어느 나라 어느 도시건 시끄럽고 복잡한 곳에서는 오히려 불안해지고 골치가 지끈거리기도 합니다. 아마도 내가 미국에 사는 동안 큰 도시에서는 한 번도 살아보지 않아서 인지도 모르겠습니다.

그러고 보니 윤석군의 요즈음 편지에서 특히 제주도에 이사를 한 다음에는 관심의 움직임이 빨라지고 동서남북 주위의 여러 가지 변화에 흥미를 느끼고 민감하게 반응하면서 분주한 모습을 보이는 듯합니다. 물론 그것은 나이 때문이기도 하겠지만 언제나 최선을 다해 자신을 일깨우려는 훌륭한 지식인의 자세라고 생각합니다. 사는 곳의 토양을 공부하고 비바람에 대한 공부도 하다니요. 늘 깨어 있는 사고와 행동을 유지하려는 마음이 바로 평균의 지식인과 비지식인의 차이가 아니겠습니까?

며칠 전에 읽은 글 하나가 아직도 내 마음에 그늘을 드리우고 있습니다. 최근 한국경제학회지에 발표된 논문에는 한국 사회의 '사회적 관용도'가 경제협력개발기구인 OECD의 31개 국가 중 최하위인 31위랍니다. 장애인 배려, 이웃 간의 관용성, 타인을 위한 희생정신이나 책임감, 외국인 수용과 인종차별주의 등등 관용을 보여야 하는 여러 경우에 너무 편협하고 자기중심적이고 타산적이고 이기적이라는 것입니다. 2020년에는 혼혈가정 수가 100만이 넘어선다고 합니다. 전체 청소년층의 20퍼센트가 혼혈 가정 출신이 될 것이라는 전망입니다. 이런 판국에 평등과 전문성과 공존의식이 부족해서 아직도 우리 민족끼리, 우리 문중끼리, 우리 동창끼리 하며 패를 나누고 전근대적 순혈주의에만 매달려서야 되겠습니까? 내게는 고국이 부자 나라가 되는 것이 기분좋고 신나는 일입니다. 내가 살던 그 옛날의 고국은 너무 가난했었으니까요. 그러나 그럼에도 나는 내 고국이 따뜻한 나라, 인정 많은 나라, 서로 믿고 서로 돕고 서로 칭찬하는 나라가 되기를 더 바랍니다.

내가 눈치가 없어서 그랬던지 근년에 와서야 자주 느끼는 것인데 매해 고국에서 글 쓰는 내 문인 친구들을 만날 때면 점점 더 그 친구들이 존경스럽다는 느낌을 가집니다. 그들은 나이든 전사들처럼 이제는 행동이 좀 굼뜨기는 하지만 자기의 한평생 모두를 문학이라는 지난한 창조 작업에 헌신하였지요. 하루도 빠짐없이 밤낮을 가리지 않고 두 눈을 부릅뜨고 자신의 열정과 정성을 다해 작품 창작과 이론 정리에 정진해왔습니다.

조심해 보면 그런 친구들 앞에서는 문학 주변의 사람들은 모두 존경과 경외의 눈으로 고개 숙여 대접해줍니다. 젊은 날 한때의 인기로 나비같이 살랑거리던 글쟁이들은 언제 어디로 다 사라지고 그들의 모습은 아무 곳에서도 보이지 않습니다. 윤석군도 늘 노력하면서 최선을 다해 가사를 만들고 곡을 붙이고 노래 부르기에 게을리하지 말아야겠지만 모쪼록 오늘의 인기에 연연해하지 말고 초조해하지 말고 팬과 청중을 따뜻하게 위무하고 보듬어주는 가수가 되기를 바랍니다. 그래서 나는 그 청중 안에 있지는 못하겠지만 언젠가 윤석군이 나이들어 백발을 날리며 청중에게 정성을 다해 노래를 들려주는 광경을 상상해봅니다. 나이든 노래를 듣는 루시드폴의 청중은 깊은 위안과 즐거움을 누리겠지요. 바로 그때서야 드디어 루시드폴은 가수가 됩니다. 훌륭한 가수, 자신도 만족하는, 세월 속에서 잘 익은 가수가 될 것입니다. 그런 면에서 나는 윤석군을 믿습니다.

시는 내가 살아온 역사 속에서 내 삶의 지주 역할을 해주었지요. 헛된 욕망에 시달리고 때로 절망하며 중심과 균형이 흔들릴 때 내 문학은 그런 것을 버틸 수 있는 대들보의 역할을 해주었어요. 윤석군도 그런 믿음을 당신의 음악에서 찾아서 움켜 가져야 합니다. 그런 결심과 믿음이 없이는 좋은 음악을 찾아 헤매는 고통과 번민의 와중에서 지쳐갈 때 깃발을 놓아버리기 쉽습니다. 언젠가도 말한 적이 있지만 문학이란 자유를 찾아가는 생의 한 과정이라고 나는 믿어왔습니다. 아마도 내가 살아온 세상이 나를 그렇게 이끌었는지도 모르겠습니다. 비록 나는 평생을 눈에 보이고 손에 만져지고 확실하게 헤아릴 수 있는 것에만 의지해 살아온 의사였지만 누구에게라도 언제고 말해주고 싶은 것이 있어요. 아마도 내가 어쩔 수 없이 삶과 죽음의 가교에 서서 오래 살아온 때문인지 모르겠지만요. 그중 하나는 주위의 착한 이웃을 위해 정성을 전하고 사랑하는 사람을 위해 최선의 노력을 바치라는 말입니다. 옳고 그른 것에도 늘 엄격해야겠지만, 그래서 강직한 사람도 되어야겠지만 그보다는 착하고 힘없는 것에 더 마음을 주고 그 편이 되어주는 따뜻한 시간 속에서 살기를 바란다는 거예요. 세상에서 가장 아름다운 것은 한 사람이 정성을 다해 다른 사람을 신뢰하고 이해하고 사랑하는 것이라고 믿습니다.

이제 1년을 기다려온 내 귀국 날짜가 가까워졌습니다. 올해는 큰아들네 다섯 식구가 6월 말경에 우리와 만나 고국 관광을 함께 하기로 했습니다. 작년에는 둘째네 네 식구를 초대해 함께 제주도를 비롯해 열흘간 여행을 즐겼지요. 그 소식을 큰 아이네가 듣고 올해는 자기네 차례라며 고국에 오겠다고 했습니다. 즐거운 고국 여행이 되겠지요. 그 여행 끝에는 내 부모님의 수목장 자리에도 가려고 합니다.
그럼 오늘은 이만 그칩니다. 며칠 남지 않은 서울행. 짐을 주섬주섬 챙길 시간이 되었습니다. 건강하고 즐겁게 잘 지내세요.

마종기

2013년 서울 한옥에서 봄소식을 전하던 루시드폴은
여름, 가을, 겨울을 지나 저 푸른 남도에서
다시 봄을 맞이했습니다.
도시를 떠나 낮에는 밭을 매고, 밤에는 음악을 만드는
고요한 삶으로의 이주를 택한 그를 보며,
시인은 놀라워하면서도 응원을 아끼지 않았습니다.
올봄, 예년처럼 고국을 찾은 시인은
정겨운 친구들과 그리운 사람을 만나 함박웃음을 터트렸고
조만간 있을 자신의 불어 번역시집 낭독회를 준비하고 있었습니다.

2013년 4월부터 2014년 4월까지 사계 동안
두 사람 사이를 오가던 편지가
어느덧 마흔 통이 되어 한 권의 책으로 묶였습니다.
지금도 여전히 미국과 한국, 서울과 제주,
이쪽과 저쪽에 있지만
서로의 삶에 깊이 스며든 두 사람의 대화는
여기서 끝나지 않을 것 같습니다.

두 사람이 더 오랜 시간 함께 만들어갈 삶의 무늬를 상상해봅니다.

앞으로도 계속될 것 같은 두 사람의 따뜻한 대화,

삶과 예술을 아우르는 격려와 위로와 보살핌의 길에,

서로 어깨를 기대기도 하면서 함께 동행하게 되기를 바랍니다.

사이의 거리만큼, 그리운

ⓒ 마종기·루시드폴

1판 1쇄 2014년 6월 5일
1판 4쇄 2018년 2월 8일

지은이 마종기·루시드폴
펴낸이 염현숙

책임편집 형소진 | 편집 방재숙 오경철 | 본문사진 루시드폴
디자인 이효진 | 마케팅 정민호 이숙재 정현민 김도윤 오혜림 안남영
홍보 김희숙 김상만 이천희
제작 강신은 김동욱 임현식 | 제작처 영신사

펴낸곳 (주)문학동네
출판등록 1993년 10월 22일 제406-2003-000045호
주소 413-120 경기도 파주시 회동길 210
전자우편 editor@munhak.com | 대표전화 031)955-8888 | 팩스 031)955-8855
문의전화 031)955-3578(마케팅) 031)955-2671(편집)
문학동네카페 http://cafe.naver.com/mhdn | 트위터 @munhakdongne

ISBN 978-89-546-24992 04810
        978-89-546-24985 (세트)

* 이 책의 판권은 지은이와 문학동네에 있습니다.
  이 책 내용의 전부 또는 일부를 재사용하려면 반드시 양측의 서면 동의를 받아야 합니다.
* 이 도서의 국립중앙도서관 출판시도서목록(CIP)은 서지정보유통지원시스템 홈페이지(http://seoji.nl.go.kr)와
  국가자료공동목록시스템(http://www.nl.go.kr/kolisnet)에서 이용하실 수 있습니다.
  (CIP제어번호: 2014016543)

www.munhak.com